AF287831

Sommer 1989: Dem vierzehnjährigen Benni droht das Internat. Mit Hilfe einer verrückten Freundin und eines grummeligen Rentners muss er die Katastrophe abwenden. Als er sich unfreiwillig die Augenbrauen abrasiert und zum Gespött der Schule wird, flieht Benni in einen mächtigen Baum. Das ist der Beginn einer Odyssee durchs eigene Leben. Wieso verdrängt seine Mutter die Vergangenheit? Wofür ist der Schlüssel, den sein Bruder Tag und Nacht um den Hals trägt? Und wie besiegt man den Edelweißfluch? Benni kämpft, liebt, leidet und lüftet ein dunkles Familiengeheimnis. Am Ende wartet der tödliche Sprung zum Master of his Universe.

Finkenzonk, geboren 1977 in Frankfurt am Main, studierte Politikwissenschaft, Philosophie und Journalismus. Seitdem arbeitet er in der Verbandskommunikation. Master of his Universe ist sein erster Roman.

Finkenzonk

# Master of his Universe

Roman

Bibliografische Information der Deutschen Nationalbibliothek: Die Deutsche Nationalbibliothek verzeichnet diese Publikation in der Deutschen Nationalbibliografie;
detaillierte bibliografische Daten sind im Internet über dnb.dnb.de abrufbar.
Die automatisierte Analyse des Werkes, um daraus Informationen insbesondere
über Muster, Trends und Korrelationen gemäß §44b UrhG („Text und Data Mining")
zu gewinnen, ist untersagt.

Verlag: BoD · Books on Demand GmbH, Überseering 33, 22297 Hamburg,
bod@bod.de
Druck: Libri Plureos GmbH, Friedensallee 273, 22763 Hamburg

ISBN: 978-3-8192-4539-8

www.finkenzonk.de

„Adam, wann wirst du endlich ein Mann werden?
Warum bist du nicht wie He-Man!"
*Teela*


„Alle Gewässer durchkreuzt,
die Heimat zu finden, Odysseus."
*Friedrich Schiller*

Benni krallte seine Finger in die knorrige Rinde und wippte auf und ab, bereit zum Sprung. Der Wind wühlte in dem Baum, und ein Donner rollte durch die Dunkelheit, laut genug, um einen Riesen zu wecken.

Der höchste Ast winkte ihm zu, fast zum Greifen nah. „Spring, verdammt noch mal, spring endlich! Lass los!"

Er blinzelte in den blitzdurchzuckten Himmel. Dann ließ Benni los. Freihändig stand er da, die Arme ausgebreitet, unter sich den schwarzen Abgrund. Regen schlierte in seinen Augen, vermischt mit Tränen, vielleicht. Wie hatte er sich so verarschen lassen können? Dieses verdammte unsichtbare Band, von dem seine Mutter immer schwärmte, war eine Fessel, die zerschnitten werden musste.

Benni schrie in den Sturm. Das Gewitter antwortete mit einer Windböe, die ihn fast in die Tiefe gefegt hätte. Er ging in die Knie, die Oberschenkel gespannt, beugte sich nach vorne, nahm die Hände nach hinten, um Schwung zu holen. „Der Teufel kann dich mit nichts verführen, was du nicht schon hast", hatte ihm Fortuna gesagt, damals, als sie den Stechapfeltee getrunken hatten. Höllentrip.

Drei ... zwei ... eins ... Jetzt musste es sein!

„Benni!"

Er kam aus dem Gleichgewicht, ruderte mit den Armen und griff im letzten Moment nach einer Rindenwulst. Der nächste Blitz erhellte die Lichtung. Tief unter ihm spurtete Tommi über die Wiese, dahinter Fortuna, und dann kam Hartwig aus dem Unterholz gehumpelt. Erstaunlich, wie schnell sie ihn gefunden hatten.

„Komm da runter!", rief Hartwig.

„Pack den Pimmel ein!", schrie Fortuna.

Erst jetzt bemerkte Benni, dass er nackt war. Sofort spürte er den Regen auf der Haut, den Wind, die Wut, die Freiheit.

Wie im Rausch hatte er den Baum erklommen, auf halber Höhe seine Klamotten ausgezogen und in die Finsternis geschleudert, sich von aller Last befreit.

Tommi war fast da. „Ich komm rauf!"

Aber Benni wollte nicht, dass ihn jemand rettete. Dieser Moment war sein Moment, diese Entscheidung war seine Entscheidung, dieses Leben war sein Leben. Über ihm peitschte der Wipfel im Wind, sirrte, lockte, drängte.

Spring!

„Halt dich fest!"

Gleich würde Tommi unter der Baumkrone verschwinden. Der Stamm war glitschig, schwankte im Sturm, und die Äste standen weit auseinander. Es gab nur einen sicheren Weg nach oben, und Tommi kannte diesen Weg nicht. Er würde in eine Sackgasse klettern, abrutschen, fallen. Benni musste sich beeilen.

Erneut ging er in die Knie, fixierte den Ast, den höchsten Ast des Baums, holte Schwung und überlegte, wie der ganze Mist begonnen hatte. Mit Hartwigs dämlichem Märchenbuch? Der abrasierten Augenbraue? Der Odenwaldschule? Seltsam, dass es so schwierig war, den Anfang zu finden.

1 Die Spinne stoppte. Mit ihren Fühlern suchte sie einen Weg über die tiefe Schlucht, die hinter dem Tellerrand lag. Benni pustete behutsam einen Krümel beiseite, baute ihr eine Messerbrücke zur Obstschale und dachte erstaunt, dass er für die Spinne unendlich groß war. Wie Gott. Blaues Morgenlicht fiel durchs Fenster, die Kaffeemaschine röchelte, und im Radio lief Milli Vanilli, danach die Nachrichten: „Der Coop-Deal beschäftigt die Frankfurter Staatsanwaltschaft und das Bundesaufsichtsamt für Versicherungswesen. Die Supermarktkette steht vor der Pleite."

Bennis Mutter drehte lauter; ihre Finger trommelten nervös auf die Tischplatte. Tommi kam in die Küche, drehte leiser, riss den 26. April 1989 vom Kalender und holte den Hackbraten aus dem Kühlschrank. Im Stehen schaufelte er ein paar Gabeln in sich rein und zeigte auf Bennis Nutellabrot: „Hör auf, den Scheiß zu fressen. Wirst immer fetter."

„Die Lederschildkröte wird über zwei Meter lang und neunhundert Kilo schwer!", rief Benni mit vollem Mund; auf Vorwürfe reagierte er gern mit sinnlosem Fachwissen. Seine Mutter lächelte entschuldigend und nippte an ihrem Kümmel-Tee. „Ach Tommi, sei nicht so streng. Alle Kinder essen Süßigkeiten."

„Alle Alkis trinken Alkohol."

Sie winkte ab. „Das ist doch nicht das Gleiche. Alkoholiker kippen ihren Schnaps in den Kaffee. Aber Benni hat noch nie Nutella ins Essen gerührt. Oder, Benni?"

„Noch nicht, aber gute Idee!", reagierte Benni aufs Stichwort, leckte sich die Lippen und verdrehte verzückt die Augen. Er kannte das Spiel. Seine Mutter versuchte, mit einem lockeren Spruch die Spannung zu entschärfen und so lange am Problem vorbeizureden, bis Tommi genervt abzog. Es war wie Improvisationstheater, nur dass keiner klatschte.

Seine Mutter klatschte in die Hände: „Also abgemacht! Dann gibts heute Schokonudeln mit Brausepulver."

„Macht nur eure Witze, aber Benni is'n Zuckerjunkie, und Junkies setzt man auf Entzug." Tommi stellte den Hackbraten zur Seite. Seine Augen funkelten fies unter dem flachsblonden Bürstenschnitt. Dann schnappte er sich Bennis Ranzen; das Theaterstück nahm eine ungewollte Wendung.

„Heeee!", protestierte Benni.

Tommi kippte den Ranzen aus. Als Erstes krachte der Mathewälzer auf den Boden und zerbrach, gefolgt von Heften und Hausaufgabenblättern sowie Mäusespeck, sauren Pommes, Schokoladenzigaretten und zerknitterten Raider-Folien.

„Ha!", rief er triumphierend.

„Mein Mathebuch!", rief Benni empört.

„Tommi, es war doch nur Spaß, du hast ja recht, beruhige dich bitte", beschwichtigte seine Mutter und half, die Sachen wieder in den Ranzen zu räumen. „Wir haben doch im Moment größere Probleme als ein paar Süßigkeiten."

Das stimmt allerdings, dachte Benni. Abgesehen davon, dass er in der Schule abkackte, Tommi sich totarbeitete und sie in einer Bruchbude hausten, war ihre Familie in jeder Hinsicht ein Totalausfall, ein mit Salz gekochter Pudding, ein Actionfilm ohne Helden, ein Auto mit drei Reifen, das am Straßengraben entlangschlingert.

„Hab mit der Odenwaldschule telefoniert", wechselte Tommi das Thema und fingerte nervös an dem kleinen Schlüssel, der an seiner Halskette baumelte. „Wir müssen bald eine Entscheidung treffen."

„Ich will nicht ins Internat!"

„Mensch, Benni. Das is' nich' wie im Film, das is'ne Hammer-Schule, da findest du Freunde, machst'n guten Abschluss, die ganze Welt steht dir offen. Wird doch so nix hier."

Bennis Mutter stand so schnell auf, dass die Stuhlbeine über den Boden quietschten. „Tommi, ich dachte, wir waren uns einig! Das ist nichts für ihn. Und viel zu teuer."

„Gibt Sozialnachlässe."

„Du hast dich ja gut informiert." Ihre Stimme klang ungewohnt bitter. Sie ging zum Fenster und ruckelte am Griff. Der Rahmen klemmte, und als er aufsprang, zitterte die Scheibe. Aprilluft strömte hinein, nasskalt wie eine Vorahnung auf Schlafsäle, Gemeinschaftsduschen und Kaisergemüse.

„Ich schreibe bessere Noten, versprochen", murmelte Benni. „Das letzte Zeugnis war ein Ausrutscher, aber dieses Halbjahr wird's besser, ganz bestimmt! In Englisch hab ich eine Dreiplus!"

Doch alles Flehen hatte keinen Sinn. Letztlich würde seine Mutter tun, was Tommi wollte. So wie immer. Benni stiegen Tränen in die Augen. Um sich abzulenken, beobachtete er die Spinne, die mittlerweile über das Messer gekrabbelt war und ihren Faden zwischen einer Banane und der benachbarten Orange spannte. Ein hoffnungsloses Zuhause, dachte Benni.

Tommi knackte mit den Fingern. „Dann warten wir meinetwegen ab. Nächste Arbeit is' Mathe, richtig? Nach Pfingsten. Deine Chance. Die letzte."

Benni nickte schwach. Seine Mutter schloss das Fenster und wirkte erleichtert, irgendwie dankbar. Das Problem war vertagt.

Tommi schnappte sich seine Bomberjacke, ging in den Flur und zog sich die Schuhe an. „Hab Spätschicht, könnt ohne mich essen." Dann knallte die Tür.

Benni sortierte die losen Seiten des Mathebuchs, während seine Mutter begann, Geschirr zu spülen. Das Geklapper wirkte beruhigend, und erst jetzt merkte er, dass immer noch das Radio lief: „Ungarn beginnt mit der Demontage des

Grenzsignalzauns. Die österreichische Regierung rechnet mit Tausenden Flüchtlingen. In den Städten Hegyeshalom und Sopron …"

Seine Mutter drehte am Senderknopf, bis Another Day in Paradise dudelte. Dann trocknete sie sich die Hände, umarmte ihn und flüsterte: „Es wird bestimmt alles gut."

Er umarmte zurück. „Tommi würde mich am liebsten auf den Mond schießen."

„Ach Benni, so ein Quatsch!", sagte sie aufmunternd und gab ihm einen Kuss auf die Wange. „Ihr seid doch Brüder!"

2 Die Pfingstferien waren schneller vorbei, als ihm lieb war. Nun saß Benni im hintersten Wagen und beobachtete, wie die Regentropfen über die Scheibe jagten. Heute durfte er die Straßenbahn nehmen, ausnahmsweise. Die vierzehn Minuten Fahrzeit wollte er nutzen, um sich auf die verflixte Mathearbeit vorzubereiten.

Seine Hände waren eiskalt vor Nervosität, kein Wunder. Von der Note hing alles ab: Schlechter als Drei, und er würde die restliche Schulzeit im Internat verbringen. Mit lauter Problemkindern, eng zusammengepfercht. Die einen herrschen, die anderen leiden. Wie im Knast.

Entmutigt schlug er das Mathebuch auf und schrieb die binomischen Formeln in seine linke Handfläche, den Rest auf einen Spicker. Mehr ging nicht. Keine Zeit.

Langsam füllte sich die Bahn. Alle schimpften über das Sauwetter, und es müffelte nach Ottergehege. An der Haltestelle Gerhard-Altmann-Schule stieg Benni aus. Auf der Bank gegenüber hockten Nico und seine Gang. Sie rauchten Luckys und tranken Cola. Nico legte bei jedem Zug die Stirn in Falten wie Bruce Willis in Stirb langsam, aber mit seinem dichten Oberlippenflaum und dem Vokuhila ähnelte er mehr einem Mitglied der Flodder-Familie. Neben ihm kauerte sein bester Kumpel, der wegen seiner langen Nase und dem fliehenden Kinn von allen Wiesel genannt wurde. Die beiden anderen Typen kannte Benni nicht, aber sie hatten den ausdruckslosen Blick von Handlangern, die mitmachen, ohne genau zu wissen, warum.

Als die Jungs ihn entdeckten, legte Wiesel die Hände an den Mund und brüllte „Haltestelle Sesamstraße", und Nico trompetete: „Achtung, Achtung! Der kleine Ernie Arschgesicht will im Augenbrauenparadies abgeholt werden!" Der Trotteltrupp gackerte amüsiert.

Ernie – seit dem letzten Schulausflug nannten sie ihn so, wegen seiner zusammengewachsenen Augenbrauen. Benni fühlte sich ungerecht behandelt. Er hatte lange genug Sesamstraße geschaut, um zu wissen, dass nicht Ernie die Balkenbraue trug, sondern Bert. Aber er sparte sich den Hinweis; mit Klugscheißerei sammelte man keine Pluspunkte, weder bei den Kumpels noch bei den Peinigern. Außerdem hatte er Wichtigeres im Kopf als dämliche Hänseleien. In der ersten Stunde schrieben sie Mathe, und die Note würde darüber entscheiden, ob er sein Leben im Odenwald fristen müsste oder nicht.

Der Klassenraum war halb leer. Das war schlecht.

„Sieht übel aus", begrüßte ihn U-Boot-Yong, sein Sitznachbar, der gerade ein U-Boot zeichnete. „Alle krank. Schindler wird uns auseinandersetzen. Tut mir echt leid, Mann."

„Wird schon gehen. Ich habe mir zwei Spicker geschrieben." Benni setzte sich, packte sein Mäppchen aus und schob den Schulranzen unter den Tisch.

„Wenn es hart auf hart kommt", sagte U-Boot-Yong und putzte seine bullaugendicken Brillengläser, „lenke ich Schindler ab. Gib mir einfach ein Signal. Zweimal auf den Tisch klopfen oder so."

„Du bist der Beste!"

Dieser Plan würde niemals funktionieren; Schindler war ein Depp, aber dumm war er nicht.

„Meine Eltern gehen Freitag essen", verkündete Yong und setzte seine Brille auf. „Wie wär's mit einer Video-Session?"

„Klar, Mann. Was gucken wir?"

„Karate-Abend: American Fighter, Bloodsport und Die Todeskralle schlägt wieder zu."

„Bruce Lee ist Kung-Fu, kein Karate."

„Klugscheißer."

„Ich bringe Käsewürfel mit", schaltete sich Martin von links ein. „Und Chips."

„Daumen hoch!", sagte U-Boot-Yong.

„Daumen hoch!", sagte Benni und streckte den Daumen hoch, obwohl er wusste, dass niemand, der cool war, den Daumen hochstreckte, außer er war Kampfpilot. Die Jungs in der Reihe hinter ihnen kicherten gehässig.

Schindler polterte in die Klasse, unter dem Arm seine abgewetzte Ledertasche, in der die Arbeitsblätter schlummerten. „Rückt voneinander ab! Lasst einen Platz frei zum Nebenmann!"

Stühle scharrten über den Boden. Yong rutschte nach innen, Martin zum Fenster. Benni blieb da, wo er war. Schindler schubberte sich im Ohr und verteilte die Klassenarbeit. „Erst umdrehen, wenn alle haben!" Dann fischte er eine Bravo aus dem Mülleimer und setzte sich hinters Pult.

Benni wendete das Aufgabenblatt. „Faktorisiere 49p2 (hoch2) −112pq+ 64q2 (hoch2)". Das fing ja gut an. Er sah zu

Schindler, der über die Reihen blickte, als säßen sie nicht in der Schule, sondern auf einer Sklavengaleere.

Benni öffnete den Hosenknopf – diese verdammte Jeans wurde jede Woche enger – und schaute aus dem Fenster. Der Hausmeisterhund, ein mürrischer Dackel, pinkelte gegen das Opel-Cabrio des stellvertretenden Direktors.

Schindler zog eine Schinkenstulle aus der Aktentasche und biss hinein. Benni stützte sein Kinn in die linke Hand und las die nächste Aufgabe: „Schall breitet sich aus mit einer Geschwindigkeit von ca. 340 m/s. Der Donner folgt dem Blitz nach 7 s. Berechne die Entfernung des Gewitters." Wann fing Schindler endlich an, in der verdammten Bravo zu lesen? Benni malte einen Blitz. Ganz schön schwer, so ein Kopf, dachte er und stützte das Kinn auf die andere Hand.

Alle anderen waren vollständig in der Arbeit versunken. Arne schrieb und strich durch, Julia saß steif auf der Stuhlkante und Nico schwänzte. Fortuna kaute Hubba Bubba. Versonnen glotzte Benni sie an. Fortuna war erst ein halbes Jahr in der Klasse, sitzengeblieben, was ihre Lässigkeit verstärkte. In ihrem Ohr baumelten acht Ringe, dicht an dicht wie eine Schlüsselkette, angeblich selbst gestochen mit einem rostigen Nagel. Die Haare ließ sie wie einen Vorhang auf die rechte Seite fallen, um besser abzuschreiben, und unter dem langärmeligen Faith-No-More-Shirt zeichneten sich ihre Brustwarzen ab.

Trotz ihres rotzigen Stils wirkte sie auf Benni wie eine Prinzessin aus Tausendundeine Nacht, vermutlich wegen der dunklen Augen. Nach der Schule saß er oft auf dem Mäuerchen gegenüber der Treppe und stellte sich vor, sie anzusprechen. Meistens kam Fortuna als Letzte aus dem Gebäude, schritt in ihren giftgrünen Doc-Martens-Stiefeln die Stufen hinunter, überquerte den Hof und ging an Benni vorbei, ohne ihn anzusehen, so nah, dass er ihr Erdbeerkaugummi riechen konnte. Dann lächelte er.

„Benjamin!"

Er fuhr erschrocken hoch und schrie: „Bei Stress produzieren Bartenwale zapfenförmigen Ohrenschmalz!"

Die Klasse lachte.

Schindler zog seinen Finger aus dem Ohr. „Benjamin! Du weißt, welche Konsequenzen ein Täuschungsversuch hat!"

Benni presste die Arme an den Körper, um den ranzigen Geruch einzukesseln, der unter seinen Achseln glitschte. Was um alles in der Welt sollte das? Er hatte nicht getäuscht, noch nicht, weder seinen Spicker aus der Tasche gezogen noch versucht, bei jemandem abzuschreiben.

Schindler beugte sich vor, kniff die Augen zusammen und klatsche die zerknitterte Kylie Minogue aufs Pult. Brotkrümel flogen in die erste Reihe; Julia kiekste angeekelt. Sie war sehr reinlich, wie sie immer betonte, und litt unter Schindlers Wurststullen, seinem Mundgeruch und dem ständigen Ohrgepopel.

„Umdrehen!", befahl Schindler. Fünfundzwanzig Gesichter drehten sich zu Benni, und auch er drehte sich um. Schindler verdrehte die Augen.

„Nicht *du* sollst dich umdrehen. Du sollst *deine Hände* umdrehen!"

Sein Bauch blubberte und pumpte Magensäure durch die Speiseröhre, Geschmack von Metall und Essig. Alles würde aufliegen. In seiner linken Handfläche standen die binomischen Formeln, sauber abgeschrieben und super-illegal. Wie hatte Schindler das entdeckt? Benni hatte keinen einzigen Spickversuch unternommen. Er sah sich zu Hause Koffer packen, Tommi brüllen und seine Mutter traurig durch die Wohnung tanzen.

„Dei-ne Hand-fläch-che!"

Schindler stützte sich mit beiden Fäusten aufs Pult. Benni schluckte und legte die Hände auf den Tisch.

„Umdrehen!"

Er drehte die Handflächen nach oben. Von den binomischen Formeln war nur ein blauer Klecks übrig, alles verlaufen und verschmiert. Das war seine letzte Chance gewesen. Und er hatte sie vergeigt.

Schindler nickte zufrieden, als ob er einen Mordfall gelöst hätte. Benni wollte etwas sagen, aber die Worte wollten nicht, sie fielen aus seinem Mund wie ein Vogeljunges aus dem Nest, ein brüchiges Fiepen, und die Klasse lachte.

„Tja, Benjamin, das war schon dein zweiter Betrugsversuch, und du kennst ja meine Regel: Einmal ist keinmal, zweimal ist zweimal." Schindler schüttelte mit gespieltem Mitleid den Kopf. „Nimm deine Sachen und geh ins Sekretariat. Die Sechs lässt du dir unterschreiben. Den Elternbrief auch. Verstanden?"

Benni nickte traurig, stopfte sein Mäppchen in den Schulranzen, nahm seine Jacke und schlich hinaus. Als er die Tür fast geschlossen hatte, rief Schindler ihm hinterher: „Ach, Benjamin, noch was: Wenn du das nächste Mal einen Spicker schreibst, schmier ihn dir nicht ans Kinn."

3 Der Wohnblock lag am Ende der Hans-Böckler-Straße, einer abgasgeschwängerten Hauptverkehrsader, durch die Autos, Busse, Lastwagen und Straßenbahnen flossen.

Benni schlich den Gehsteig entlang und dachte an den Elternbrief. Pure Angst. Wie lange konnte er die Sechs verheimlichen? Vielleicht ein paar Tage, höchstens zwei Wochen. Glück brauchte er. Und gute Ausreden.

Doch letztlich war es hoffnungslos. Schindler würde auf die Unterschrift bestehen, er war schließlich der Lehrer. Und Bennis Mutter musste unterschreiben, denn – nun ja – sie war schließlich die Mutter. Und dann würde es Tommi erfahren, und alle würden aus der Haut fahren, und Benni würde abfahren, und zwar direkt ins Internat.

Egal. Wenn schon nicht verhindern, dann wenigstens verzögern, dem Problem so lange wie möglich aus dem Weg gehen. Und auf ein Wunder hoffen.

Das Wetter war gut, die Sonne schien. Benni beschloss, einen Umweg zu laufen und erst nach Hause zu kommen, wenn Tommi zur Arbeit ging und seine Mutter erschöpft vom Tag auf der Couch lag. Doch wohin?

Benni sah sich um. Rechts lag Klein Assi-Town, graue Betonklötze, die in den Himmel ragten. Links auf der anderen Straßenseite lag die Faustallee, eine Bonzengegend: dicke Villen, dicke Pools, dicke Autos. Reich und Arm getrennt, dachte Benni, nur durch eine einzige Straße. Verrückt.

Er war nie auf die Idee gekommen, über die Ampel zu gehen und sich dort umzuschauen. Denn er wusste, dass er dort nicht hingehörte. Andererseits wusste er auch nicht, wohin er gehörte. Und wer nirgendwo hingehört, kann gehen, wohin er will, dachte Benni. Er bog ab in die Faustallee.

Schon nach wenigen Metern fühlte er sich wie in einer anderen Welt. Die Vögel zwitscherten, ein frischer Wind säuselte durch die früh blühenden Bäume, und Mandelduft hing über den ausladenden, mit schmiedeeisernen Zäunen umrahmten Gärten.

An einer Laterne standen ein triefäugiger Lockenkopf mit einer Leiter und ein glatzköpfiger Winzling, in der einen Hand zwei Kabelbinder und in der anderen ein Plakat, darauf das Schwarz-Weiß-Foto eines grauhaarigen Mannes, den Blick fest in die Ferne gerichtet. Benni blieb stehen.

„Warum hängt ihr die so hoch?"

„Wegen der Zecken", antwortete der Lockenkopf säuerlich. „Dieses Land geht vor die Hunde."

„Schönhuber wählen!", rief der Winzling.

„Alles klar." Politik interessierte Benni nicht. Er ging weiter. Eine Hummel begleitete ihn zu einem gelben Busch. Benni beobachtete, wie sie eine Blüte anzapfte, und lugte durch die Zweige.

Eine verwitterte Gartenlaube kauerte zwischen zwei Villenhügeln, bis übers Dach mit Efeu bewachsen. Irgendjemand pfiff ein Lied, das nach Krieg der Sterne klang.

Benni ging ans Gartentor. Ein Tier schnatterte, die Melodie zerriss, und hinter der Regentonne stolperte ein großer, schlaksiger Mann hervor. Er klopfte sich den Dreck von der Hose, schöpfte einen Becher Wasser und trank ihn in einem Zug aus. Dann fischte er einen Hammer aus einer Holzkiste und hielt ihn in die Luft, als hätte er König Artus' Schwert aus dem Stein gezogen. Es folgten eine verrostete Säge, ein verbogener Schraubenzieher, eine Gartenschere, ein Schraubenschlüsselset und ein rasselnder Schuhkarton, gefüllt mit Nägeln oder Schrauben. Benni überlegte, ob er gehen sollte. Plötzlich fragte der alte Mann: „Bist du vom Ordnungsamt?"

Sollte das ein Witz sein?

„Ich geh nur spazieren."

„Also doch vom Ordnungsamt." Der Alte lüftete seine Kappe, und ein Knäuel rot-grauer Haare fiel ihm in die Stirn, auf der eine Lesebrille klemmte.

„Sind Sie Krieg-der-Sterne-Fan?"

„Ich bin überhaupt kein Fan von Krieg", antwortete der Alte.

„Ich meine, wegen dem Lied, das Sie gepfiffen haben."

„Das war Chopin. Der Trauermarsch."

„Oh."

Der Alte kramte weiter in der Kiste. Benni schaute auf seine Swatch. Die Zeit schlich. Nicht gerade gesprächig, der grummelige Opa. Er wirkte nicht gemein, nur wie jemand, der seine Ruhe will. Aber irgendwie musste Benni die Zeit totschlagen. Also setzte er erneut an: „Dieser Chopin klingt genauso wie Krieg der Sterne. Kennen Sie Krieg der Sterne?"

„Nein."

„Das ist total spannend, mit Monstern und Raumschiffen und so."

„Hollywood, pah! Immer dasselbe, immer die gleichen Geschichten. Die Originale sind viel inspirierender."

„Und was sind die Originale?"

„Griechische Sagen. Odysseus. Herkules. Zeus."

„Herkules kenne ich. Der war total stark."

Der Alte legte eine Hand auf den Oberschenkel und wuchtete sich empor, schwankte kurz wie ein Matrose, der Land unter die Füße bekommt, und zockelte ans Gartentor. „Die sind alle stark, gell, alle auf ihre Art. Poseidon ist der Herr des Meeres. Hades der Gott der Unterwelt. Hermes der Götterbote. Aphrodite die Göttin der Liebe. Und Zeus ist der Göttervater. Alle übermenschlich, gell, und trotzdem nicht besser als wir. Wütend, eifersüchtig, betrügerisch, streitlustig. Kämpfen permanent miteinander."

„Wie bei Masters of the Universe!"

„Meister von was? Vom Universum?"

„Das sind total abgefahrene, supergeile Action-Figuren! Skeletor will Eternia erobern, das ist ein Planet, auf dem die

Guten leben. Prinz Adam ist der Herrscher und lebt im Schloss Grayscull zusammen mit seiner Zwillingsschwester She-Ra und dem Waffenmeister Man-at-Arms. Wenn Skeletor und die Bösen angreifen, nimmt Prinz Adam sein Schwert, streckt es in den Himmel und ruft: Bei der Macht von Grayskull! Ich habe die Zauberkraft! Und dann wird er zum Superkrieger He-Man."

„Klingt danach, als ob dieser Prinz Adam ein Feigling ist."

„Na ja, weiß nicht. He-Man und er sind ja dieselbe Person. Aber beim Spielen ist es tatsächlich doof, weil man die Prinz-Adam-Figur eigentlich nie benutzt. Deswegen haben Tommi und ich ..."

„Wer ist Tommi?"

„Mein Bruder. Deswegen haben Tommi und ich das immer anders gespielt. Bei uns sind Prinz Adam und He-Man Brüder, die gemeinsam gegen das Böse kämpfen, am liebsten Rücken an Rücken. Wir haben uns dafür einen eigenen Schlachtruf ausgedacht. Willst du ihn hören?"

„Unbedingt." Der Alte verschränkte gespannt die Arme. Benni lockerte die Schultern und stellte sich in Kampfposition. Dann griff er an den Gürtel, zog ein unsichtbares Schwert hervor und streckte die Faust in den Himmel. „Bei der Macht von Grayscull, den unendlichen Weiten des Weltalls, dem Feindesblut auf den Klingen der Verteidiger Eternias, deren Tapferkeit über alle Kontinente und Meere schallt und deren Ruhm bis in alle Ewigkeit andauert: Wir stehen zusammen, wir kämpfen zusammen, wir siegen zusammen, wir sind zwei und doch auch eins, denn wir ... sind ... Brüder!"

Er blieb noch zwei Sekunden stehen, um den Abgang nicht zu versauen, und senkte dann die Faust. Der Alte klatschte in die Hände. „Bravo. Sehr dramatisch."

„Für den Spruch haben wir ein ganzes Wochenende gebraucht."

„Das glaube ich gern." Der Alte betrachtete ihn aus seinen Knopfaugen, die tief in dem zerfurchten Gesicht steckten, und beide schwiegen, bis es unangenehm werden musste, aber das wurde es nicht.

„Ich heiße Hartwig." Hartwig reichte ihm die Hand.

„Ich heiße Benni", sagte Benni und blinzelte in die Nachmittagssonne. Tommi müsste jetzt auf dem Weg zur Arbeit sein. Er warf seinen Schulranzen auf den Rücken. „Ich muss nach Hause."

Hartwig lüftete seine Mütze. „Dann wünsche ich einen angenehmen Abend, Herrscher über Eternia."

Benni machte eine Verbeugung und ging. Die Unterhaltung mit diesem Hartwig hatte Spaß gemacht; war mal was anderes, als mit den Kumpels über Klopper-Filme zu reden oder Tommi anzulügen. Außerdem lag der Schrebergarten günstig, mehr oder minder auf seinem Nachhauseweg. Ideal, um einen Zwischenstopp einzulegen. Benni drehte sich um. „Bist du oft hier?"

„Tag und Nacht", sagte Hartwig und breitete die Arme aus. „Das ist mein Pantheon!"

4 Im Flur stank es nach faulen Eiern. Tommi brüllte: „Verdammte Scheiße!"

Warum war der noch zu Hause, dachte Benni? Sollte doch auf Schicht sein. Diese verdammte Milchfabrik machte ihn kaputt. Seit Tommi die Schule abgebrochen hatte, um arbeiten zu gehen, war seine Laune in den Keller gerauscht. Wie lange war das jetzt her? Drei Jahre? Benni war damals frisch in die fünfte Klasse gekommen. Drei Jahre schlechte Laune!

Benni vermisste ihn. Tommi war zwar da, aber nicht als großer Bruder. Und mit dem großen Bruder verschwanden auch seine Geschichten, die er abends erzählte, sein Trost, wenn der kleine Bruder von irgendeinem Deppen heruntergeputzt wurde, und sein Blick, den er in irrwitzigen Situationen aufsetzte, so dass beide gleichzeitig losprusten mussten. Masters oft the Universe spielten sie natürlich auch nicht mehr. Die Zeit war vorbei.

Benni schluckte den Raiderrest hinunter und schlich zur Küche. Auf dem Boden lagen nasse Lappen, der ausgebaute Siphon und der Wasserhahn, die Metallschläuche leblos von sich gestreckt. Tommi hatte anscheinend freigenommen, um zu handwerkeln; er steckte bis zur Hüfte unter der Spüle. Bennis Mutter umkreiste den Tisch und predigte, was sie dauernd predigte. Er kannte die Leier schon, und Tommi erst recht.

„Weißt du, echte Pazifisten fassen nie eine Waffe an. Sobald du eine Waffe anfasst, bist du kein Pazifist mehr, und sie behalten dich da. Du musst immer Nein sagen, verstehst du? Immer Nein. Erinnerst du dich an Sven? Der ist irgendwo bei Schwarzenborn gelandet. Kalt war's da, nur Geschrei den ganzen Tag, und natürlich haben sie ihn ausgelacht, weil er kein Gewehr anfassen wollte. Seine Soldatenfreunde …"

„Kameraden", verbesserte Tommi genervt.

„Meinetwegen. Seine Kameraden sind immer ohne ihn zum Schießstand, und ich weiß ja, wie Jungs sind: Schießen findet ihr ja super, Sven natürlich auch, also ist er einmal mitgegangen, nur einmal schießen, aber das reicht, um kein Pazifist zu sein. Dann haben sie ihn dabehalten."

„Vielleicht will ich ja genau das: Einfach nur ballern. Hab keinen Bock auf Zivi."

Wehrdienst oder Zivildienst, das war großes Thema bei allen älteren Brüdern. Manche hauten ab, Fahnenflucht, so wie Uwe, der Sohn ihrer Nachbarin, der eines Nachts mit der Knarre vom Vater und dem Auto der Mutter nach Afrika aufbrach. Nach drei Jahren kam er zurück, ohne die Knarre und ohne das Auto. Zur Bundeswehr musste er trotzdem.

Bennis Mutter wechselte die Laufrichtung. „Die ganze Zeit dieses Befehl und Gehorsam, das ist doch unmenschlich! Weißt du, das Militär ist eine Demütigungsmaschine, dafür gemacht, deine Einzigartigkeit zu zerstören."

„Du redest wie Achim, dieser verdammte Parasit! Hat der sich wieder gemeldet? Wenn der hier noch einmal auftaucht, dann ..."

Seine Mutter unterbrach ihn. „Du könntest Zivi machen oben im Altenheim. Morgens hinlaufen, abends zurücklaufen."

Tommi ruckelte genervt am Boiler. „Fremde Ärsche putzen, das is' mal geil."

Seine Mutter stemmte die Fäuste in die Hüfte. „Du *musst* hierbleiben! Du musst bei *uns* bleiben. Das hast du versprochen!"

Unter der Spüle polterte der Schraubenschlüssel. Blitzschnell stand Tommi vor seiner Mutter, Gesicht an Gesicht, als wollte er sie wie einen störrischen Hund niederstarren. Jetzt wurde es ernst. Sie wich zurück ans Küchenregal. Leise sirrte das Geschirr.

„Sag! Das! Noch! Mal!" Er legte langsam den Zeigefinger ans Ohr; seine Halsschlagader schien fast zu platzen.

„Du ... du musst hierbleiben", sagte sie. „Wenn du nicht hierbleibst, dann wissen wir, was passiert. Du weißt, was dann passieren kann."

„Du willst mir die Schuld geben?" Tommi ballte seine Hände, bis die Knöchel weiß hervortraten. „Für diese ganze Scheiße willst du mir die Schuld geben?!?"

Diese ganze Scheiße, ja. Benni hatte nie herausgefunden, was das bedeutete, aber es musste etwas Ungeheuerliches sein, etwas, das vor langer Zeit geschehen war. Vor ein paar Jahren wollte er mehr darüber wissen, aber seine Mutter reagierte schmallippig und Tommi pampig. Die Botschaft war klar: Das geht dich nichts an!

Trotzdem hatte Benni herausgefunden, dass es eine Abmachung gab, eine Abmachung zwischen Tommi und seiner Mutter. Ein großes Geheimnis, das unter der Oberfläche ruhte und nie auftauchte, wie das Ungeheuer von Loch Ness. Nie wurde darüber gesprochen, zumindest nicht mit ihm. Nur ein vielsagender Blick hier, ein stummes Zugeständnis da. Mehr nicht.

„Diese ganze Scheiße, meine Schuld also", wiederholte Tommi. „Wirklich dein Ernst, ja?!"

„Wenn euer Vater nicht ...", begann seine Mutter, konnte den Satz aber nicht zu Ende bringen. Tommi schlug mit der Faust so fest gegen die offene Hängeschranktür, dass sie aus den Scharnieren riss, vom Kühlschrank abprallte und auf den Tisch krachte. Die Obstschale zersprang, Orangen und Äpfel purzelten auf den Boden. Mit voller Wucht trat er gegen den Siphon. Braune Dreckreste, angesammelt in Jahrzehnten, flogen durch die Küche und sprenkelten die Wand. Erst jetzt bemerkten beide, dass Benni in der Tür stand.

„Benni", rief seine Mutter. Das war zu viel. Er drehte sich um, rannte in sein Zimmer, kroch unter die Bettdecke und zog die Beine an den Bauch. Sein Herz pochte, als wolle es aus der Brust brechen; in den Ohren rauschte das Blut. Der ständige Streit, der ständige Druck, wann hörte das endlich auf?! Er wollte doch nur ein normales Leben: einen Bruder, der ihn achtet, einen Freund, der ihn versteht, einen Vater, der lebt, und ein Mädchen, das ihn liebt. Am besten Fortuna. So weit weg, das alles.

Plötzlich Ruhe. Dunkelheit. Nach ein paar Minuten – oder waren es Sekunden? – setzte sich jemand ans Fußende. Benni lugte über die Decke. Es war Tommi, schwer atmend. „Nix funktioniert in diesem Drecksloch, hat's noch nie. Is' nich' unsere Aufgabe, Fenster abzudichten und Wasserhähne zu reparieren, aber wir Deppen machen's, aber am Ende dankt's dir keiner. Du kriegst nur 'nen Arschtritt. Tja, Benni", seufzte Tommi und klopfte ihm aufs Bein, „so läuft's in der Welt. Wer zu weich ist, krepiert."

Er wusste nicht, was er darauf sagen sollte. Also guckte er Tommi an, der an die Wand starrte, regungslos, wie damals bei Onkel Detlef und Tante Erika, als sie bei den beiden für ein halbes Jahr im Hobbyraum hausten, auf der riesigen Matratze unter dem schmalen Kellerfenster. Wenn Benni damals nachts aufwachte, lag Tommi mit offenen Augen neben ihm und starrte an die Decke, genau wie jetzt, und wenn er fragte: „Kannst du mir eine Geschichte erzählen?", dann erzählte Tommi von dem Indianerjungen, der in den Wald geschickt wurde und als Mann zurückkehrte.

„Wie lange willst'n dich noch verstecken?"

Benni streckte den Kopf etwas weiter aus der Decke heraus. „Wie meinst du das?"

Tommis Augen verengten sich. Ganz schlechtes Zeichen. Dann gab er ihm eine Kopfnuss. „Du bist vierzehn, verdammt!" Noch eine Kopfnuss. Und noch eine. Und noch eine. Jetzt ging's richtig los. Benni versuchte, die Schläge mit dem Kissen abzuwehren, aber Tommi riss es ihm aus den Händen. Eine Federwolke explodierte.

„Mama!" Er rollte sich zusammen. Tommi schlug weiter. „Du Weichling! Wehr dich! Wehr dich, verdammte Scheiße! Willst du ein Opfer sein? Willst du dein ganzes Leben ein Opfer sein?!"

Benni hob die Arme und schützte seinen Kopf. Was ging denn mit Tommi ab?! Der hörte gar nicht mehr auf, schlug immer weiter, wie im Wahn! Benni öffnete kurz die Deckung und kassierte eine Backpfeife. Benommen zog er die Schultern hoch, doch der nächste Schlag kam nicht. Vorsichtig öffnete er die Augen.

Im Zimmer schwebten weiße Federn, legten sich sanft auf den Boden, den Schreibtisch, das Bett. Tommi starrte wieder an die Wand. In seinen Augen flackerte kurz etwas, aber dann war es weg, erloschen wie ein Glühwürmchen in der Nacht.

5 Gemächlich wischte Benni die zugeklappten Tafelflügel, während Frau Stohwasser auf der Pultkante hockte und die Hausaufgaben abfragte. Mit ihrer runden Brille, der spitzen Nase und den strohigen Haaren sah sie aus wie eine entfernte Verwandte von Bibi Blocksberg, nur ohne Lebensfreude.

„Am 1. Juni machen wir die Buchvorstellung, das sind nur noch zwei Wochen", erinnerte sie und schaute auf ihre Kladde. „Fast alle haben mir mitgeteilt, welchen Roman sie lesen, bis auf ..." Er sah aus dem Augenwinkel, wie ihn Frau Stohwasser musterte. „Benni, Fortuna und Nico."

Oh Mann, diese doofe Buchvorstellung. Benni hasste es, am Pult zu sitzen und vorzulesen, alle Augen auf ihn gerichtet. Lieber flog er unter dem Radar und überließ anderen die große Bühne. Klar war das eigentlich kein Grund, die

Hausaufgaben nicht zu machen, aber … Ach zur Hölle! Er wischte schneller, um aus Frau Stohwassers Sichtfeld zu verschwinden; die wandte sich zu Nico.

„Also, welches Buch!?"

„Vampir der Autobahn", brummte Nico und strich über seinen Flaumbart.

„Keine Schundliteratur. Such dir was anderes."

„Das ist TKKG! Kein Schund!"

Frau Stohwasser ignorierte den Einwand.

„Fortuna?"

„Momo", seufzte sie.

Frau Stohwasser machte sich eine Notiz. „Benni?"

Er saß in der Klemme: Neben einer Was-ist-Was-Sammlung und ein paar Asterix-Comics besaß er nur drei Romane, zwei davon noch in Folie, und mit seinem Lieblingsbuch, Friedhof der Kuscheltiere, brauchte er Frau Stohwasser nicht kommen. In ihren Augen war Stephen King ein Schmierfink, der Untergang des Abendlandes, und wenn Benni an die Bücher dachte, die er bislang im Unterricht lesen musste, beschlich ihn das Gefühl, dass gute Literatur vor allem langweilige Literatur zu sein hatte. Darüber musste er unbedingt mit Hartwig sprechen; der kannte sich aus.

„Ich habe mich noch nicht entschieden", sagte er, und das war nicht einmal gelogen.

„Benjamin", stöhnte sie. „Du weißt seit Wochen, dass ihr ein Buch vorstellen und mir mitteilen müsst, welches. Ich habe stark den Eindruck, dass du dich überhaupt nicht damit beschäftigt hast, und ich muss dir in aller Deutlichkeit sagen, dass du dir keinen Fehltritt erlauben kannst mit deiner wackeligen Vier minus."

„Bis zur nächsten Stunde gebe ich Bescheid, versprochen." Benni knetete den Wischschwamm, während Frau Stohwasser ihre Nasenwurzel knetete. „Ich hoffe, du weißt, wie ernst die Lage ist. Die Buchvorstellung macht fünfundzwanzig Prozent der Note aus. Du willst doch versetzt werden, oder?"

Er nickte.

„Also gut. Mach die Tafel fertig, damit wir anfangen können."

Erleichtert, dem Verhör bis auf Weiteres entkommen zu sein, klappte er die Tafel auf. Aber das, was er im Tafelinneren sah, war schlimmer als jedes Verhör, schlimmer als jede Buchvorstellung und schlimmer als jede Note. Seine Eingeweide zogen sich zusammen. Hilflos blickte er zu Frau Stohwasser. Frau Stohwasser blickte in die Klasse, und die Klasse blickte an die Tafel. Manche hielten sich die Hand vor den Mund, andere lächelten verschämt, und Nico grinste sein Haifischlächeln.

Frau Stohwasser drehte sich um, und als sie sah, was an der Tafel stand, verschluckte sie sich an ihrer eigenen Spucke. Die Kreidezeichnung zeigte ein Strichmännchen, dessen Kopf offenbar ein Arsch sein sollte, in jeder Pobacke ein Auge, und darüber eine fette Balkenbraue. Ernie Arschgesicht.

„Wer. War. Das?", fragte Frau Stohwasser. Keiner meldete sich.

„Benni?"

Anscheinend ging sie davon aus, dass er wusste, wer der Schuldige war, und auch willens, es zu verraten. Er schaute zu Nico, der klebrig lächelte.

„Benjamin." Frau Stohwassers Tonfall wurde schärfer. „Wer war das?"

„Ich war's nicht", sagte er hilflos.

„Das ist mir klar." Frau Stohwasser knetete wieder ihre Nasenwurzel. „Aber du weißt, wer es war. An deiner Stelle würde ich es sagen. Das ist nicht ehrenrührig. Solche

Hänseleien werden immer schlimmer, wenn sie keine Konsequenzen haben. Also?"

„Ich weiß es nicht. Ehrlich."

„Sicher?", fragte Frau Stohwasser.

„Ja. Sicher."

Frau Stohwasser schüttelte enttäuscht den Kopf, und Nico lehnte sich zurück. Benni wusste, dass ihn alle für einen Feigling hielten, unfähig, sich zu wehren. Doch besser ein Feigling sein, als eine Petze.

6 Am Busbahnhof stieg Benni aus, schob sich zwei Raiderstangen in den Mund und grüßte einen Maikäfer, der schwerfällig an ihm vorbeisummte. Die Sonne schien warm, und obwohl es noch Frühling war, trugen viele Einkaufsbummler dünne Hemden und T-Shirts. Er schaute auf die Uhr: zwanzig nach zwei. Um halb drei war er mit seiner Mutter am Brunnen verabredet, der Treffpunkt für alle, die sich auf der Jagd nach Klamotten, Küchenmessern, Teppichen, Staubsaugern, CDs oder Schuhen verloren und später wiederfinden wollten.

Er setzte sich auf den Brunnenrand, schloss die Augen und lauschte dem Rauschen der Fontäne. Das war wie im Urlaub, ganz weit weg. Wasserfall. Dahinter eine Höhle. Seine Höhle. Sicher und geborgen.

Benni brauchte ein Versteck, das wurde ihm klar. Einen Ort, wo er einfach sein konnte, ohne jemand sein zu müssen. Die Lehrer, seine Mutter, Tommi, alle wollten ihn auf den richtigen Weg schubsen, anstatt ihm den Weg zu überlassen.

Vielleicht sollte er diesen Hartwig nach seiner Meinung fragen. Der Typ war wie ein Opa, schrullig und nett, und wirkte nicht wie ein Klugscheißer, der anderen dauernd erzählen muss, was das Beste für sie ist. Außerdem war es toll, mit ihm über Sagen und Helden und Masters of the Universe zu sprechen. Hartwig hatte ihn ernst genommen.

Benni schaute auf die Uhr. Schon nach halb drei. Seine Mutter verspätete sich, wie üblich.

Damals auf der Parkbank, als er fünf Jahre alt war, hatte er ewig auf sie gewartet, tränenüberströmt. „Setz dich hierher und warte, muss nur schnell zum Metzger." Jaja, von wegen! Wie sich später herausstellte, war seine Mutter ohne ihn nach Hause gefahren, hatte Frankfurter Würstchen gekocht und sich gewundert, dass niemand kam, als sie zum Essen rief.

Plötzlich entdeckte er ihr rot-weißes Kleid in der Menge. Na endlich. Seine Mutter tänzelte auf ihn zu, in jeder Hand eine Eistüte, und setzte sich. „Habt ihr die Mathearbeit zurückbekommen?"

Sie reichte ihm das Eis. Schokolade.

Nee, dachte Benni, die Arbeit noch nicht, aber meine Sechs habe ich schon.

„Dauert noch", log er. „Der Schindler braucht immer ewig zum Korrigieren."

Ein Windstoß wehte ein paar Wassertropfen in seinen Nacken, kalt und klamm wie schlechtes Gewissen. Er musste das Thema wechseln, und die Mitleidstour war am besten, wenn man von unangenehmen Gesprächen ablenken wollte.

„Mama?"

„Ja?"

„Ich fühle mich irgendwie nicht gut."

„Wieso denn, mein Spatz?"

„Weiß nicht. Einfach so."

Seine Mutter musterte ihn mit einem verständnisvollen Mutterblick und nahm seine Hand. „Weißt du, Benni, du bist in einem schwierigen Alter. Noch vor Kurzem warst du ein Kind, und richtig erwachsen bist du auch noch nicht. Das ist verwirrend. Ich hoffe wirklich, dass du deine Einzigartigkeit erkennst, sonst merkst du nicht, wenn sie bei dir anklopft."

Er hatte keine Ahnung, was sie damit meinte. "Tommi jedenfalls sieht nichts Einzigartiges in mir. Außer idiotisch einzigartig."

"Weißt du, als du ein Baby warst, hat Tommi dich überall hingetragen. Du hast auf etwas gezeigt, und er hat es dir gegeben. Du hast geweint, und er hat Grimassen geschnitten, bis du wieder gelacht hast. Zwischen euch gibt es ein unsichtbares Band, ganz sicher. Das ist eine Gabe, ein Geschenk. Weißt du, Achim sagt immer, Hass ist nichts anderes als unterdrückte Liebe." Seine Mutter legte den Zeigefinger unter die Nase, wie immer, wenn sie etwas Wichtiges sagen wollte. "Ich möchte, dass du Achim mal kennenlernst, mit ihm sprichst. Er hat einen faszinierenden Blick auf die Welt. Das würde dir bestimmt helfen. Was hältst du davon?"

Achim, der große Achim. Bennis Mutter vergötterte ihn schon seit Ewigkeiten. Diese ganzen schlauen Sprüche. Klar, dass Tommi den Typen hasste. Benni hatte ihn noch nie gesehen. Einerseits war er neugierig, andererseits nicht scharf drauf. Er starrte auf die Betonplatten, über die kleine rote Punkte wuselten. Samtmilben. Süße Tierchen. Vermutlich gab es so viele Samtmilben wie Planeten, und so viele Planeten wie Erwartungen. Ein Universum voller Erwartungen.

"Ach, dein Achim kann doch auch keine Wünsche erfüllen", seufzte er.

"Vielleicht nicht", sagte seine Mutter und lächelte. "Aber ich weiß, wer es kann!" Sie zog ihren Geldbeutel aus der Handtasche und kramte ein Zehnpfennigstück heraus. "Wünsch dir was!"

„Ach, Mama, ich bin doch kein Kind mehr."

„Viel hilft viel!"

„Na gut."

Benni hauchte dreimal auf die Münze. Er überlegte kurz. Es gab so viel, was er sich wünschen könnte. Das Offensichtlichste war, nicht ins Internat abgeschoben zu werden. Die Sechs in Luft aufzulösen. Aber das Problem gäbe es nicht, wenn Tommi nicht so krass wäre, und Tommi war so krass, weil ihr ganzes Leben krass war, und ihr Leben wäre nicht krass, wenn ihr Vater noch leben würde. Ich wünschte, Papa wäre nicht gestorben, dachte Benni.

„Bin fertig."

Seine Mutter klemmte ihren Daumen unter den Zeigefinger, legte das Geldstück darauf und schnippte es in den Brunnen. „Erledigt! Solange die Münze im Brunnen ist, ist der Wunsch aktiv!"

Er spürte, wie ihn seine Mutter ansah, so lange, bis es unangenehm wurde. „Na, dann komm", sagte sie fröhlich. „Gehen wir in den Horten."

Mit offenem Hosenlatz stand er in der Umkleidekabine. Seine Mutter reichte ihm zwei Jeans. „Probier mal die." Bei der einen ging der Knopf zu, aber die Hosenbeine schlugen Falten wie eine Ziehharmonika. Bei der anderen passten die Hosenbeine, aber der Knopf ging nicht zu. Ätzend. Benni hasste Einkaufen.

Er schlug den Vorhang zu Seite. „Mama?" Sie war weg, schon wieder.

Er beobachtete eine dauerwellige Verkäuferin, die Strickpullis zusammenlegte, so griesgrämig, als arbeite sie in einer Knastwäscherei. Linker Ärmel, rechter Ärmel, geradeziehen, umklappen. Immer dasselbe, dachte Benni, immer die gleichen Pullis, die gleiche Luft, das gleiche Licht, die gleiche

Musik, die gleiche Bewegung, egal ob es stürmt, schneit, regnet oder die Welt untergeht.

Sehnsüchtig blickte er zum Haupteingang. Die Flügeltüren schwangen auf und zu, ließen Sonne und Menschen hinein. Ein Schnauzbart, der Pfannen und Töpfe verkaufte, quatschte die Kunden an. Ein Anzugtyp eilte vorbei. Eine Mutter zog ihr Kind auf die Rolltreppe. Zwei Mädels mit Kopftüchern giggelten über das schiefe Verkäufertoupet, und hinter ihnen stapfte Herr Schindler durch die Luftwand.

Bennis Eingeweide wurden zu Wasser. Was machte der denn hier? Mathearbeiten korrigieren jedenfalls nicht! Dass Lehrer nachmittags einkaufen gingen wie normale Menschen, überraschte Benni.

Jedenfalls kannte Schindler seine Mutter, und wenn sie sich hier begegneten, würde er sie fragen, ob Benni ihr den Elternbrief gezeigt hätte, und sie würde fragen: „Was für ein Brief?", und Schindler würde sagen: „Der Brief wegen Mathe. Der Sechs in Mathe!", und sie würde Benni fragen: „Ist das wahr?!?", und er würde rumdrucksen und sagen: „Ja", und dann würde Tommi es erfahren, und dann, dann … dann das Internat.

Benni musste reagieren. Erst mal fliehen, verstecken. Das war jetzt angesagt! Und dann Mama irgendwie einfangen. Er drehte sich um und wollte in der Umkleide verschwinden, aber eine Oma hatte sich hinterrücks in die Kabine geschlichen und schrie entsetzt auf, als Benni den Vorhang beiseiteschob.

„Oh mein Gott, Entschuldigung!", schrie er, als er in den massigen Busen blickte, worauf die Oma „Flegel!" schrie und den Vorhang so fest zuzog, dass er fast abriss.

Da stand er nun in der Ziehharmonikahose, während seine eigene in der Kabine bei der Oma lag. Seine Mutter kam zurück mit einem Haufen Klamotten über dem Arm. „Die

Cordhosen haben Gummizug und die Jeans ist eine Übergröße. Notfalls kürzen wir die Beine, aber vielleicht ..."

„Mama, können wir zu den Jacken gehen?" Bevor seine Mutter antworten konnte, schluppte Benni um die Ecke, stürzte sich auf einen Jackenständer und schlüpfte in einen grünen Anorak. Erklärend zeigte auf das Prozente-Schild. „Ist reduziert."

„Weißt du, die erinnert mich an meine Schwangerschaft", sagte seine Mutter und prüfte den Preis. „Aber du wirst reinwachsen."

Schindler kam näher. Es war ein Fehler gewesen, an einem Montagmittag nach der Schule ins Einkaufszentrum zu fahren, denn jeder Depp fuhr Montagmittag nach der Schule ins Einkaufszentrum.

Benni nahm seine Mutter an der Hand und türmte zwischen zwei Pappaufsteller von Steffi Graf und Boris Becker, die einen Wühltisch bewachten. Verzweifelt suchte er nach irgendetwas zur Tarnung, fand aber nur ein Schweißband, das er sich über den Kopf zog. Seine Mutter befühlte es belustigt.

„Wozu brauchst du das?"

„Für Sport."

Schindler stoppte bei den Aerobic-Hosen. Schweißband hin oder her – es war nur eine Frage der Zeit, bis er Bennis Mutter entdecken würde in ihrem rot-weißen Kleid, weithin sichtbar wie ein frisch gestrichener Leuchtturm.

„Kannst du mir die Hose hochkrempeln?", bat Benni, und seine Mutter tauchte bereitwillig ab. Schindler hatte währenddessen einen Stopp eingelegt und quatschte mit einer blonden Verkäuferin, die gezwungen lachte und den Gang hinunterzeigte. Direkt in Bennis Richtung. Schindler setzte sich wieder in Bewegung. Verdammte Hacke!

Benni zog das Stirnband tiefer. Seine Mutter kniete immer noch vor ihm, zuppelte an den Hosenbeinen. „Fertig!", sagte sie zufrieden und wollte aufstehen. Das musste er verhindern. Als sie in die Hocke ging, stützte sich Benni auf ihre Schultern, und sie kippte auf den Hintern.

„Hoppla!", rief sie.

Schindler wendete den Kopf; Benni tauchte ab.

„Warum kommst du denn zu mir runter?", fragte seine Mutter amüsiert. Tja, gute Frage, warum eigentlich? Weil du meinen Mathelehrer nicht treffen sollst, dachte Benni und beschloss, ein Thema anzuschneiden, das seiner Mutter wichtig war: Achim.

„Ich wollte mit dir noch mal kurz reden wegen Achim …"

„Ach ja?", fragte seine Mutter erwartungsvoll. Sie setzte sich in den Schneidersitz, als ob es das Normalste der Welt wäre, zwischen Kleiderständern ein kleines Sit-In zu veranstalten. Auch Benni schlug die Beine übereinander.

„Ich glaube, Tommi wäre sauer, wenn ich mit ihm spreche. Ich habe gehört, wie er ihn mal Arschloch genannt hat, am Telefon."

„Ach, Benni, das ist kompliziert. Tommi will nur das Beste für uns, aber manche Sachen versteht er nicht. Weißt du, wir müssen ihn ja nicht anlügen, aber wir könnten es einfach nicht erzählen."

„Als ich nichts von der Fünf in Deutsch erzählt habe, hast du aber gesagt, ich hätte gelogen."

Seine Mutter wiegte nachdenklich den Kopf. „Bei Schulsachen ist das was anderes. Aber das mit Achim ist eine Notlüge, damit Tommi sich nicht aufregt, weil er schon genug um die Ohren hat."

Sie sah ihn an, als erwarte sie von Benni eine Antwort. Ihm fiel aber nichts ein außer der Wahrheit, und die wollte er nicht sagen: Dass er keinen Bock auf diesen Achim und seine Lebensweisheiten hatte.

„Überleg es dir einfach", seufzte seine Mutter und entknotete ihre Beine. Gott, nein, nicht aufstehen! Benni schnappte ihre Hand; zwischen den Kleiderständern sah er Schindlers ausgelatschte Schuhe. „Ich hab's mir überlegt."

„Was hast du dir überlegt?"

„Du kannst ihn anrufen, diesen Achim."

Scheiße.

Seine Mutter umarmte ihn, als hätte er im Lotto gewonnen. „Das ist toll, ich freue mich so für dich, mein kleiner Großer! Weißt du, das wird dein Leben komplett verändern!"

Ein beißender Aftershave-Duft zog vorbei. Schindler war weg. Benni atmete auf, die Gefahr schien gebannt. Er stand auf und lugte über die Kleiderständer. Seine Mutter streckte die Hand aus „Hilf mir hoch", sagte sie und lächelte. „Da haben wir eine gute Ausbeute!"

„Ja, super", sagte Benni zerknirscht und stellte sich vor, wie er mit der hässlichen Pluderhose, dem giftgrünen Anorak und dem Stirnband in die Schule ging. Das war für Nico eine Einladung, ihn fertigzumachen. Und der würde diese Einladung dankend annehmen.

7 „Guten Morgen", begrüßte Frau Stohwasser die Klasse, die mit einem gedehnten „Guuuten Moooorgen" antwortete. Benni hatte wieder Wischdienst, und ihm graute davor, was sich diesmal hinter den Tafelflügeln verbarg.

Frau Stohwasser griff nach ihrer Kladde und drehte sich zu ihm.

„Also, Benjamin, die Buchvorstellung. Hast du dich darum gekümmert?"

Er hatte sich natürlich nicht gekümmert. Zwar war er bei Hartwig gewesen, aber anstatt ihn nach einer passenden Geschichte zu fragen, entwarfen sie ein Masters-Szenario, in dem He-Man und Skeletor gemeinsam Prinz Adam um die Ecke bringen. Wenig hilfreich. Bennis Buchauswahl bestand also nach wie vor aus Friedhof der Kuscheltiere, dem literarischen Untergang des Abendlandes. Er musste Frau Stohwasser etwas anderes liefern, und zwar jetzt, sonst würde er seine Note endgültig zerschießen.

„Ähhhh …", ähte er, um Zeit zu gewinnen.

„Jaaaa …?", fragte sie.

„Hm."

Was hatte Hartwig gesagt? Alle Geschichten sind gleich. Stimmt irgendwie, dachte Benni: Immer geht es um irgendjemanden, der irgendwas will oder auf keinen Fall will und dann gibt es Probleme und am Ende schafft es der Held oder auch nicht. Im Prinzip galt das für Schund genauso wie für diese Hochliteratur, von der Frau Stohwasser immer schwärmte. Benni hatte eine Idee. Konnte das funktionieren?

„Benjaaamin", sang Frau Stohwasser ungeduldig.

„Also ich habe ein Buch, aber der Titel ist mir gerade entfallen", stotterte er.

Frau Stohwasser griff nach ihrer Kladde. Der Kugelschreiber klickte.

„Aber ich kann Ihnen sagen, worum es geht!", schob er hektisch nach. Er wollte eine Inhaltsangabe von Friedhof der Kuscheltiere machen, die so allgemein war, dass sie auch auf ein anspruchsvolles Langweilerbuch passte. Das müsste er später natürlich noch finden, aber in diesem Moment ging es nur darum, Zeit zu gewinnen. Taktaktak tickte der Zeiger der Wanduhr.

„Es ist die letzte Stunde vor der Projektwoche, und anstatt mir einen Titel zu nennen, erzählst du Märchen." Sie hatte den Instinkt eines Gebirgsschweißhunds. „Ich habe dir eine letzte Chance nach der anderen gegeben. Aber jetzt lässt du mir keine Wahl."

Sie setzte den Kugelschreiber an. Einen schlechten Eintrag konnte er sich nicht leisten. Denk nach, verdammt, worum geht's in diesem verdammten Buch, außer um Zombies, Skalpelle und Achillessehnen? Bevor ihm die Stimme wegkippte, stieß Benni hervor: „Es geht um eine Familie, und die Eltern denken, ihr Sohn ist tot, aber der Sohn lebt und kommt wieder, aber er ist nicht mehr derselbe, und ich will nicht zu viel verraten, aber über die Familie bricht großes Unheil herein. Genauso wie über die Katze."

Frau Stohwasser wippte nachdenklich mit dem Fuß. „Also eine Familiengeschichte? Gesellschaftsroman? Wie bei Thomas Mann?"

„So ähnlich", sagte Benni erleichtert. Wer zum Teufel war Thomas Mann? Frau Stohwasser schien zu ahnen, dass er keine Ahnung hatte, bohrte aber nicht weiter nach und sah auf die Uhr. „Wir sind alle sehr gespannt auf deine Geschichte, Benjamin. Dann wisch jetzt die Tafel."

Er klappte die Tafel auf.

Gekicher aus der letzten Reihe.

Wieder Ernie Arschgesicht.

Frau Stohwasser fing an zu schimpfen wie letzte Woche, und das Raunen setzte ein wie letzte Woche, und Nico grinste wie letzte Woche und strich sich mit Daumen und Zeigefinger über seinen Flaumbart.

Benni wusste, dass Nico diesen Scheiß zeichnete, und Nico wusste, dass Benni es wusste. Aber was sollte er dagegen tun? Gegen Nico und seine Gang hatte Benni keine Chance. Er wollte gerade auf seinen Platz schleichen, als Fortuna sich umdrehte und ihn ansah, interessiert und spöttisch, als würde sie einen Welpen beobachten, der sich kampflos auf den Rücken wirft. Benni spürte, dass in diesem Moment sein innerer Kern, vollgestopft mit Demütigungen und Schmerz und Scham, zu zerbersten drohte, und obwohl er Angst hatte, das zu tun, was er gleich tun würde, war die Angst größer vor dem, was passieren würde, wenn er es nicht täte.

Er sah Nicos hämisches Haifischlächeln, schnappte sich den Schwamm, wischte die Augenbraue weg und malte stattdessen einen dicken Schnurrbart. Nicos Schnurrbart.

Nicos Lächeln gefror. Verschämt tastete er nach seiner Flaumlippe. Hasserfüllt starrte er Benni an, und Benni ahnte, dass der Preis für diese Aktion höher sein würde, als er gedacht hatte. Die Jungs in der letzten Reihe schauten zu Boden, damit Nico ihr Grinsen nicht sah, denn sie begriffen, was alle in der Klasse begriffen: Jetzt war Nico das Arschgesicht.

8 Benni drückte auf den Knopf, wartete kurz und zählte dann: „Drei, zwei, eins." Aber die Ampel blieb rot. Keine Gedankenübertragung, keine Macht von Grayscull. Wie immer.

Im Augenwinkel bemerkte er auf der Straße eine Erdkröte, vielleicht so lang wie ein halbes Lineal, wahrscheinlich ein Weibchen, das ihr Sommerquartier suchte. Reichlich spät. Die Krötenwanderung war normalerweise Ende März vorbei.

Von links hörte er Motorengeräusche. Die Autoampel an der Kreuzung war auf Grün gesprungen, und die erste Reihe gab Gas. Die Kröte hatte es nicht einmal bis zur Straßenmitte geschafft; sie würde plattgefahren werden.

Benni schaute auf die Kröte, dann auf die rote Fußgängerampel, dann auf die heranrasenden Autos. Eigentlich noch genug Zeit, um das arme Vieh zu retten. Jetzt müsste er losrennen, genau jetzt, sich die Kröte schnappen und auf den sicheren Grünstreifen springen.

Das Dröhnen wurde lauter. Er zählte: „Drei, zwei, eins." Kröte, Ampel, Autos, und blieb stehen. Der Blechstrom sauste an ihm vorbei. Auf der Straße blieb ein blutiger Fleck zurück. Die Fußgängerampel wurde grün.

Zerknirscht überquerte Benni die Straße. Er war so in Gedanken, dass er kaum hörte, wie Fahrräder hinter ihm zum Stehen kamen, hart abgebremst.

„Hey, Ernie Arschgesicht!"

Er drehte sich um. Nico auf einem Bonanzarad, das eine Bein auf dem Boden und das andere auf dem Rahmen, ganz locker. Neben ihm Wiesel, dahinter die zwei Handlanger, der dünne und der dicke. Ein sehr übles Gefühl beschlich Benni.

„Ich muss nach Hause."

„Wir begleiten dich. Und passen auf, dass dir nichts passiert." Nico grinste. Benni konnte nichts tun. Er stemmte die Hände in die Taschen und ging los. Den Kopf gesenkt prüfte er die Umgebung. Es gab nichts, wohin er fliehen konnte: Links von ihm war ein hoher Zaun, rechts die zweispurige Straße.

Die Jungs folgten ihm, seitlich die Handlanger, hinten Wiesel und vorne Nico, schlangenlinienfahrend und alle paar Meter abstoppend, das Hinterrad in der Luft. Benni musste kleinere Schritte machen. Wiesel fuhr ihm in die Fersen.

„Pass doch auf, Idiot!", rief Wiesel und lachte.

Benni blieb mit der Fußspitze an Nicos Hinterrad hängen, stolperte. Wiesel krachte ihm erneut in die Fersen. Benni schlug hart auf die Knie.

„Hoppla, Ernie", ätzte Nico. Benni stand auf und drückte die Tränen zurück. Seine Kehle brannte. Er ging weiter, schaute auf den Boden und ließ sich beschimpfen, knuffen und kneifen. Kurz vor der Faustallee stellte Nico sein Fahrrad quer in den Weg. „Mannomann, Ernie, du siehst echt aus wie 'n Vollpfosten. Du brauchst ein Makeover."

Nico ließ das Fahrrad auf den Boden gleiten und griff in seine Hosentasche. Hoffentlich keine Knarre, dachte Benni.

Ein Handwerker kam ihnen entgegen. Der Typ war groß, bestimmt Mitte zwanzig. Retter in der Not. Benni suchte seinen Blick, aber der verdammte Feigling nestelte verschämt an seinem Blaumann und eilte vorbei.

Die Jungs warteten, bis der Kerl außer Hörweite war. Dann ließ Nico das Handgelenk kreisen. Es klackte dreimal, und ein Butterfly blitzte in der Sonne. Ein Schauer lief Benni vom Kopf in die Füße.

Nico stieg vom Fahrrad. Er trat einen Schritt auf ihn zu, viel zu nah, packte ihn am Anorak und drückte die Klinge flach auf seine Brust.

„Du brauchst so was von dringend ein Makeover", zischte Nico und zog das Messer durch. Benni kniff die Augen zusammen. Der oberste Jackenknopf sprang über den Gehsteig und rollte in den Gully.

Die Handlanger grinsten dämlich.

Nico schaute an ihm hinunter. „Was für hässliche Schuhe." Er ging in die Knie und schob die Klinge unter die Schnürsenkel. Ein Schwertransporter donnerte an der Gruppe vorbei und stieß eine Dieselwolke aus. Die Jungs husteten und drehten sich weg. Das war die Gelegenheit!

Benni spurtete los. Hinter sich hörte er wütende Schreie. Er legte einen Zahn zu. Aber gegen Fahrräder hatte er keine Chance; sein Vorsprung würde schneller schmelzen als ein Nappo in der Hosentasche. Der Schuh mit den durchgeschnittenen Schnürsenkeln schlackerte. Benni verlagerte sein Gewicht aufs linke Bein. Der Schulranzen wippte auf und ab, riss an seinen Schultern und schlug gegen den Hinterkopf. Bis nach Hause würde er es nicht schaffen. Vor ihm tauchte die Faustallee auf. Das war die Lösung! Die Gartenlaube von diesem Hartwig lag kurz hinter der Kurve, nur sechs Häuser entfernt! Würde er ihm helfen? Egal, keine Zeit zum Nachdenken. Benni schlug einen Haken und schwenkte nach links.

„Wir kriegen dich!", schrie Wiesel.

Am dritten Zaun verlor er seinen Schuh, was Begeisterungsstürme bei den Verfolgern auslöste. Steinchen bohrten sich in seine Fußsohle. Noch zwei Häuser. Neben ihm tauchte Nicos Vorderrad auf. Benni legte alles in den Endspurt.

Was für ein Glück: Hartwig stand draußen und fegte den Gehsteig. Als er die Menschenjagd bemerkte, ließ er sofort den Besen fallen, öffnete das Gartentor und winkte Benni heran. Noch ein paar Meter. Die Handlanger traten fester in die Pedale, rasselnde Fahrradketten und sirrende Reifen.

Auf Gummibeinen eierte Benni durchs Törchen, die Bande dicht an den Fersen. Er torkelte an Hartwig vorbei, brach zusammen und rollte auf den Rücken, total erschöpft. Die Jungs schmissen ihre Räder auf den Bürgersteig und drängten in den Garten. Hartwig stand da wie ein Großgrundbesitzer, hochaufgerichtet mit herabgezogenen Mundwinkeln, die Arme hinter dem Rücken verschränkt, und sprach so langsam, als wollte er sichergehen, dass jedes einzelne seiner Worte genau verstanden wurde. „Meine Herren, ihr werdet dieses Grundstück verlassen. Unverzüglich."

Zusammengerottet verharrten die Jungs auf der Stelle, Schulter an Schulter, schubsten sich gegenseitig und schienen nicht zu wissen, ob sie angreifen oder verschwinden sollten. „Du bist 'n Opa", stellte Wiesel fest.

Hartwig nahm die Brille vom Kopf und schob sie in seine Brusttasche: „Eines sollte euch klar sein: Um meinen Gast vor rechtswidrigen Angriffen zu schützen, bin ich befugt, Gewalt anzuwenden."

Nico trat einen Schritt nach vorne. „Mit dem da", er zeigte auf Benni, „haben wir ein Hühnchen zu rupfen. Besser, Sie gehen aus dem Weg."

Und genau das tat Hartwig. Er machte einen Schritt zur Seite. Ohne Widerstand. Ohne Kampfgeist.

Wäre auch zu schön gewesen. Klar, Hartwig schuldete ihm nichts. Sie hatten ein paar nette Gespräche am Gartentor geführt, aber Hartwig war ja nicht sein Opa. So ist halt das Leben. Genau wie Tommi sagte: Kannst dich auf niemanden verlassen. Wer zu weich ist, der krepiert.

Nico setzte sich in Bewegung; gleich ging's los. Benni wendete den Kopf, weg vom Verderben, hinein ins beruhigende Blau. Unter seinem Rücken fühlte er die kühle Erde. Zwei Flugzeuge zerkratzten den Himmel. Aus dem Augenwinkel sah er Nico näherkommen.

„Du Pisser." Nico griff in seine Hosentasche. Die Kondensstreifen zerfaserten und lösten sich auf. Es klackte dreimal. Stillstand, kurz.

Plötzlich spürte Benni einen Luftzug, und etwas Weißes schoss vorbei, fauchend, und sprang Nico ins Gesicht. Ein riesiger Vogel. Eine Gans.

„Uaaaaah, scheiße!", schrie Nico.

„Attacke, Friederike!", rief Hartwig.

„Helft mir, verdammt!" Nico schlug wild um sich, und seine Kumpels erstarrten. Das Wiesel reagierte als Erster und rannte weg. Die beiden Handlanger zögerten. Mit einem Kampfschrei flatterte die Gans empor und biss dem dicken Handlanger in die Nase. Der sackte kreischend zusammen und riss den dünnen mit. Nico purzelte über das Menschen-knäuel und klatschte mit dem Gesicht ins Kräuterbeet. Die Gans griff an, schlug mit den Flügeln, schnappte und schrap-pte.

Nico löste sich aus der Schlacht und floh auf die Straße. Die anderen beiden folgten ihm. Zerkratzt sprangen sie auf ihre Fahrräder. Friederike eröffnete die Jagd. Die Hilferufe und das Geschnatter wurden leiser.

„Leg dich nie mit einer Gans an, gell", sagte Hartwig ver-gnügt. „Was wollten die von dir?"

„Ach, da war mal so eine Sache." Benni befühlte die obere Jackenöse. Seiner Mutter würde er sagen, dass der Knopf ab-gefallen sei und sie die hässliche Jacke besser umtauschen solle.

„Was denn für eine Sache?"

„Ach, ist egal."

„Du hast gegackert, jetzt musst du auch ein Ei legen."

„Also gut", sagte er mit gespielter Genervtheit, die überde-cken sollte, wie peinlich ihm die Geschichte war. „Nico hatte mal einen Kackfleck auf der Hose, und ich hab's gesagt. Vor allen."

„Hast du dich entschuldigt?"

„Nein."

Hartwig setzte eine missbilligende Miene auf. „Dieser Junge ist in der Tat ein sehr unfreundlicher Zeitgenosse, aber du hast ihn der Lächerlichkeit preisgegeben. Psychologisch muss er das verarbeiten, gell. Und extreme Scham kann zu einer kurzfristigen Überreaktion führen. Das kennst du aus der Zeitung, wenn auf einmal die nette Nachbarin ihren Mann mit der Bratpfanne totschlägt. Aber mach dir keine Sorgen. Diese Wutphasen gehen in der Regel schnell vorbei. Wie viele Tage ist denn der Hosenvorfall her?"

„Das war in der Grundschule", sagte Benni entmutigt.

„Oh! Tja …" Hartwig zuckte ratlos mit den Schultern, kratzte sich am Hinterkopf und wechselte das Thema. „Ich muss Friederike einfangen. Letzte Woche hat sie den Nachbarn gebissen." Er humpelte auf die Straße und rief Benni über die Schulter zu: „Kannst reingehen. Ich komme gleich."

Die Gartenlaube war dunkler, als sie von außen wirkte. Sie hatte nur zwei kleine Fenster, eines zur Nachbarsvilla und eines zur Hecke, mit rot karierten Vorhängen. Staub stand in der Luft, und es duftete nach gebratenen Eiern. Nirgendwo entdeckte Benni eine Sitzgelegenheit, nur einen Holzhocker neben der Tür. Links an der Wand hing ein Klappbett. Gegenüber stand ein Regal mit Lebensmitteln und eine Duschwanne mit Brause, die auch als Spüle benutzt wurde.

An der Längswand war eine Garderobenleiste angebracht, an der Schirmmützen aller Farben und Formen baumelten sowie ein Schlüsselbund, der von den Panzerknackern hätte stammen können. Vielleicht war Hartwig ein Gentleman-Einbrecher, ein Typ, der nachts über die Dächer von Frankfurt turnt und die Reichen ausnimmt und seine Beute den Armen gibt – oder sich selbst, denn Hartwig war ja offenkundig auch arm. Oder er besaß irgendwo in der Karibik eine eigene Insel, und die Gartenlaube war nur Tarnung, das unauffällige Versteck vor dem nächsten großen Coup …

Unter der Mützensammlung stand ein riesiger Röhrenfernseher samt Videorekorder, aus dem eine Kassette ragte: Die Glücksritter. Das passte. Unter der Anrichte entdeckte Benni ein flaches Telefon ohne Wählscheibe, nur mit Tasten. Abgefahren. Tasten!

Hartwig steckte den Kopf zur Tür herein. „Friederike ist versorgt."

„Das Telefon sieht ja voll sience-fiction-mäßig aus."

„ISDN! Die Zukunft des Telefonierens! Ich kann ein Fax verschicken und einen Anruf entgegennehmen, alles zur selben Zeit! Diese Anzeige da nennt man Display!" Hartwig zeigte begeistert auf das Display. „Und auf diesem Display siehst du die Nummer der Person, die dich anruft, aber nur, wenn sie auch ISDN hat. Der Postbeamte hat gesagt, ich kann mit zwei anderen Teilnehmern gleichzeitig telefonieren! Das nennt man Telefonkonferenzen! Allerdings kenne ich keine zwei anderen Teilnehmer." Hartwig kratzte sich am Kopf.

„Kann ich zu deiner Gans?", fragte Benni.

„Friederike ist nebenan."

„Wo nebenan?"

„Nebenan auf dem Grundstück, hinter dieser Villa ist ein Teich. Ich habe ein Loch in den Zaun gesägt. Dann kann sie hingehen, wann immer sie will."

Benni war baff. Einfach ein Loch in den Zaun gesägt? Typisch Gentleman-Einbrecher; machten einfach, was sie wollten. „Darfst du das denn?"

„Ich sag dir mal was: Erstens darf ich Dinge, die andere nicht dürfen. Zweitens wirst du nie etwas erreichen, wenn du dich immer an die Regeln hältst. Nimm nur Odysseus, einen der größten Helden überhaupt. Der war kein Gott, nicht einmal ein Halbgott, nur ein Mensch. Aber weil er so schlau war und sich nicht an Regeln gehalten hat, konnte er jeden besiegen, den er wollte: Zyklopen, Sirenen, Trojaner. Solltest du mal lesen."

„Och, diese alten Schinken", sagte Benni. „Ich mag Stephen King."

„Die Odyssee ist kein alter Schinken!", rief Hartwig empört. „Es ist eine der größten Geschichten der Menschheit, eine Allegorie auf das Leben, das Leben als Irrfahrt! Es geht um Mut, List, Liebe. Um Totgeglaubte, die heimkehren. Um das Unmögliche, das möglich ist! Wir alle sind auf einer Odyssee. Ich bin Odysseus, du bist Odysseus. Verstehst du?"

Das Leben als Irrfahrt, da war bestimmt was dran. Benni wusste selbst nicht, wohin er wollte, hatte keine klaren Ziele, außer diejenigen, die sich ihm aufdrängten, die ihm andere aufdrängten. Irgendwann kommt man irgendwo an.

Draußen quakte es; Friederike war offenbar von ihrer Odyssee zurückgekommen und hatte Hunger. Hartwig ging zum Kühlschrank, zog einen Blechnapf mit Grünzeug heraus und reichte ihn Benni. „Hier, du Kulturbanause. Das sind Kohlrabiblätter, Friederikes Leibgericht. Damit kannst du dich bedanken, dass sie dir den Allerwertesten gerettet hat."

„Am liebsten würde ich Friederike mit in die Schule nehmen."

Hartwig lachte, aber dann wurde seine Miene ernst. „Du brauchst eine Strategie, wie du mit diesem Nico und seinen Rüpeln umgehst. Das geht nicht lange gut. Irgendwann machen sie dir die Hölle heiß."

9 Das Wasser strömte auf seinen Kopf, teilte sich auf den Schultern und verschwand gurgelnd im Abfluss. Rauschen. Dampf. Wärme. Duschen war Frieden. Einfach genial.

Benni versuchte, den Tag wegzuwaschen, dachte an Nico, wie er von Friederike in die Flucht geschlagen wurde, an Hartwig, der für seine Gans ein Loch in den Nachbarszaun gesägt hatte, an seine Mutter, die so etwas nie gemacht hätte, und an Tommi, der jeden Abend vor einem Haufen Rechnungen saß und schimpfte.

Benni boxte gegen den Duschvorhang, der an seinen Beinen klebte, stellte das Wasser ab und öffnete die Tür. Kalte Luft strömte hinein.

Er füßelte nach der Badezimmervorlage, zog den Bauch ein, begutachtete sein Gehänge und trocknete sich ab. In dem dampfbeschlagenen Spiegel schwebte seine Augenbraue – er sah sie nur als unscharfen schwarzen Balken – und je länger Benni in das milchige Grau schaute, das nach und nach seinen kugeligen Körper freigab, desto überzeugter war er, dass heute der Zeitpunkt gekommen war, etwas zu ändern.

Manchmal muss man warten, manchmal muss man handeln, und eine kleine Veränderung kann Großes bewirken – eine von Hartwigs Lebensweisheiten. Und Benni wusste, was diese kleine Veränderung bei ihm sein würde: Die beknackte Monobraue musste weg. Sie war der Grund für alle Hänseleien, und ihr Ende wäre auch das Ende von Ernie Arschgesicht. Benni könnte endlich wieder Benni sein.

Er schnappte sich Tommis Rasierzeug, tupfte einen Rasierschaumklecks auf die Brauenmitte, nahm den Rasierer, rasierte und begutachtete das Ergebnis. Bei der Macht von Grayscull: Er sah aus wie ein Filmstar! Aus einer Braue waren zwei geworden!

Doch beim genaueren Hinsehen wirkte die linke Braue kürzer als die rechte. Vielleicht brauchte er Hilfe. Sollte er seine Mutter rufen? Sie saß im Wohnzimmer bei der Tagesschau. Ach egal, vermutlich würde sie ihn gar nicht hören. Der Ton war superlaut, als ob der Nachrichtensprecher bei ihnen im Flur stehen würde, brüllend, mit einem Megafon in der Hand: „In Gießen kamen im Lauf des gestrigen Tages erneut zweihundertfünfzig DDR-Übersiedler an, so das hessische Sozialministerium! Die Aufnahmekapazität der Einrichtung ist restlos erschöpft!" Was auch immer.

Er würde das schon allein hinkriegen, beschloss Benni. Konnte ja nicht so schwer sein, zwei gleichlange Augenbrauen zu rasieren! Er drehte den Kopf von links nach rechts und von oben nach unten. Egal aus welchem Winkel er sich beäugte, sein Gesicht sah schief aus. Benni beschloss, auf der rechten Seite auszugleichen, und setzte den Rasierer an.

„Experten warnen, dass der Flüchtlingszug die Wohnungsnot verstärke und ein gefährlicher Nährboden für radikale Kräfte sei. Um Neid und Missgunst den Boden zu entziehen, wie Innenminister Wolfgang Schäuble erläuterte, beschloss die Regierung, die Unterstützungszuzahlungen für arbeitslose Zuwanderer um 430 Millionen Mark pro Jahr zu kürzen."

So ein Rotz, dachte Benni. Jetzt war die rechte Augenbraue kürzer als die linke. Das durfte doch nicht wahr sein! Er rasierte erneut. Jetzt war die linke Augenbraue kürzer als die rechte. Er rasierte erneut. Verfluchte Braue, dich mach ich fertig!

„Und nun das Wetter."

Benni rasierte.

Seine Mutter schaltete zu Der große Preis.

Benni rasierte.

„Thöööölke!"

Benni rasierte.

Und dann war es so weit. Einer dieser Momente, wenn alles schwarz wird, bodenlos, wenn oben und unten miteinander verschmelzen. Zu krass, um wahr zu sein.

Warum nicht einfach sterben, dachte Benni, und dann schoss ihm die halbverdaute Pizza aus dem Mund. Ein Strahl wie aus einem Feuerwehrschlauch, breit und hart. Es spritzte.

Übers Waschbecken gebeugt wartete Benni, bis der Spuckfaden riss. Dann schaute er in den Spiegel. Durch die Tränen sah er sein Gesicht, verschwommen wie das Abbild eines Albtraums, doch das hier war Realität: Mit dem Rasierer hatte er sich so gründlich von der Mitte nach außen vorgearbeitet, dass von seinen Augenbrauen nichts mehr übrig war. Alles weg, alles glatt. Was ihn aus dem Spiegel anstarrte, war kein Mensch mehr und erst recht kein Filmstar, sondern ein bleiches, rundes, verängstigtes Pfannkuchenmonster.

# 10

Gott sei Dank hatten sie im Horten dieses Schweißband gekauft; damit konnte er die kahle Katastrophe verstecken. Benni zog es tief in die Stirn, fast bis über die Augen. Wie lange dauerte es wohl, bis Brauen nachwuchsen?

Fronleichnam hatte ihm eine kurze Atempause verschafft, aber nächste Woche musste er sein entstelltes Gesicht der Klasse zeigen. Alle würden über ihn lachen und lästern. Eine Schmach ungeheuren Ausmaßes. Benni seufzte.

Eigentlich war er heute bei U-Boot-Yong zum Filmgucken eingeladen, aber Benni war nicht in der Stimmung. Je später ihn seine Freunde sahen, desto besser – und seine Feinde am besten gar nicht.

Es war ein milder Samstagmorgen. Die Sonne schien, Vögel zwitscherten, und in der Faustallee stand Hartwig mit einer Teleskopgartenschere und kappte ein Plakat, auf dem „Nein zu dieser EG – Vorrang für deutsche Interessen!" stand. Es trudelte zu Boden wie ein abgeschossener Jagdflieger.

„Guten Tag", rief Benni und Hartwig winkte.

Benni winkte zurück und zog das Stirnband tiefer. „Warum schneidest du das ab?"

„Ziviler Ungehorsam, Grundpfeiler einer modernen Demokratie!" Zur Bestätigung trat Hartwig mit seinem Stiefel auf das Plakat, direkt ins Gesicht des würdevoll dreinblickenden Politikers, und zeigte auf das Stirnband. „Gehst du Tennis spielen?"

„Nee, eher nicht", sagte Benni. „Wehe, du lachst." Er schob das Stirnband nach oben und enthüllte sein brauenloses Mondgesicht. Hartwigs Mundwinkel zuckten. „Ihr jungen Leute kommt auf interessante Ideen. Ist das eine neue Mode?"

„Ich bin so ein Idiot!"

„Das Wort Idiot kommt aus dem Altgriechischen und bedeutet Privatperson, im Gegensatz zur öffentlichen Person, gell", erklärte Hartwig und stieß seinen Zeigefinger in die Luft; wenn es ums Erklären und die alten Griechen ging, war er in seinem Element. „Idiotes waren in der attischen Demokratie alle Bürger, die kein politisches Amt hatten. Kinder in deinem Alter waren quasi automatisch Idioten, gell. Der Begriff erfuhr eine Renaissance zur Jahrhundertwende, da bezeichnete man Sonderlinge als Idioten. In dem Wort Sonderling steckt das Wort besonders. Genies waren nach dieser Definition Idioten. Aber heute bedeutet Idiot einfach Idiot."

„Danke", sagte Benni und ließ niedergeschlagen den Kopf auf die Brust sacken. Hartwig nahm das nächste Plakat ins

Visier. „Vermutlich wirst du ein paar Neckereien ausgesetzt sein. Am besten, du reagierst nicht drauf."

Benni kickte einen Kiesel in den Rinnstein. „Du hast gut reden. Typischer Erwachsenenratschlag!"

„Der einzige Unterschied zwischen Erwachsenen und Kindern ist, dass Erwachsene weniger Zeit haben." Hartwig warf die Leiter auf die Schulter. Hinter der Hecke brüllte eine Stimme: „Dreckskommunistischer Vaterlandsverräter!"

„Mit den besten Empfehlungen an unseren hochgeschätzten Gauleiter!", rief Hartwig zurück und flüsterte: „Der Typ ist ein Vollblutnazi, sein Sohn hat die ganzen Plakate aufgehängt. Der ist jetzt natürlich verärgert, dass ich die abknipse, gell."

„Aha", sagte Benni.

Hartwig reichte ihm die Gartenschere. „Lass uns gehen, bevor der seinen Schäferhund rauslässt."

Hartwigs Garten sah aus wie eine Baustelle. An der Laube lehnten Kanthölzer, Bretter und ein eingerollter Maschendrahtzaun. Darunter, auf einem breiten Stück Pappe, lagen säuberlich aufgereiht ein Fuchsschwanz, eine Kneifzange, ein Hammer und eine Schachtel Hakennägel. Was wollte er bauen? Schien ein Riesenprojekt zu sein.

Hartwig ging in die Hütte und kam mit einem Glas Apfelwein und einer Flasche Apfelsaft zurück.

„Was hast du damit vor?", fragte Benni und nahm den Apfelsaft entgegen.

„Ich zimmere einen Verschlag für Friederike."

„Du willst sie einsperren?!" Benni war entsetzt. Schließlich hatte ihm die Gans das Leben gerettet, als sie sich todesmutig auf Nico und seine Gang stürzte.

„Nein, nein", beruhigte Hartwig. „Sie hat ja den Zugang zum Grundstück nebenan. Der Verschlag wird ihr Haus und das Loch im Zaun die Terrassentür, höhö."

„Ah ja, gut." Benni witterte seine Chance. Heute war Samstag, die Buchvorstellung nächsten Donnerstag. Da musste er hin, alles andere wäre zu auffällig. Aber wenn er drei Tage schwänzen würde, hätten seine Augenbrauen länger Zeit, um nachzuwachsen. Vielleicht wären sie dann wieder dicht genug, um nicht aufzufallen. Allerdings brauchte er für Montag bis Mittwoch einen Ort, an dem er morgens die Schulzeit verbringen könnte – warum also nicht Hartwig beim Zusammenbauen des Verschlags helfen?

„Kann ich dir helfen?", fragte Benni. „Ich baue gern Dinge zusammen."

„Selbstverständlich!"

„Gleich am Montag?"

„Famos!"

Hartwig ließ seine Lesebrille auf die Nase sausen, schnappte einen Ringblock und riss begeistert die erste Seite ab. „Dann essen wir zu Mittag Bratkartoffeln und Spiegeleier, sofern deine Eltern …"

„Meine Mutter", korrigierte Benni.

„… deine Mutter nichts dagegen hat, gell!"

Hartwig schrieb die Einkaufsliste: „Kartoffeln, Zwiebeln, Speck, Petersilie hab ich, Butter … Dann kommst du direkt nach der Schule?"

Nicht nach der Schule, dachte Benni. Vor der Schule, während der Schule. Jetzt musste er vorsichtig sein. Die nächsten Worte waren entscheidend, sonst würde Hartwig misstrauisch werden. Für Schwänzerei hatte er bestimmt kein Verständnis.

„Eigentlich dachte ich, dass wir gleich morgens anfangen, so um acht Uhr", begann Benni vorsichtig.

„Acht Uhr morgens?"

„Wir haben keinen Unterricht, wegen der Projektwoche", log Benni.

Hartwig klappte den Ringblock zu. „Vormittags mache ich immer meine Einkäufe."

„Kannst du die nicht nachmittags machen?"

„Dann haben wir kein Mittagessen."

„Dann lassen wir das Mittagessen."

Hartwig stemmte die Fäuste in die Hüfte. „Du hältst mich offenkundig für einen Idioten, gell, und zwar nicht im Sinne von Genie. Du willst die Schule schwänzen. Und ich soll dein Komplize sein."

Bei der Macht von Grayskull, jetzt galt es. Alles oder nichts, Karten auf den Tisch. Benni riss das Schweißband vom Kopf und schlug sich mit der Hand auf sein kahl geschorenes Stirnbein. „Was glaubst du, was passiert, wenn ich so in die Schule gehe? Die machen mich fertig! Ich sehe aus wie ein Vollmond auf Reisen!" Wütend warf er das Stirnband weg, das wie eine Frisbee-Scheibe an Hartwig vorbeisauste und an der Dachrinne hängen blieb. „Alle haben's auf mich abgesehen, Schüler, Lehrer, sogar mein eigener Bruder, nur Mama nicht, aber die ist keine Hilfe!"

„Das glaube ich nicht", beschwichtigte Hartwig. „Eltern lieben ihre Kinder, egal was ist. Rede doch mal mit deinem Vater."

„Papa ist nicht mehr da." Benni sackte erschöpft ins Bärlauchbeet, vergrub seinen Kopf in der Armbeuge und schluchzte. Hartwig reichte ihm ein Taschentuch. „Das tut mir sehr leid."

„Ach, egal", sagte Benni schniefend. „Er ist gestorben, da war ich noch klein, kann mich kaum noch dran erinnern."

Hartwig lehnte sich an die Hüttenwand und trank einen Schluck. „Kennst du dich mit Astronomie aus? Weißt du, was ein schwarzes Loch ist?"

„Nee. So was wie ein blinder Fleck?"

Hartwig lachte. „So ähnlich, gell. Schwarze Löcher sind das Mächtigste im ganzen Universum. Wie ein Magnet ziehen sie alles an, was in ihre Nähe kommt, und verschlucken es, sogar das Licht. Im Bauch von schwarzen Löchern findest du Asteroiden, Planeten, ganze Galaxien. Trotzdem hat kein Mensch je ein schwarzes Loch gesehen. Denn schwarze Löcher sind unsichtbar, schwärzer als schwarz, verstehst du? Und du weißt ja, wie der Mensch tickt. Wir lieben es, in den Sternenhimmel zu gucken, aber was wir dort sehen, worauf wir uns konzentrieren, worüber wir reden, ist unwichtig. Was dort oben funkelt, ist nur das Licht von Sternen, die längst erloschen sind."

Schwarze Löcher, hui, Licht, Universum und tote Sterne. So fühl ich mich auch gerade, dachte Benni. Aber was hat das mit meiner Augenbraue zu tun?

„Kapier ich nicht."

„Was ich damit meine, ist: Lass dich nicht ablenken, geh auf die Suche, auch dorthin, wo dir jeder sagt: Was willst du da? Dort ist nichts!" Hartwig senkte geheimnisvoll die Stimme. „Es gab eine Zeit, so vor acht Jahren, da war ich in eine Lebenskrise, gell. Ich bin ich die Straße entlanggelaufen und habe gedacht: Wenn ich jetzt vom Blitz getroffen werde oder mich ein Lastwagen überfährt oder ich in einen Gullyschacht stürze, es wäre in Ordnung, ich hätte meinen Frieden damit gemacht. Verstehst du? Ich hatte das Gefühl, dass der Tod besser ist als das Leben."

„Das ist ja krass." Das war wirklich krass. Der Tod besser als das Leben? Benni trompetete in sein Taschentuch. „Das heißt, du wolltest sterben?"

Hartwig winkte ab. „Das war eine kurze, sehr turbulente Phase in meinem Leben, gell. Zum Glück habe ich aus dem Tief herausgefunden. Mit Hilfe."

Oh Mann, dachte Benni, bitte jetzt keinen Vortrag über Psychologen oder die Kraft des Glaubens. Es reichte schon, dass seine Mutter ständig mit solchen Sprüchen um die Ecke kam. Hatte sie alle von Achim, den Benni immer noch nicht kannte und den er immer noch treffen musste. Versprochen war versprochen.

„Aha, mit Hilfe also", wiederholte Benni. „Und wer hat dir geholfen? Friederike?"

Hartwig überhörte den spöttischen Unterton und machte eine Handbewegung, als würde er eine bahnbrechende Erfindung vorstellen. „Nein, nicht Friederike. Es war ein Baum!"

„Ein Baum?"

„Ein Baum!"

„Ein normaler Baum?!" Benni zupfte enttäuscht ein Unkrautbüschel und warf es auf den Komposthaufen; er hatte mit einer Erleuchtung gerechnet, aber nicht damit, dass Hartwig seine Lebenskrise mit einem Baum gelöst hatte. Wie sollte das gehen? Ein Baum konnte keine Augenbrauen wachsen lassen, keine Sechsen in Dreien verwandeln, keine Internate in Luft auflösen, keine Fortunas zwingen, sich in Benni zu verlieben und keine Tommis überzeugen, netter zu werden. Und erst recht konnten Bäume keine Väter zum Leben erwecken.

„Du hast Zweifel, gell", schob Hartwig schnell hinterher, „aber ich rede nicht von einem normalen Baum, sondern von einem besonderen Baum. Wobei es mir schwerfällt, exakt zu sagen, worin das Besondere liegt, gell. Aber es war da, magisch sozusagen. Ich bin hinaufgeklettert, ganz nach oben in die Spitze, trotz meines lahmen Beins. Das kam mir vor wie die Besteigung des Mount Everest, kann ich dir sagen! Aber dort oben fand ich Antworten. Nicht alle haben mir gefallen. Aber es hat gereicht für eine neue Portion Lebensmut."

„Das ist doch bescheuert", sagte Benni, wütend, dass Hartwig ihn mit solchen Märchen abspeiste. „Ein Baum ist einfach nur ein Baum. Du willst mich veräppeln!"

Hartwigs Miene verdüsterte sich. „Ich mache keine Witze. Das war die dunkelste Stunde meines Lebens!" Er stieß sich ruckartig von der Wand ab. Die Hütte wackelte kurz, und Bennis Stirnband, das an der Dachrinne baumelte, löste sich und landete schräg auf Hartwigs Kopf. Hartwig schien das nicht zu bemerken, aber er sah so witzig aus, dass Benni grinsen musste. Nun wurde Hartwig sauer; wahrscheinlich fühlte er sich nicht ernst genommen. „Du hast keine Ahnung, junger Mann! Du bist ein Junge, der sich die Augenbrauen abrasiert hat, und der glaubt, er wüsste, was Verzweiflung ist, aber du weißt nichts! Du maßt dir an, ein Urteil über mich zu fällen und über das, was ich erlebt habe. Aber merk dir eins: Je kleiner deine Welt ist, desto größter kommst du dir vor."

Ohne ein weiteres Wort zu verlieren, humpelte er in die Gartenlaube. Benni blickte ihm entgeistert hinterher; so hatte er Hartwig noch nicht erlebt. Vorsichtig folgte er ihm, blieb im Türrahmen stehen.

Hartwig stand vor dem Geschirrberg, der vermutlich seit Tagen wuchs und wuchs, übergoss alles mit Spüli und stellte die Handbrause an. Benni wusste nicht, ob rein oder raus.

„Rein oder raus", brummte Hartwig und schrubbte einen verkrusteten Topf. Benni trat ein. Es war mal wieder warm wie in der Sauna; die Elektroheizung bollerte auf höchster Stufe. Er zog seine Windjacke aus und setzte sich auf den Hocker.

„Tut mir leid", sagte Benni leise.

Hartwig warf die Handbrause in den Topf. Eine Tasse purzelte hinab und zerbrach. Mit gesenktem Kopf stand er über
dem Geschirrhaufen. Benni überlegte, dass es wohl besser
war, zu gehen. Dann drehte sich Hartwig um, den Kopf erho-
ben und die Schultern gestrafft. „Auch ich bitte vielmals um
Entschuldigung", verkündete er. „Ich war nicht Herr meiner
Sinne. Nimmst du die Entschuldigung an?"

„Na klar", sagte Benni erleichtert. „War blöd von mir. Ich
weiß, dass du keine Märchen erzählst."

Hartwig schnickte den Ringblock auf wie ein Kellner, der
eine Bestellung entgegennimmt. „Gut, Themawechsel, wir haben ja noch einen Verschlag zu bauen. Dann treffen wir uns
also am Mittwoch, *nach* der Schule, essen zu Mittag und sägen
die Balken zurecht, einverstanden?" Dann fing er an, die Einkaufsliste zu schreiben. „Kartoffeln, Butter, Zwiebeln …"

„Das wird klasse", sagte Benni und malte mit dem Finger
ein Arschgesicht auf die verstaubte Fensterscheibe. Was Nico
wohl gerade trieb? Wahrscheinlich irgendjemanden vermö-
beln. „Aber da gibts noch eine Sache, die ich dich fragen
wollte. In Deutsch ist Buchvorstellung, und ich habe meiner
Lehrerin gesagt, dass ich eine Geschichte vorlese, die von einer Familie handelt und einem Sohn, der stirbt und von den
Toten aufersteht. Auch eine Katze muss dabei sein. Aber ich
habe keine Ahnung, wo ich so eine Geschichte herbekomme.
Hast du vielleicht eine Idee?"

Hartwig kratzte sich am Hinterkopf. „Warum hast du denn
den Inhalt eines Buchs angekündigt, von dem du gar nicht
weißt, welches es ist? Sehr verwirrend."

„Ist doch egal", wiegelte Benni ab. „Kannst du mir helfen?
Ich darf da auf keinen Fall verkacken, Deutsch ist fast so wichtig wie Mathe. Ich bleibe vielleicht sitzen!"

„Ein toter Sohn, der wiederaufersteht …" Hartwig schob nachdenklich seine Lesebrille auf die Stirn. „Die griechische Mythologie ist voll von solchen Geschichten." Er humpelte zu dem Bücherturm, der ihm als Nachttisch diente, und zog einen Schmöker heraus. „Die schönsten Sagen des klassischen Altertums. Da finden wir was."

Erwartungsvoll biss Benni in ein Raider. „Vielleicht dieser Odysseus? Der wurde doch für tot gehalten."

„Nein, das passt nicht. Du sagtest, es muss ein Sohn sein, und es muss eine Katze vorkommen." Hartwig blätterte durchs Inhaltsverzeichnis. „Wie wär's mit Ödipus? Da kommt eine Sphinx vor, das ist ja im Prinzip eine Ka…"

Auf einmal quietschte das Gartentor. Hartwig verstummte, klappte das Buch zu. Sein Blick wurde plötzlich hellwach, und mit drei schnellen Schritten, die für sein lahmes Bein eigentlich viel zu schnell waren, eilte er neben das Fenster und presste sich an die Wand.

„Deckung!", zischte er und bedeutete Benni, sich auf den Boden zu legen. Ohne nachzudenken, warf sich Benni auf den staubigen Teppich und rechnete damit, dass die Hütte von Maschinengewehrsalven durchsiebt werden würde. Es klopfte an der Tür.

„Hallo?", rief eine Männerstimme.

Es klopfte erneut.

„Hallo? Ist jemand zu Hause?", rief eine andere Männerstimme.

Beide Stimmen flüsterten miteinander. Benni wollte Hartwig fragen, wer das war, bekam aber die Zähne nicht auseinander; der Raiderschokokaramellkeksklumpen klebte seinen Mund zusammen.

Unbeweglich folgte Hartwig mit seinem Blick den zwei Schatten, die um die Hütte schlichen. Einer der Männer blieb vorm Fenster stehen, legte die Hände an die Scheibe, um das Tageslicht abzuschirmen, und versuchte, durch die Gardine zu lugen; die Umrisse seines mächtigen Schädels passten genau in das Arschgesicht, das Benni gemalt hatte. Hoffentlich würde er sie nicht entdecken. Die Männer wechselten wieder ein paar Worte. Dann gingen sie. Als die Schritte auf dem Kies leiser wurden, warf Hartwig das Geschirrtuch auf die Antenne. „Puh, das war knapp."

„War das die Mafia?", fragte Benni aufgeregt.

„Fast. Das Ordnungsamt", brummte Hartwig.

„Was wollen die von dir?"

„Die wollen mir erzählen, dass ich nicht in einer Gartenlaube wohnen darf. Mein Nachbar, dieser Nazi, schwärzt mich regelmäßig an, vor allem, wenn ich Feuer mache und der Rauch rüberzieht. Ist aber reine Schikane, der kann mir gar nichts! Das ist mein Haus! Ich war jetzt nur nicht in der Stimmung für eine unnötige Diskussion."

„Werden die wiederkommen?"

„Sollen sie doch." Hartwig schlug einen Aufwärtshaken in die Luft. „Dann haue ich ihnen meine Sondergenehmigung um die Ohren!"

**11** Benni schlug Seite 451 auf. Als Lesezeichen benutzte er Schindlers Elternbrief. Er legte ihn an den Rand des Pults und dachte, wie schön es wäre, die Mathe-Sechs über eine Klippe schubsen zu können. Hopp und weg. Eine Sorge weniger.

Vor ihm saß die Klasse und wartete gelangweilt auf seine Buchvorstellung. Geübt hatte Benni wie üblich nicht. Er wollte schließlich keine Eins, sondern einfach nur durchkommen.

Nervös war er aus einem anderen Grund. Niemand durfte bemerken, dass seine Augenbrauen fehlten; deswegen versteckte er die glattrasierte Stelle unter dem Schweißband. Wenn ihn jemand fragte, behauptete Benni, dass er eine Stirnhöhlenentzündung hätte und die Stelle warmhalten müsse. Bislang hatte das funktioniert, aber bislang hatte auch niemand genau hingeschaut.

Gleich musste es losgehen. Benni schaute zu Frau Stohwasser, die auf der Heizung saß und ihm aufmunternd zunickte, dann in die Klasse. „Ich lese König Ödipus, das ist eine griechische Sage", erklärte er. Nico gähnte. Blödmann. Benni begann.

„Laios, König von Theben, wollte einen Thronfolger. Doch das Orakel von Delphi warnte ihn: Sollte deine Frau Iokaste einen Sohn gebären, wird er dich töten! Geschockt von der Weissagung verzichtete der König auf Besuche bei seiner Frau."

„Was heißt 'n das: Besuche?", unterbrach Arnöbe, der eigentlich Arne hieß.

„Die bumsen nicht", rief Nico, plötzlich wieder hellwach.

Die Klasse grölte.

„Nico, bitte!", tadelte Frau Stohwasser.

Arnöbe machte sich eine Notiz.

Benni begann zu schwitzen.

„Er, also König Laios, er ... er ..."

Verfluchte Hacke! Benni bereute, dass er die Geschichte nicht vorher gelesen hatte. Denn jetzt kam ein Satz, der ihn zum Gespött der gesamten Schule machen würde. Er überlegte, die Stelle zu überspringen, hatte aber keine Ahnung, wo er in den Text wieder einsteigen müsste. Es half nichts. Er musste weiterlesen. „Er, also König Laios, er vergnügte sich mit jungen Männern."

Ein Raunen ging durch die Klasse, auf einmal waren alle hochkonzentriert – das versprach, interessant zu werden.

Arnöbe meldete sich. „Was bedeutet ‚vergnügen'?"

„Geschlechtsverkehr haben", sagte Frau Stohwasser gequält.

„Mit Männern?", fragte Arnöbe.

„Ja, Arne. Das nennt man Homosexualität."

Ein paar Jungs kicherten und fingen sich von den Mädchen vorwurfsvolle Blicke ein. Benni schluckte die Magensäure zurück und stürzte sich in den nächsten Absatz, in dem Königin Iokaste überraschenderweise doch geschwängert wird und einen Jungen gebärt. König Laios ist davon wenig begeistert, denn er denkt an die Weissagung, dass ihn sein eigener Sohn töten wird. Daher befiehlt er, dem Knaben eine Eisenstange durch die Knöchel zu stoßen und den wilden Tieren zum Fraß vorzuwerfen. Ein Hirte, der auf dem Weg ins weit entfernte Korinth ist, findet das arme Kind und verkauft es dem Königspaar, die den Findling Ödipus taufen, was ‚Schwellfuß' bedeutet. Ödipus wächst zum Mann heran und geht zum Orakel von Delphi, weil alle griechischen Männer das so machen, und bekommt ebenfalls Schreckliches geweissagt: „Du wirst deinen Vater töten und dich mit deiner Mutter vereinigen."

„Da geht's ja nur um Tod und Sex", stellte Arnöbe fest.

Nico grinste. „Genau wie in Ernies Tagebuch."

Das Gelächter explodierte wie ein übervoller Eiterpickel. Frau Stohwasser quietschte mit den Fingernägeln über die Tafel. „Ruhe jetzt! Ihr benehmt euch wie Kleinkinder! Sagen des Altertums gehören zur humanistischen Bildung, und Humanismus bedeutet, dass man sich gegenseitig mit Respekt begegnet. Wer jetzt noch einmal stört, den stelle ich wie einen Esel in die Ecke, und zwar mit dem Gesicht zur Wand!"

Augenblicklich verstummte die Klasse. Benni prüfte, ob sein Stirnband sicher über den Augenbrauen saß, zog es so tief, bis nur ein schmales Sichtfeld übrig blieb. Dann blätterte er um.

Der Mittelteil war zum Glück harmloser als der Anfang. Ödipus möchte auf jeden Fall verhindern, dass er seine Mutter poppt und seinen Vater tötet, und beschließt, vor der Weissagung wegzulaufen, und zwar in die entgegengesetzte Richtung, nach Theben. Auf dem Weg dorthin tötet er einen durchgeknallten Edelmann und löst das Rätsel der grausamen Sphinx, einer geflügelten Löwin mit Brüsten. Zum Dank darf Ödipus die Königswitwe Iokaste heiraten und vier Kinder mit ihr zeugen.

Doch eines Tages erscheint ein armer Hirte in der Stadt und erzählt, dass er einst für den verstorbenen König Laios einen Findling entsorgen sollte, ihn aber stattdessen nach Korinth verkauft hat.

Auf einmal versteht Ödipus, dass er selbst dieser Findling war, dass er auf seiner Reise nach Theben seinen eigenen Vater tötete und dass Iokaste, die er geheiratet hat, seine leibliche Mutter ist, und das Volk murrt und dreht sich schaudernd weg, und dann wird das Gemurmel zum Gebrüll, weil alle „Iiiihhh!" und „Ahhhh!" und „Ernie Arschgesicht" rufen und Ödipus die Kontrolle verliert und Frau Stohwasser wild über die Tafel quietscht und Bennis Stirnband verrutscht und seine glattrasieren Augenbrauen hervorspringen und Iokaste aus dem Palast rennt und sich erhängt und alle mit dem Finger auf ihn zeigen und Ödipus sich die Augen aussticht und Benni zum Fenster hinaus kotzt vorbei am Oberstufenkunstleistungskurs auf den Lehrerparkplatz in das offene Cabrio des stellvertreten Direktors.

Als die Plörre auf die Ledersitze platschte, hallte es demütigend über den ganzen Schulhof. Benni, über dem Fensterrahmen hängend, ließ Arme und Beine baumeln und genoss kurz die Stille, wohlwissend, dass hinter ihm die Hölle wartete.

# 12

Benni rannte die Straßenbahnschienen entlang, während ihm der Schweiß in die Augen strömte und sich mit seinen Tränen zu einer brennenden Schliere vermischte. Er stürmte in Hartwigs Gartenlaube und reckte anklagend das Sagenbuch in die Höhe. „Total pervers, dein Ödipus!"

Hartwig verschluckte fast den Nagel, der zwischen seinen Lippen klemmte. „Hast du geweint? Deine Augen sehen aus wie gekochte Erdbeeren."

„Wen kümmert's! Wie konntest du mir eine Geschichte geben, in der jeder mit jedem und jede ... Oh Mann, das war so peinlich!"

„Nun ja, die Moralvorstellungen waren bei den alten Griechen nicht dieselben wie heutzutage ..."

„Kein Wunder, dass die ausgestorben sind!" Benni schälte sich aus der Windjacke und warf den Ranzen auf den Boden. Überall lagen Schrauben, Nägel und Holzdübel, die nun wild durcheinander hüpften und über die Dielen rollten.

„Ich hab das alles geordnet ...", beschwerte sich Hartwig.

„Ein Typ, der seine Mutter heiratet, echt 'ne Superidee! Jetzt bin ich für alle Zeiten der Klassendepp. Ich habe dem Dausenau ins Auto gekotzt!"

„Früher hätte man das als Akt der Rebellion gewertet, gell. Wärst du so freundlich und gibst mir die Montageanleitung? Sie ist unter die Anrichte gerutscht."

Benni gab ihm die Anleitung und warf einen Blick drauf. „Das sind nur vier Bretter, wird alles zusammengeklebt. Dafür brauchst du keine Anleitung", sagte er leicht genervt. Hartwig drehte das Blatt zu allen vier Seiten, zerknüllte es und setzte einen Nagel an.

„Du brauchst keine Nägel", sagte Benni nachdrücklich.

„Aber dann ist es stabiler", sagte Hartwig.

Er holte mit dem Hammer aus.

„Kannst du mich zu diesem Baum bringen?", fragte Benni unvermittelt.

Das dumpfe Geräusch, als Hartwig zuschlug, erinnerte an einen Hackfleischklopfer. „Verfluchter Schuster!", schrie er und steckte den Daumen in den Mund. Volltreffer.

„Hartwig, ich packe das einfach nicht mehr, das alles. In der Schule wird es immer übler, Nico macht mich fertig, Tommi will mich abschieben, und jetzt, so ohne Augenbrauen, sehe ich aus wie Frankenstein!"

Hartwig nickte mitfühlend, musste aber grinsen, trotz seines schmerzverzerrten Gesichts.

„Das ist verdammt noch mal nicht witzig!", schimpfte Benni. „Es gibt doch diese Geschichte vom Frosch, der in einem Milchtopf landet und fast ertrinkt, weil er nicht mehr rauskommt. Aber er strampelt immer weiter, obwohl es keinen Sinn macht, will einfach überleben, und durch das Strampeln wird die Milch zu Butter, und der Frosch kann rausspringen."

„Und du bist dieser Frosch?"

„Nur mit dem Unterschied, dass ich im Wassertopf gelandet bin. Ich kann strampeln, so viel ich will – am Ende sauf ich ab."

Hartwig öffnete den Kühlschrank, wühlte im Gefrierfach, holte einen Eiswürfel heraus und ließ ihn auf der Wunde schmelzen; mittlerweile war sein Daumen auf die Größe einer Bockwurst angeschwollen.

„Bitte bring mich zu diesem Baum! Du hast gesagt, dass du an einem Punkt warst, wo du nicht mehr weiterwusstest, genau wie ich, und genau wie du brauche ich jetzt Hilfe, und wenn dieser Baum mir helfen kann, dann muss ich es versuchen. Bitte!"

„Ich weiß nicht, ob das eine gute Idee ist", antwortete Hartwig bedächtig. Was sollte das denn jetzt?! Erst hieß es „Super-Baum", Leben gerettet und so weiter, und jetzt war es eine schlechte Idee? Benni war empört!

„Du hast gegackert, jetzt musst du auch ein Ei legen!"

Hartwig kratzte sich im Nacken. „In meiner Firma gab es eine Regel, gell. Wenn man ein großes Problem hatte, durfte man erst am nächsten Tag eine Entscheidung treffen. Dadurch war man gezwungen, noch einmal darüber nachzudenken. Das hat die Anzahl der Beschwerden um 38 Prozent reduziert. Was ich damit sagen will: Die meisten Probleme erledigen sich im Schlaf."

„Bei mir erledigt sich nichts im Schlaf, ich habe schon viel zu viel geschlafen. Ich will zu diesem Baum."

„Der Baum ändert gar nichts."

„Alles! Du hast gesagt, er ändert alles!"

Hartwig blähte die Wangen auf und ließ die Luft langsam entweichen. „Ich muss zur Toilette", sagte er und eilte nach draußen.

Benni folgte ihm; so leicht sollte Hartwig nicht davonkommen!

Beim Dixi-Klo nahm Hartwig einen Knüppel, öffnete die Tür, kletterte in das Kabäuschen, stieß den Knüppel kräftig in die Kloschüssel und rührte; das machte er alle paar Tage, um den aufgehäuften Schmodder gleichmäßig in der

Chemiebrühe zu verteilen. Benni drückte seine Nase in die Armbeuge; es stank wie im Vorhof der Hölle. „Hartwig, alles fühlt sich irgendwie sinnlos an, sinnlos und schwer", näselte er.

„Du redest Unsinn."

Hartwig überreichte den tropfenden Stock, den Benni wütend ins Mohrrübenbeet warf. „Du hast doch damit angefangen! Nee, mein Herr, so geht das nicht!"

„Der Baum ist launisch!", polterte Hartwig plötzlich, die Augen weit aufgerissen. „Dinge kommen an die Oberfläche, und du hast keine Kontrolle darüber, welche Dinge. Du wirst dich verändern, weißt aber nicht, in welche Richtung, und wenn dir die Richtung nicht gefällt, ist es zu spät. Das Schicksal ist ein Kreis: Je größer der Abstand zwischen Glück und Pech, desto größer die Nähe. Verstehst du?"

„Nee. Ist aber auch egal."

„Mir ist es aber nicht egal."

„Du willst mir nicht helfen! Du willst den Baum für dich allein!"

„So ein vermaledeiter Bockmist! Ich will nur, dass du das Richtige tust!"

„Ich bin vierzehn! Ich kann selbst entscheiden, was richtig für mich ist!"

„Selbst entscheiden! Selbst entscheiden kannst du erst, wenn du weißt, worüber. Ich wusste es damals nicht, aber ich rate dir eindringlich …" Hartwigs Hand begann plötzlich zu zittern. Er machte eine Faust, als wolle er all seine Kraft bündeln. Seine Ader auf der Stirn trat hervor, und dann krampfte sein Arm, zuckte wie eine sterbende Schlange. Er wankte, knickte ein. Benni sprang ihm zur Seite. Hartwig ruderte mit dem anderen Arm, suchte Halt, bekam die Tür des Dixi-Klos zu fassen und riss sie fast aus den Angeln. Seine Beine knickten weg; er rutschte auf den Boden. Dann schlug er sich dreimal auf den Oberschenkel, als ob er einen Dämon töten wollte. Das Zittern erstarb.

„Oh Kacke, was war das denn?", fragte Benni panisch.

„Mach dir keine Sorgen, das passiert ab und zu", sagte Hartwig und lächelte müde. „Traumabewältigung."

„Was denn für ein Trauma?"

„Das war nur ein Witz", wiegelte Hartwig ab. „Vergiss es."

Vergessen, wenn es so einfach wäre. Weit entfernt hörte Benni den Donner, herübergeweht aus schwarzen Wolken, begleitet vom steinigen Duft des aufziehenden Gewitters. „Weißt Du, was mein Lieblingstier ist? Der Nacktmull."

Hartwig setzte sich auf die Stufe des Dixi-Klos und massierte sein Handgelenk. „Diese kleinen, augenlosen Lurche, die in Höhlen leben?"

„Ja, nicht gerade hübsch. Aber der Nacktmull kann etwas, was kein Tier kann: Er spürt keinen Schmerz. Hast du das gewusst?"

„Nein, das habe ich nicht gewusst." Hartwig schaute zum Horizont, über dem Blitze zuckten. Ein Tropfen traf Bennis Auge, und er musste blinzeln. Dann setzte der Regen ein. Er war dicht und gleichmäßig und strich kühl über ihre Gesichter.

Als Benni merkte, dass sein T-Shirt durchnässte, sagte Hartwig: „Wir bauen den Verschlag an einem anderen Tag, gell, es scheint sich einzuregnen. Ab morgen soll das Wetter wieder besser werden." Er musterte ihn mit einem merkwürdigen Gesichtsausdruck, der schwer zu deuten war. „Also schön, komm Samstag vorbei. Du brauchst einen Rucksack, Proviant, Wasser und eine Heckenschere. Ich zeige dir den Baum. Auf deine Verantwortung."

# 13

Bennis Gehirn war kurz vorm Platzen. Gerade bekam er vom stellvertretenden Direktor Dr. Dausenau den Anschiss seines Lebens. Wegen der vollgekotzten Autositze. Benni hatte auf Gnade gehofft, aber Dausenaus Laune blieb miserabel, obwohl er letzte Woche auf einem dieser berüchtigten Bildungskongresse war, die angeblich aus tagelanger Völlerei bestanden. Jedenfalls drohte er mit Schulverweis, fabulierte über Versicherungsnummern und klagte über die beklagenswerte Jugend, die verweichlicht sei und keinen Respekt vor dem Eigentum anderer habe. „Ich werde dafür sorgen, dass körperflüssigkeitsspeiende Vandalen wie du ihre Grenzen aufgezeigt bekommen!", fauchte er, und seine dicken grauen Koteletten umrahmten gebieterisch sein hochrotes Gesicht. Benni nickte und schwieg und nickte und schwieg.

Als er zwanzig Minuten später erschöpft aus dem Sekretariat torkelte, wäre er fast mit Fortuna zusammengestoßen. Bestimmt hatte sie auch einen Termin bei Dausi, wie sie Dausenau liebevoll nannte. Meistens ging es um Schulschwänzen, Fäkalsprache oder Kaugummikauen während des Unterrichts.

Da standen sie nun voreinander wie zwei Steinböcke auf einem Bergkamm. Sollte er sie ansprechen? Schließlich befanden sie sich beide im Fadenkreuz des stellvertretenden Direktors!

„Ähhh", sagte Benni.

Fortuna verzog keine Miene. Sie schaute durch ihn durch, schob sich vorbei und schloss die Tür. Zurück blieb der Erdbeerduft ihres Kaugummis.

Frustriert schlurfte Benni zur Chemietreppe. Dort wartete er auf seine Freunde, um eine Runde Karten zu spielen.

Auf dem Pausentisch lag eine Zeitung, und da Martin und U-Boot-Yong sich verspäteten, las Benni den Aufmacher.

Dienstag, 13. Juni. Gorbatschow und Kohl gemeinsam am Rhein. Irgendein Kommuniqué. „Die Bundesrepublik Deutschland und die Sowjetunion betrachten es als vorrangige Aufgabe ihrer Politik, an die geschichtlich gewachsenen europäischen Traditionen anzuknüpfen und so zur Überwindung der Trennung Europas beizutragen." Was sollte das denn heißen? Politiker redeten immer so geschwollen.

Die Sekretariatstür öffnete sich, und Fortuna kam heraus, schneller als erwartet; das waren keine fünf Minuten!

Aus der Ferne konnte Benni sie betrachten, ohne Gefahr zu laufen, wie ein Spanner rüberzukommen. Wie immer trug sie einen kurzen Rock und ein langes Oberteil, die Beine nackt und die Arme bedeckt. Die meisten Mädchen machen es umgekehrt, dachte Benni, unten lang und oben kurz, aber Fortuna war eben nicht wie die meisten.

Sie warf ihren Rucksack über die Schulter, schob sich ein neues Kaugummi in den Mund und setzte Kopfhörer auf. Dann schaute sie zu ihm rüber.

Verschämt starrte Benni auf den Boden. Superpeinlich. Er wollte nicht wieder hochschauen, tat es aber doch, konnte einfach nicht anders. Es war, als ob seine Muskeln beschlossen hätten, den Kopf nicht mehr hängen zu lassen, sondern nach vorne zu gucken, ein Ziel anzuvisieren wie beim Klettern, wenn man sich von Ast zu Ast arbeitet.

Fortuna lächelte.

Oder doch nicht?

„Was geht, Scarface!", plärrte Martin und schlug Benni auf die Schulter.

Fortuna hockte sich auf einen Heizkörper direkt neben ihnen und kaute Hubba Bubba. Benni schnüffelte verzückt, versuchte aber, sich seine Aufregung nicht anmerken zu lassen.

Martin zog ein Skatspiel aus dem Schulranzen und begann zu mischen. Als die Karten verteilt waren, kam U-Boot-Yong angeschlendert. „Alles Roger in Kambodscha?"

„Alles fresh in Bangladesch", sagte Martin.

„Alles cool in Istanbul", nuschelte Benni leise, wohlwissend, dass nur Honks sich so begrüßten, und fächerte seine Karten auf. U-Boot-Yong begann und reizte bis dreiundzwanzig. Martin stieg aus. Für Benni war nur noch Grand möglich, wenn er das Spiel an sich ziehen wollte. Dann könnte er achtundvierzig Pluspunkte einfahren – oder, wenn er verlor, sechsundneunzig Minuspunkte. Das war immer die Frage: spielen oder mitspielen, allein gewinnen oder gemeinsam nicht verlieren. Sollte er ins Risiko gehen mit der Chance auf den großen Sieg? Das hätte ihm gut gefallen, jetzt, wo Fortuna ihm zusah. Nachdenklich schnalzte er mit der Zunge. „Spielt man in Korea eigentlich auch Skat?"

„Woher soll ich das wissen?", nörgelte Yong und putzte seine Brille. „Also meine Eltern bestimmt nicht. Reizt du jetzt weiter, oder wie?"

Benni seufzte. Doch zu viel Risiko. „Spiel du." Er schob die Blinden rüber.

„Feigling."

Hoffentlich hatte Fortuna das nicht gehört.

Während U-Boot-Yong den ersten Stich einstrich, betrachtete Martin die Zeitung und schnippte verächtlich mit dem Finger auf Kohl und Gorbatschow, die beide, jeder ein Glas Sekt in der Hand, sich anlächelten.

„Diese beknackten Hansel sind unser Untergang! Wenn wir mit den Russen gut Freund sind, dann machen die die Grenzen auf, dann gibt es bei den Ossis kein Halten mehr. In der

DDR steht man drei Stunden an, um ein paar Nägel zu kaufen, sagt mein Vater. Drei Stunden! Für Nägel! Die kommen alle zu uns rüber, ihr werdet sehen, und wenn's nur wegen der Nägel ist." Er verschränkte die Arme und setzte ein stilles Ausrufezeichen, als ob er gerade eine Rede an die Nation gehalten hätte.

Auf einmal fiel ein breiter Schatten auf den Tisch. „Beim Grand spielt ma' Asse, wenn ma' kee hat, soll ma's lasse", nuschelte Schindler und glotzte Benni in die Karten. „Du schuldest mir immer noch eine Unterschrift für die Mathearbeit!"

Verdammte Axt, dachte Benni. Langsam gingen ihm die Ausreden aus.

„Das ... das ist etwas schwierig."

„Was genau ist daran schwierig?" Schindler dehnte das letzte Wort und malte argwöhnische Gänsefüßchen in die Luft, indem er Zeige- und Mittelfinger zweimal krümmte.

„Meine Mutter ...", stotterte Benni, und Schindler wartete.

„Also, meine Mutter ..."

Martin und U-Boot-Yong starrten ihn an, die Münder halb offen. Denselben Gesichtsausdruck hatten sie in der fünften Klasse gehabt, als er bei Wahrheit oder Pflicht einen Käfer essen musste.

„Meine Mutter ..."

Schindler wartete.

„Also, sie ..."

„Was?"

„... hat sich die Hand gebrochen."

Die dämlichste Ausrede aller Zeiten. Schindler hob den Zeigefinger, um eine Wutrede zu starten. Doch plötzlich veränderte sich sein Gesichtsausdruck. Die Zornesfalte verschwand und wich empörter Panik. Er keuchte, steckte den Finger ins Ohr, rubbelte, ließ den Kopf hängen und stützte sich auf die

Tischecke. Schwankte. Schnaufte. Eine Haarsträhne fiel in die Stirn. „Ohhhh …", röhrte er wie ein angeschossener Eber.

Die Jungs schauten sich verunsichert an. Schwächeanfall? Herzinfarkt? In der sechsten Klasse mussten sie einen Erste-Hilfe-Kurs machen, und Benni wusste nur noch, dass man Halbtote entweder mit einem Elektroschocker oder mit Mund-zu-Mund-Beatmung rettete. Elektroschocker hatten sie nicht zur Hand. Und einen Lehrer küssen … pfui Teufel, das fehlte noch! Schindler würde also sterben. Aber der richtete sich stattdessen ruckartig auf und fragte, als ob nichts gewesen wäre: „Welche Hand? Welche Hand hat deine Mutter gebrochen?"

„Die rechte. Sie ist Rechtshänderin", antwortete Benni verdattert. Wenigstens brauchte er kein schlechtes Gewissen wegen unterlassener Mund-zu-Mund-Beatmung haben. Schindler bleckte seine gelben Zähne. „Und was ist mit der linken Hand? Meinst du, deine Mutter kann den Hörer abnehmen, wenn ich sie anrufe?"

Benni schluckte. Die Sechs in Mathe war sein sicheres Ticket in die Odenwaldschule, und Schindler konnte dieses Ticket mit einem einzigen Telefonat einlösen. Ein Anruf zu Hause und Tommi würde den alten Urlaubskoffer mit den vielen Aufklebern in Bennis Zimmer werfen und ihn anbrüllen, während er packte und weinte, und seine Mutter würde die Situation schönreden, so wie immer, wenn an der Situation nichts mehr zu ändern war.

Internate waren die Hölle, das wusste Benni, seit er Die Kadetten von Bunker Hill gesehen hatte, auch wenn man am Wochenende angeblich nach Hause durfte. Aber wie lange würde es dieses Zuhause noch geben? Mama und Tommi würden umziehen zurück nach Kassel, höchstwahrscheinlich. Und ihn vergessen.

Benni verfluchte sich, dass er keine Lösung für die beschissene Unterschrift gefunden, sie nicht einmal gesucht hatte. Doch zuerst musste er verhindern, dass Schindler zu Hause anrief. Er beschloss, die Flucht nach vorne anzutreten: „Dann rufen Sie meine Mutter doch an!"

Überrascht von so viel Kühnheit klappten Schindler, Martin und U-Boot-Yong gleichzeitig die Kinnladen runter. „Dann mache ich das gleich morgen", versprach Schindler und hakte seine Daumen in den Gürtel wie ein halbstarker Mopedfahrer. Anscheinend ging es ihm wieder gut.

„Morgen geht leider nicht", bedauerte Benni.

„Und wieso?"

„Meine Mutter ist in Kassel, bei meiner Tante. Sie ist erst nächste Woche wieder da."

„Und du bist alleine? So lange?"

„Mit meinem großen Bruder."

Schindler strich nachdenklich die Strähne zurück in den Seitenscheitel. Seine Miene verriet nicht, ob er Bennis Geschichte glaubte oder nicht glaubte oder ob es ihm einfach egal war. Die Pausenglocke bimmelte.

„Montag bringst du mir die Unterschrift. Sonst wird aus dem Elternbrief ein Elterngespräch." Schindler ging zwei Schritte rückwärts, ohne ihn aus den Augen zu lassen, drehte sich um und rief, bevor er im Schülerstrom verschwand: „Freitag, unaufgefordert!"

Für eine halbe Ewigkeit herrschte Stille am Tisch. Diese Erleichterung!

„Das war krass!", sagte Martin bewundernd. „Voll das Psycho-Duell, wie bei David gegen Goliath."

„Deine Mutter ist nicht bei deiner Tante, oder?"

„Nee, die haben sich seit Jahren nicht gesehen."

„Höhö." U-Boot-Yong schlug sich begeistert auf den Oberschenkel. Der Gang leerte sich, das Gemurmel wurde leiser. Martin packte die Karten ein. „Gehen wir?"

„Ihr könnt schon mal vor", sagte Benni. Fortuna saß noch in der Nähe, und er hatte die leise Hoffnung, im selben Moment aufzubrechen wie sie, vielleicht sogar ein paar Worte zu wechseln.

Die Jungs gingen. Benni wartete. Aber Fortuna blieb auf dem Heizkörper sitzen, malte Totenköpfe auf ihre Doc-Martens und machte keine Anstalten zu gehen oder ihn wenigstens anzusehen. Benni seufzte. Hatte alles keinen Sinn. Doch als er aufstand, brummte sie: „War ein guter Bluff."

„Während der Paarungszeit fressen Schmutzgeier den Kot von Huftieren!", rief er. Am liebsten hätte er seinen Kopf gegen den Betonpfeiler geschlagen. Verdammter Tick.

Fortuna nickte anerkennend. „Im besten Sinne durchgeknallt."

Sein Gesicht glühte. „Sorry."

Fortuna pustete eine Kaugummiblase auf Luftballongröße, ließ sie platzen und sagte mit gespielter Dramatik: „Dann rufen Sie doch meine Mutter an!"

Benni lächelte unsicher. Dass Fortuna die Unterhaltung mit Schindler mitbekommen hatte, fand er gut. Dass sie ihn nachäffte, fand er doof.

Fortuna beugte sich vor. „Solltest lieber Poker spielen, so abgebrüht, wie du bist. Hast dem Honk direkt in die Augen gesehen, ohne zu zucken. Der hat mehr zu verlieren gehabt als du." Sie schlug die Beine übereinander und beugte sich vor, ihre dunklen Augen zu Schlitzen verengt, als habe sie gerade ein vierblättriges Kleeblatt entdeckt. „Das war gut. Was machst du, wenn Schindler trotzdem bei euch anruft?"

„Die haben uns vor drei Wochen das Telefon abgestellt."

„Was für 'n Glück." Fortuna grinste. „Wird dir nur nix nützen. Die Arbeit musst du dir trotzdem unterschreiben lassen ..."

„... den Elternbrief."

„Meinetwegen, den Elternbrief. Hast lediglich Zeit gewonnen."

„Das stimmt." Er zuckte kraftlos mit den Schultern; und dann kam ihm eine Idee. Hier standen sie, zwei Rebellen unter der Chemietreppe, ein Mädchen und ein Junge, und im Ranzen des Jungen schlummerte ein Elternbrief, der eine Unterschrift brauchte. Die Unterschrift einer Mutter. Einer Frau. Eines Mädchens.

„Du könntest ihn unterschreiben!", schlug Benni vor. „Einfach mit der linken Hand, dann sieht's anders aus als deine richtige Schrift und bestimmt erwachsener! Keiner wird's merken, ich bin aus dem Schneider, und du hast was für dein Karma getan!"

„Mein Karma ist mir scheißegal." Sie streckte die Hand aus. „Meinetwegen. Gib mir den Wisch."

Benni kramte hektisch in seinem Rucksack. Unter dem Biologiebuch wurde er fündig. „Ist leider etwas verknickt", sagte er entschuldigend und überreichte ihr das Papierknäuel, übersät mit Schokoflecken. Fortuna strich den Elternbrief auf ihrem Oberschenkel glatt und holte einen Stift aus der Tasche.

„Wie heißt deine Mutter?"

„Su Tietz. Eigentlich Susanne."

Sie unterschrieb mit einer zackigen, schwungvollen Bewegung. Benni betrachtete das Ergebnis. Die Buchstaben schwankten hin und her wie die Stimmung seiner Mutter.

„Genial, das ist einfach genial!"

Fortuna setzte ihre Kopfhörer auf, drückte auf Play und schlenderte davon – so gleichgültig, als ob ihre Unterhaltung nie stattgefunden hätte.

# 14

Am folgenden Montag übergab Benni feierlich den Elternbrief, und Herr Schindler nahm ihn kommentarlos entgegen. Dann brach der Sommer aus. Der Zusammenhang war Benni nicht ganz klar, aber es musste einen geben, und sei es nur, dass ihn Gott beglückwünschte.

Jedenfalls war das Thermometer auf vierundzwanzig Grad geschossen, und das Einzige, was den Frühling ausbremste, waren ein paar Regenschauer, die wie Wasserbomben vom Himmel platzten. Im Moment aber war alles klar und blau. Ideal für ihre Mission. Ideal für den Baum.

Hartwig humpelte voran, einen zerschlissenen Tornister auf dem Rücken und einen Spazierstock in der Hand. Er schien bester Laune, schwang den Stock wie Charlie Chaplin und hatte einen fast federnden Gang.

Sie überquerten die Straße, bogen am Schwesternheim ab und steuerten an der Kaserne vorbei aufs offene Feld. Wie ein gelbbraunes Schachbrettmuster lag es vor ihnen, gegliedert durch Steinplatten – „Betonspurwege", wie Hartwig erläuterte –, auf denen Traktoren entlangzuckelten. Der Weizen stand hüfthoch, und ein lauer Wind trug den Geruch von Kalk und aufgebrochener Erde über das Land.

„Hier wird Salat ausgesät", sagte Hartwig und zeigte auf einen Acker, in dem drei Störche pickten, daneben eine Krähe, die wie ein nachdenklicher Priester von Furche zu Furche schritt. Aber Benni interessierte sich mehr für das verkohlte

Baumgerippe, das am Wegesrand stand. Der Stamm war gespalten, und die eine Hälfte hing wie ein Torbogen in den Acker, während die andere Hälfte als gigantischer Splitter in den Himmel ragte.

„Was ist hier passiert?"

„Der ist explodiert, gell. Blitzeinschlag."

„Wie geht das denn?"

„Na, der Blitz nimmt immer den direktesten Weg zum Boden, und der Baum hat auf dem freien Feld die Wirkung einer Antenne, gell. Er ist der perfekte elektrische Leiter, weil er voller Wasser ist. Der Blitz schlägt also in die Spitze ein und läuft, wenn der Baum außen nass ist, am Stamm entlang in die Erde. Das hat oft nur Beschädigungen an der Rinde zur Folge. Doch wenn der Baum zu trocken ist, dringt der Blitz in den Stamm ein, dorthin, wo Wasser ist, und sprengt ihn. Bumm!" Hartwig machte eine Explosionsgeste und rollte dramatisch mit den Augen.

„Und was passiert mit den ganzen Tieren, die im Baum leben? Da sind doch Vögel und Eichhörnchen und Käfer und so weiter."

Hartwig nahm die Truckermütze ab und kratzte sich nachdenklich am Kopf. „Keine Ahnung. Wie groß ist wohl die Überlebenschance, wenn du auf einer Bombe sitzt?"

Sie gingen weiter. Benni zog einen Raider aus dem Rucksack und biss hinein. Er kaute und überlegte und fragte zögerlich: „Hartwig, wie spricht man Mädchen an?"

„Am besten nicht mit vollem Mund", sagte Hartwig und ließ seinen Stock ums Handgelenk kreisen.

„Jaja, schon gut." Benni schluckte den Schokobrocken. „In meiner Klasse ist ein neues Mädchen, Fortuna, die ist älter und total cool. Eigentlich redet sie mit niemandem, und da hab ich gedacht, wenn sie schon mit niemandem redet, dann könnte sie genauso gut mit mir nicht reden."

„Das klingt logisch."

„Sie hat mir geholfen, aber ich glaube, das war nur eine Laune. Jedenfalls weiß ich nicht, wie ich sie ansprechen soll."

Hartwig stoppte, zog eine Feldflasche aus dem Tornister, wässerte sein Stofftaschentuch und befeuchtete den Nacken. „Früher haben wir Mädchen zum Tanzen aufgefordert."

Benni sah ihn fassungslos an. „Du meinst Walzer und so?"

„Ich dachte eher an einen flotten Foxtrott. Vierertelakt, einfach zu lernen, gell, links vor, rechts vor, seitlich und zurück ..." Hartwig tippelte um sein steifes Bein. Benni schaute von unten auf ihn herab.

„Hartwig, so läuft das heute nicht."

„Sehr bedauerlich", schnaufte Hartwig und stützte sich auf den Spazierstock. „Der Gesellschaftstanz ist eine hervorragende Möglichkeit, Kontakt mit einer jungen Dame aufzunehmen. So habe ich meine erste große Liebe, Lieselotte, kennengelernt. Wir tanzten und plauderten die ganze Nacht!"

„Über was?"

„Keine Ahnung!" Hartwig breitete fröhlich die Arme aus. „Das ist das Geheimnis einer gelungenen Konversation! Stelle einfach Fragen und lass dein Gegenüber reden!" Benni beschloss, sich das zu merken.

Nach zwanzig Minuten erreichten sie den Feldrand und standen vor einem Damm. Hartwig kletterte hinauf, seinen Spazierstock in die Erde stoßend, und Benni folgte auf allen vieren. Auf der anderen Seite führte ein Trampelpfad durch eine Wildblumenwiese. Hartwig ging voran, erzählte von Buschwindröschen und Flockenblumen und wurde immer entspannter, während Bennis Aufregung stieg. Wie lange dauerte es noch? Der Weg zu diesem Baum, dem Hartwig magische Kräfte zuschrieb, fühlte sich ewig an.

An einem Dornengebüsch blieb Hartwig stehen. „Das sind Brombeeren, sehr schmackhaft. Aber vor August sind die nicht erntereif." Er kramte im Tornister. „Jetzt brauchen wir die Gartenscheren!"

Benni zog eine Bastelschere aus der Seitentasche. „Was anderes hab ich nicht", sagte er entschuldigend.

„Wo die Schere stumpf versagt, der Dorn in deinen Finger jagt", poetisierte Hartwig, hängte seinen Tornister vor den Bauch, knickte ein, kippte auf den Boden und steckte den Kopf ins Gehölz. „Wir robben auf dem Rücken, hintereinander. Folge mir!" Er schob sich mit dem gesunden Bein tiefer hinein und kappte, die Arme über den Kopf gestreckt, ein paar Äste. Als die Gummistiefel im Busch verschwunden waren, schnallte Benni seinen Rucksack vor die Brust und folgte ihm.

Anstrengend war es, sich mit den Absätzen abzustoßen und durch das Unterholz zu drücken. Benni schabte über den Waldboden, und über ihm, dicht vor dem Gesicht, hingen drohend die Dornen des Brombeerstrauchs. Vorne schnaufte Hartwig und knapste Äste ab. Das Geräusch wurde leiser. Entkräftet streckte Benni die Beine aus.

„Hartwig? Ich kann nicht mehr."

„Du musst dein Gewicht auf die Schulterblätter verlagern, gell, immer im Wechsel. Damit verkleinerst du die Auflagefläche des Körpers."

Benni versuchte, eine Schulter anzuheben, spürte ein Ziehen im Bauch und erschlaffte. Er versuchte es erneut, stieß sich mit dem Bein ab und rutschte nach vorne. „Klappt!" Dann testete er die andere Seite, verlagerte das Gewicht im Wechsel, pendeln und abstoßen, und glitt durch den Tunnel. Ein Dorn ratschte über seine Wange, aber er spürte es kaum. Die schlängelnde Bewegung fühlte sich so lebendig an, dass er fast enttäuscht war, als die Zweigdecke verschwand und sein Blick in den Himmel fiel.

„Hier rüber!", rief Hartwig.

Benni rappelte sich auf. Vor ihm döste eine Lichtung, umschlossen von Buschwerk, dahinter dichter Wald, und inmitten der leuchtenden Mohnwiese, über die Schmetterlinge und Insekten tanzten, stand ein Baum, dessen knotiger Stamm die gewaltige Krone weit in den Himmel schraubte. Er strahlte so weiß wie ein riesiger Zuckerwattestängel, und als Benni näher kam, hörte er Hummeln summen. Fischgeruch umhüllte die Blütenpracht. Benni rümpfte die Nase.

„Der Duft soll Käfer und Schwebfliegen anlocken", erläuterte Hartwig. „Aber die Blüte ist bald rum. Die alte Dame hat sich verspätet, aber das darf sie, die Prominenz kommt schließlich immer zuletzt!" Er gluckste vergnügt. „Es ist eine Birne, bestimmt zweihundert oder dreihundert Jahre alt, gell, die größte Birne, die ich je gesehen habe! Vielleicht hat in ihrem Schatten bereits Napoleon seine Schlachten geschlagen. Oder wenigstens geplant."

Andächtig standen sie da.

„Und jetzt?", fragte Benni.

„Jetzt kletterst du da rauf!"

„Wieso?"

„Weil Bäume dafür da sind, gell."

Benni umrundete den Baum. Der Stamm war breit und strebte zweimannshoch in drei starke Äste, die sich immer dichter verzweigten. Außer ein paar knotigen Überwucherungen entdeckte Benni nichts, was Halt geben könnte. Er griff in die Borke und zog. Es geschah nichts, außer dass sein Bauch unter dem T-Shirt hervorschwappte.

„Das ist zu schwer!"

„Wir machen eine Räuberleiter." Hartwig warf seinen Stock weg, beugte sich vor und verschränkte die Finger ineinander. „Das dient dir als Tritt. Ich hieve dich hoch. Entscheidend ist, den Schwerpunkt zu halten. Unsere Oberkörper müssen eine Linie zum Boden bilden, gell, denn eine Abweichung von nur ein paar Prozent verstärkt die Belastung, und die Schwerkraft wirkt wie ein Hebel, der immer mehr Seitenzug entfaltet. Gleichgewicht und Körperspannung müssen eine perfekte Symbiose bilden! Bereit?"

Benni stieß sich ab, und Hartwig klappte zusammen wie ein Schweizer Taschenmesser. Beide purzelten ins Gras. „Das war entwürdigend", stellte Hartwig fest. Benni rieb sich den Hintern. „Vielleicht sollten wir was anderes probieren."

Sie schritten die Lichtung ab und fanden am Waldrand einen langen Ast, den sie zum Baum schleppten und schräg an den Stamm lehnten. Benni krabbelte auf den Affensteg, ganz langsam, Stück für Stück, und achtete auf jeden Tritt und jeden Griff, den Blick fest nach unten gerichtet.

„Ungefähr in der Mitte der Baumkrone ist eine Astgabel, ganz gemütlich", rief Hartwig. „Aber in der Spitze, ganz oben, auf dem letzten Ast, da ist der allerbeste Platz."

„Warum?" Benni biss sich konzentriert auf die Zunge; gleich hatte er die Mitte erreicht.

„Weil an der Spitze immer der beste Platz ist."

Der Ast bog sich durch und begann zu schwingen. Benni versuchte, das Gleichgewicht zu halten, aber je mehr er sich bewegte, desto mehr bebte der Ast. Er wippte über dem Abgrund, der nicht tiefer war als eine Tür hoch, und überlegte, ob er aufgeben und sich einfach fallen lassen sollte. Aber dann dachte er an die missglückte Räuberleiter, zog fest den Bauch ein, spannte alle Muskeln an und wartete, bis der Ast sich beruhigt hatte. Er trennte seinen Blick vom Boden, setzte den linken Fuß und die rechte Hand gleichzeitig nach vorne und konzentrierte sich auf sein Ziel. Eine leichte Schwingung durchzitterte den Ast, aber er bekämpfte sie nicht. Er federte mit, und die Schwingung schien ihn zu tragen. Als er das Ende erreicht hatte, kletterte Benni in den Baum und stieß triumphierend seine Faust in die Luft, bereit für Applaus.

„Großartig", lobte Hartwig und klatschte in die Hände. „Aber das ist erst der Anfang."

# 15

Seit ihn Hartwig zu dem Baum gebracht hatte, war Benni jeden Tag dort gewesen. Zunächst war er wie ein nervöses Eichhörnchen hin und her geklettert, ruhelos, immer auf dem Sprung. Mittlerweile konnte er einfach in einer Astgabel hocken und genießen. Vogelgezwitscher, Blätterrauschen, sanfte Sonnenstrahlen. Seine Gedanken kamen und gingen wie Wolken am Himmel, zogen vorbei, aber ohne Schatten zu werfen. Als würde ihn die Welt umarmen.

Die Schule dagegen kam ihm vor wie ein nervöser Ameisenhaufen, vor allem nach der sechsten Stunde. Alle wollten schnell nach Hause, zu ihrem frisch gekochten Mittagessen, dem Fernseher mit Kabelanschluss, der Mutter, die heiße Schokolade zu den Hausaufgaben brachte.

Auf Benni wartete keine heiße Schokolade. Also nahm er sich Zeit und setzte sich auf einen Heizkörper, bis es ruhiger wurde. Dann schlurfte er durch das leer gefegte Gebäude, gedankenversunken.

Hartwig war wirklich ein komischer Kauz. Wohnte allein in dieser Gartenlaube. Ohne Familie, ohne Freunde. Wieso nur? Für einen Einsiedler war er jedenfalls sehr gesprächig, außer wenn es um sein steifes Bein oder diese komischen Anfälle ging, die ihn ab und zu heimsuchten. Hartwig sprach nie darüber, selbst wenn ihn Benni direkt fragte. Er ignorierte das Problem. Aber wie lange konnte dieses Augen-zu-und-durch-Gebaren gut gehen, in seinem Alter? Irgendwann würde er Hilfe brauchen.

Benni freute sich, ihn gleich zu besuchen und anschließend in die Baumkrone zu klettern. Vorher würde er von seinem schmalen Taschengeld ein paar Bananenchips kaufen, sie mit Hartwig teilen und den Rest für die Eichhörnchen aufheben.

Fortuna hätte er auch gern auf Bananenchips eingeladen, aber die Romanze war wohl vorbei, bevor sie anfing. Irgendwie hatte Benni gehofft, dass sie beide nach der gefälschten Unterschrift so eine Art Bonnie-und-Clyde-Pärchen werden könnten. Aber nach wie vor sprach Fortuna kein Wort mit ihm, mit niemandem. War ihr alles scheißegal.

Benni stieß die schwere Schultür auf. Draußen warf die Sonne ihr gleißendes Licht über den Schulhof. Er kniff die Augen zusammen. Viel war nicht mehr los. Am Geräteschuppen leitete Dr. Dausenau einen Strafputztrupp, drei Mädchen spielten Seilhüpfen, und der Hausmeisterdackel irrlichterte durch die Beine der trödelnden Oberstüfler, die sich Zigaretten hinter die Ohren steckten, um zu zeigen, dass die Macht der Schule am Schulgelände endete.

Benni schlenderte die Treppe hinunter, ließ den Blick schweifen. Und dann sah er Fortuna.

Sie saß auf dem Mäuerchen neben der Sporthalle, dort, wo Benni monatelang gesessen hatte, immer nach Schulschluss, um sie anzuschmachten und zu hoffen, dass sie ihn bemerken und … ja, was eigentlich?

Saß sie seinetwegen da? Benni zögerte. Was sollte er tun? Hingehen? Weggehen? Die Entscheidung wurde ihm abgenommen. Fortuna lockte ihn mit dem Zeigefinger zu sich, wie eine Hexe aus Grimms Märchen. Er gehorchte. Sie zog die Kopfhörer ab, aus denen Heavy Metal schepperte, und er dachte beschämt daran, dass auf einer Klotür stand: Benni hört heimlich Modern Talking.

„Hoi", sagte er.

„Selber hoi", sagte Fortuna und ließ eine neue Kaugummiblase platzen. „Sind sie dir schon auf die Schliche gekommen?"

„Nee, Schindler hat die Unterschrift geschluckt. Danke noch mal."

„Schon gut, bist halt ein Blade Runner."

„Hä?"

„Ein Klingenläufer. Immer auf des Messers Schneide, sozusagen."

„Tja, Schule ist mein Kryptonit", gab Benni zu. „Bin nur in Englisch gut, keine Ahnung, warum, ich lerne eigentlich gar nicht."

„Bei der nächsten Arbeit musst du abliefern. Noch eine Sechs und du bleibst sitzen. Ist echt scheiße, glaub mir. Bist auf einmal umgeben von Hohlköpfen."

„Danke", sagte Benni.

„Keine Ursache."

Was wollte Fortuna von ihm? Erst war er für sie Luft gewesen, dann fälschte sie aus allerheiterstem Himmel die Unterschrift seiner Mutter, ignorierte ihn anschließend wieder und sorgte sich plötzlich um seine Schulkarriere. Das passte alles nicht zusammen.

Orakelhaft sah sie ihn an. Ihre Beine baumelten über Kreuz und stießen mit der Ferse an das Mäuerchen. Putz blätterte ab. Ein paar Feuerkäfer nahmen Reißaus. Benni spielte nervös mit ein paar Münzen in der Hosentasche. Irgendjemand musste was sagen. Er musste was sagen.

„Mein Bruder will mich ins Internat stecken."

„Was? Wieso?!" Fortuna stemmte die Arme in die Hüfte. Erst jetzt sah Benni, dass auf ihrem Longsleeve eine große, nackte Frau war, die vier kleine Männer im Arm hielt. Eine Riesin unter Zwergen.

Fortuna schnippte mit ihrem Finger. „Hallooo, McFly! Hör auf, mir auf die Titten zu starren."

Benni wurde rot. „Ich mag Red Hot Chili Peppers."

„Wer nicht", sagte Fortuna. „Was ist jetzt mit dem Internat?"

„Na ja, Tommi, also mein Bruder, sagt, dass das für mich am besten ist, weil ich in der Schule so schlecht bin. Aber ich glaube, das ist nur die halbe Wahrheit. Hab Tommi und meine Mutter belauscht, abends, bei ihren Küchengesprächen. Wir sind mit der Miete im Rückstand, müssen vielleicht in eine kleinere Wohnung. Und wenn ich ins Internat gehe, bin ich raus aus der Rechnung, verstehst du? Hast du von dieser Coop-Pleite gehört? Meine Mutter arbeitet da, also … arbeitet noch da. Bald wohl nicht mehr."

„Trotzdem ist dein Bruder nicht der Chef! Erziehungsberechtigt muss er sein, sonst kann er einen Scheißdreck entscheiden, erst recht nicht so 'n Internatszeug."

„Klar, eigentlich liegt's bei meiner Mutter, aber seit Papa tot ist, sagt irgendwie Tommi, wo es langgeht."

„Die schieben dich also ab. Wie einen Hund ins Tierheim. Und das akzeptierst du? Einfach so?"

Benni zuckte mit den Schultern.

„Kennst du Beifuß? Sonnenhut? Frauenmantel? Süßdolde? Rauling?", wechselte Fortuna das Thema.

Er schüttelte den Kopf. „Klingt nach Herr der Ringe."

„Klingt nach deinem Biologie-Projekt."

Benni war verwirrt. Für das Biologieprojekt brauchte man einen Biologiepartner, den er nicht hatte, weil niemand mit ihm zusammenarbeiten wollte. Außer Martin und U-Boot-Yong, aber die waren schon ein Team. Das wusste Fortuna. Was sollte ihr Kommentar? Wollte sie ihn vorführen?

„Ich hab kein Projekt", sagte Benni zerknirscht. „Noch nicht."

„Doch, hast du." Fortuna zwinkerte ihm zu. „Kräuter in der Stockwerkschichtung des Waldes. Ich hab dich auf die Liste gesetzt. Du bist mein Partner. Glückwunsch."

Benni fühlte sich, als hätte ihn jemand auf den Kopf gestellt und geschüttelt, bis alles vertrocknete Leben herausrieselt und vom Sommerwind davongetragen wird. Er konnte es kaum fassen. Fortuna hatte ihn ohne sein Wissen für das Projekt angemeldet, gemeinsam mit ihr! Das war so dreist wie geil.

„Ich hab keine Ahnung von Kräutern", stammelte er überfordert.

Fortuna sprang von der Mauer, setzte die Kopfhörer auf und drückte die Play-Taste. „Hör mal zu, mein kleines Helferlein. Mach einfach, was die Hexe sagt."

# 16

Benni wischte über das speckige Lammfell, aus dem Krümel emporhüpften, schwang sich auf den Beifahrersitz und knallte die Tür zu. Sein Rücken kochte. „Ich fühl mich, als hätte ich einen Affen umgebunden."

„Mach das Fenster runter", sagte Tommi und startete den Uno, der keuchend die Straße hinunterkroch. Benni kurbelte das Fenster runter. Es quietschte und blieb stecken.

„Was glaubst du, wie lange brauchen wir?"

„Kommt drauf an", sagte Tommi und warf den Stadtplan aufs Armaturenbrett; er hatte die Strecke zu Fortuna mit Bleistift eingezeichnet. „Halt die Karte immer in Fahrtrichtung."

Benni war aufgeregt. Heute traf er sie zum ersten Mal außerhalb der Schule. Kräuter wollten sie sammeln wegen des Bio-Projekts, aber für Benni war es eine richtige Verabredung. Dass Tommi angeboten hatte, den Taxifahrer zu spielen, überraschte ihn.

„Am Metzer Tor müssen wir nach links."

Tommi schaltete das Radio ein. „Vierzehn Uhr. Die Nachrichten: Der Deutsche Städtetag warnt vor akuter Wohnungsnot in den Ballungszentren und fordert ein Bauprogramm von jährlich sechs Milliarden Mark. Bereits über eine Million Westdeutsche sind gezwungen, unter – so wörtlich – unzumutbaren Bedingungen zu hausen."

Er stellte lauter.

„Durch die Aussiedlerpolitik der Bonner Regierung hat sich die Lage auf dem Wohnungsmarkt dramatisch verschärft; allein dieses Jahr sind aus dem Osten über 350.000 Menschen eingewandert."

„Die nehmen uns alles weg", flüsterte Tommi. „Erst die Wohnungen, dann die Jobs und irgendwann das ganze Land."

Benni wusste nicht, was er dazu sagen sollte. Das klang zu hoffnungslos, zu hasserfüllt, um wahr zu sein. Diese giftige Wut lag über ihrem Leben wie ein Ölfilm auf dem Meer, trübte die Sicht auf den Grund. Benni wollte endlich Klarheit. Er war alt genug.

„Wann wird Mama entlassen?"

Tommi sah ihn erstaunt an und wäre fast von der Fahrbahn abgekommen. Von links trötete eine Lastwagenhupe. Er riss das Steuer gerade. „Wo hast'n das aufgeschnappt?"

„Hab euch gehört, als ich nachts auf dem Klo war."

Tommi trommelte mit dem Daumen aufs Lenkrad. Er öffnete den Mund, als wollte er etwas sagen, räusperte sich stattdessen und zog die Augenbrauen zusammen, blieb stumm. Fehlzündung. Benni schaute aus dem Fenster.

Sie bogen am Metzer Tor links ab. Hier fuhr die Linie 63 im Dreißigminutentakt. Wäre kein Problem gewesen. Warum hatte Tommi darauf bestanden, ihn zu fahren, obwohl er ihn nie irgendwohin fuhr?

„Und nun zum Sport", schloss der Nachrichtensprecher. „Der FC Bayern München empfängt heute um fünfzehn Uhr dreißig den VfL Bochum im ausverkauften Olympiastadion. Mit einem Sieg hätten die Bayern fünf Punkte Vorsprung auf den FC Köln und wären Deutscher Meister. Trainer Jupp Heynkes …"

„Scheiße, jedes Jahr das Gleiche." Tommi schob eine Kassette in den Recorder. Beastie Boys. „Mama sagt, du kommst immer erst nachmittags nach Hause. Wo gehst'n hin nach der Schule? Zu diesem Typen?"

Aha, darum geht's also, dachte Benni, um ein Bruder-Bruder-Gespräch. Er hätte seiner Mutter nicht von Hartwig erzählen sollen. Irgendein Opa, der Benni was beibrachte; das musste Tommi ja stinken.

„Den sehe ich kaum noch. Meistens treffen wir uns bei Martin, Video gucken", log Benni. Tatsächlich ging er meistens zum Baum, der ihm immer vertrauter wurde, zu dem er Vertrauen fasste. Verrückt.

„Denk an die Schule", sagte Tommi. „Und vergiss diesen Opa."

„Okay", sagte Benni.

Sie bogen ab Richtung Klinik; die Hälfte des Wegs zu Fortuna war geschafft.

Irgendwie war Tommi nervös. Ständig tastete er nach dem Schlüssel an seiner Halskette. Das tat er immer, wenn es schwierig wurde. Als ob ihm das Kraft geben würde.

„Die Menschen sind nich' immer so, wie sie sind", sagte Tommi. „Kann dir passieren, dass du jemanden kennst, dein ganzes Leben, und derjenige macht auf einmal irgendwas Schlimmes oder is' irgendwie anders und du denkst: Ich kenn dich doch! Aber du kennst denjenigen eigentlich nich'. Was ich sagen will, ist …" Er kaute auf seiner Unterlippe. „Du musst einfach aufpassen. Auf dich aufpassen." Tommi hatte den letzten Satz leise gesagt, fast zärtlich, als würde er ihn sanft vom Mund in den Kopf zurückschieben.

„Okay", sagte Benni.

Plötzlich schoss ein schwarzer Golf von links aus der Seitenstraße. Tommi stiefelte so heftig auf die Bremse, dass Benni in den Gurt flog; Tommi schlug auf die Hupe und reckte den Mittelfinger aus dem Fenster. „Arschloch!" Da war er wieder, der alte Tommi. Immer volle Kanne auf die Fresse.

Der Golf-Fahrer reckte ebenfalls den Mittelfinger aus dem Fenster und ließ das Auto ein paar Haken schlagen, als wolle er sagen: Fang mich doch! Dann rauschte er mit gut siebzig Sachen in die lang gestreckte Kurve.

Auf der Straße blieb etwas zurück, das im Windschweif zitterte, ein Blatt oder eine Papiertüte oder eine Monsterklette, zerzaust vom Hinterreifen des Golfs. „Ein Eichhörnchen!", rief Benni.

Tommi umschiffte das plattgefahrene Tierchen. „Genug is' genug", knirschte er, schaltete einen Gang runter und trat aufs Gas. Der Motor heulte auf und riss den Fiat nach vorne. Benni schrie: „Hier müssen wir nicht lang!" und umklammerte den Türgriff.

Tommi ging kurz vom Gas, trat auf die Kupplung, schaltete hoch und wieder aufs Gas. Die Baumreihe neben der Fahrbahn flackerte an ihnen vorbei, und die Tachonadel näherte sich der Achtzig. Die nächste Kurve schleuderte Benni in die Beifahrertür. Gut zehn Meter vor ihnen tauchte der Golf auf, gut hundert Meter davor die Kreuzung. Die Ampel zeigte Grün. „Nein!", flehte Benni, als Tommi beschleunigte. Ein Junge hinderte eine Oma daran, ihren Rollator auf die Straße zu stellen, und bevor Benni klar wurde, ob das knapp war oder nicht knapp war, sprang die Ampel auf Gelb.

Entsetzt riss Benni die Augen auf, und der Fahrtwind klatschte ihm die Straßenkarte ins Gesicht. Hektisch wischte er sie zur Seite. Wenn er schon sterben sollte, dann wenigstens mit einem letzten Blick auf seinen Bruder, der ihm so fremd geworden war und den er so liebte.

Die Bremslichter des Golfs blitzten auf, Quietschen und Rauch und schwarze Streifen. Tommi stieß beide Beine in den Fußraum, drückte die ausgestreckten Arme ans Steuer und die Schultern in den Sitz und brüllte ein lang gezogenes „Schaaaaaaaaiiiiiißeeeeeee!" Sie flogen auf den Golf zu. Drei, zwei, Aufprall? Tommi ließ die Bremse kurz frei, lenkte, bremste, lenkte – und kam auf dem Busfahrstreifen zum Stehen.

Benni starrte schnaufend in die Ferne. Weiße, rote, silberne Blitze zuckten von links nach rechts und von rechts nach links über die Kreuzung. Alles verschwommen, Höllehimmelerde.

Endlich wieder scharf. Gegenüber lag das städtische Klinikum, als hätte es auf sie gewartet. Daneben der Friedhof. Stille. Das einzige Geräusch, was Benni wahrnahm, war das wohlige Summen des 75-PS-Motors, der es auf seine alten Tage allen noch einmal gezeigt hatte.

Neben ihnen stand der Golf.

Tommi stieg aus, ging rüber. Benni versuchte, den Fahrer zu erkennen, aber er sah nur einen Haufen Locken im Halbschatten, unbeweglich.

Tommi beugte sich hinunter und sagte etwas. Der Typ blickte starr geradeaus. Dann schepperte es. Der Seitenspiegel des Golfs schlitterte auf die Kreuzung; Tommi hatte ihn wohl abgetreten. Jetzt die Antenne. Knickknack. Der Raser blieb sitzen, schrumpfte, sah zu, wie Tommi an der Front vorbeiging und den anderen Seitenspiegel abtrat. Knackknick.

Von hinten kam ein Schwung Autos angerollt; langsam mussten sie verschwinden. Tommi stieg wieder ein, knallte die Tür zu, schnallte sich an und fuhr über die Kreuzung, als die Ampel auf Grün sprang.

Im Neubaugebiet, wo Fortuna wohnte, drängten sich die Reihenhäuser aneinander. Bis auf die Hausnummern und die akkurat angelegten Vorgärten mit Kies, Hecken, Büschen und Blumen sah eins aus wie das andere. Auf dem Gehsteig war einer dieser neumodischen Fahrradwege eingezeichnet, und Benni fragte sich, wozu man einen Fahrradweg brauchte, wenn man auf der Straße fahren konnte. Die Parkplatzmarkierungen leuchteten so hell, als habe man sie gestern erst aufgepinselt.

Tommi parkte gegenüber der Hausnummer Fünf. „Ätzende Gegend." Er stellte den Motor ab. Irgendwo ratterte ein Rasenmäher, und der Geruch von frischem Gras ließ in Benni den Wunsch aufkeimen, auf einer Sonnenliege zu liegen.

„Ich habe ein bisschen Schiss."

„Is' doch nur 'n verdammtes Schulprojekt, keine Verabredung", wiegelte Tommi ab. Benni sah das anders. „Nee, das ist nicht nur ein verdammtes Schulprojekt! Wir hatten das ganze Jahr Zeit, uns einen Partner zu suchen, und Fortuna hätte jeden haben können, weil sie einfach die coolste Sau überhaupt ist, aber keiner traut sich, sie anzusprechen. Aber wenn sie selbst irgendwen gefragt hätte, Martin oder Nico oder Julia, egal wen, jeder hätte Ja gesagt. Aber sie hat mich gefragt."

„Und jetzt denkste, die will was von dir?"

„Kann doch sein."

„Die will nix von dir."

„Woher weißt du das?"

„Lass die Tussi." Tommi bedachte ihn mit dem strengen Blick eines Mentors, der alles besser weiß. Benni dachte an Baghira, der Mogli in die Menschensiedlung schickt, und Balu, der ihn im Dschungel behalten will, und das kleine Mädchen, das jeden Tag Wasser schöpft und dabei singt. Überall die gleichen Probleme.

„Fortuna ist keine Tussi", sagte Benni vorwurfsvoll. „Du findest Mädchen einfach doof, selbst wenn sie total cool sind, wie deine Freundin damals, diese Yvonne. Die hast du in die Wüste geschickt, obwohl sie immer Zimtschnecken mitgebracht hat. Wie kann man Schluss machen mit einem Mädchen, das Zimtschnecken mitbringt?"

„Das verstehst du nich'. Manchmal is' nich' die richtige Zeit. Und wenn du schlau wärst, wüsstest du, dass gerade nich' die richtige Zeit is'."

„Es ist die richtige Zeit!" Benni schob trotzig die Unterlippe vor. Der Rasenmäher schwang stotternd aus. Niemand war zu sehen, hohe Hecken vorne und Gärten hinten, Festungen der Spießigkeit. Irgendwo zwitscherte ein Vogel. Die Stille war erdrückend. Tommi drehte sich zu Benni.

„Diese Fortuna is' doch älter", stellte Tommi fest. Jetzt kam die Lehre. Benni musste seine Antwort genau überlegen, um das Gespräch zu gewinnen.

„Wir sind in derselben Klasse."

„Schon mal 'ne Frau mit 'nem Jüngeren gesehen?"

„Das gibts bestimmt."

„Frauen wollen keine Jungs, sondern Männer."

„Ich bin ein Mann!"

„Du bist kein Mann. Männer lassen sich nicht rumschubsen, ziehen ihr Ding durch."

„Fortuna ist mein Ding."

Tommi schüttelte den Kopf. „Wenn du ein richtiger Mann bist, darf eine Frau nicht dein Ding sein. Das hassen die. Die wollen schlecht behandelt werden, verstehste? Nicht schlecht, das is' falsch, aber die wollen nich', dass du alles für sie machst. Na ja, eigentlich wollen sie's schon, denn sie regen sich auf, wenn du's nich' tust, und wenn du's tust, dann regen sie sich zwar nich' auf, aber dann sind sie nich' mit dir zusammen, sondern mit jemandem, der sie aufregt."

„Also soll ich Fortuna aufregen?" Benni war verwirrt.

„Nee, ey, was ich meine, ist …" Tommi massierte sich die Schläfen, ließ die Hände übers Gesicht rutschen, kraftlos. „Benni, wühl dich da nich' zu tief rein, das isses nicht wert." Er machte eine Pause. „Wird sich einiges ändern bei uns."

Ja, Mensch, verdammte Hacke, das brauchte er jetzt. Was meinte Tommi? Das Internat? War doch noch gar nicht beschlossen! Oder etwa doch?!

Bevor Benni nachfragen konnte, wurde im Reihenhaus auf der anderen Seite ein Fenster geöffnet. Die Silhouette eines Mädchens erschien. Fortuna. Sie steckte beide Zeigefinger in den Mund und schickte einen gellenden Pfiff über die Straße. Die Jungs zuckten zusammen.

„Beeindruckend", sagte Tommi.

Benni stieg aus.

Als er über die Straße ging, rief ihm Tommi hinterher: „Soll ich dich abholen, oder kommste allein nach Hause?"

„Ich fahre mit dem Bus", rief Benni zurück. „Bin doch ein Mann."

# 17

Benni umfasste ihre Hüfte und zog sich an sie. Ihre Haare kitzelten seine Nase, Duft von Orangenshampoo. Doch er konnte es nicht genießen, musste sich auf ihre Anweisungen konzentrieren. „Nicht steif machen! Der Bewegung folgen!" Die nächste Kurve kam, und Benni folgte der Bewegung, legte sich schräg.

War das eine Polizeisirene? Schon vorbei. Paranoia. Fortunas Fahrstil war selbstmörderisch, Helme trugen sie nicht, und die Vespa gehörte ihrem Vater. Ob Fortuna einen Führerschein hatte, wollte Benni lieber nicht fragen.

Als sie Richtung Burg einbogen, kam ihnen eine schwarzrote Ente mit offenem Verdeck entgegen. Zwei Mädchen hatten ihre Oberkörper aus dem Verdeck gestreckt und schrien „Wuuuuuhuuu", während der Fahrer das Peace-Zeichen zeigte. Fortuna grüßte zurück.

Über den Baumwipfeln erschien die Ruine Drachenfels. Am Fuß der Mauer gab es einen Kräutergarten, in dem Fortuna Material für das Biologie-Projekt sammeln wollte.

Auf dem Besucherparkplatz stellten sie die Vespa direkt vor den Automaten, natürlich ohne ein Ticket zu ziehen. Bennis Beine zitterten. Er beruhigte sich erst, als sie den Spazierweg zur Burg einschlugen.

Der Wald war menschenleer. Hier und da hörten sie ein Rascheln oder ein Knacken oder ein Summen, ab und zu einen Vogel. Die Baumwipfel leuchteten. Fortuna zupfte ein paar

Pflanzen. Benni überlegte, wie er ein Gespräch beginnen sollte, und erinnerte sich an Hartwigs Ratschlag, Fragen zu stellen.

„Woher kommst du eigentlich?"

„Aus Hanau", sagte Fortuna.

„Ich meine deine Eltern."

„Aus Hanau."

„Ich meine, ursprünglich."

„Aus dem Libanon." Jetzt sah sie ihn an.

„Kannst du libanesisch?", fragte er.

„Ich bin da nur geboren."

„Aber deine Eltern …"

„Du hast schon mitbekommen, dass mein Nachname Nothnagel ist?" Fortuna kreiste mit dem Zeigefinger neben ihrer Schläfe, als wolle sie ihn auffordern, endlich das Hirn anzuwerfen. „Ich bin adoptiert." Irgendwo hämmerte ein Specht.

„Ist das komisch, keine richtigen Eltern zu haben?", fragte er.

Fortuna gab ihm eine Kopfnuss.

„Autsch", sagte Benni.

„Eine Schwester hätte ich gerne gehabt. Oder einen Bruder. Einen älteren."

„So toll ist das nicht", sagte Benni und dachte traurig daran, wie oft ihn Tommi verprügelt hatte. „Erst recht nicht, wenn er sich wie ein Vater aufspielt."

„Wann ist denn dein Papa gestorben?", fragte Fortuna.

„Kurz vor meinem zweiten Geburtstag. Muss übel gewesen sein. Mama und Tommi sprechen da überhaupt nicht drüber, und ich kann mich kaum erinnern, alles so undeutlich, wie wenn du träumst und dann aufwachst. Ist irgendwie so, als wäre er nie dagewesen."

Sie verließen den Hauptweg und schlugen einen steilen Pfad ein, der im Dickicht verschwand. Fortuna schlüpfte durchs Gebüsch, und als Benni folgte, stieß er mit dem Knie an ein Holztörchen. Dahinter öffnete sich der Wald zu dem verwilderten, terrassenförmig ansteigenden Kräutergarten unterhalb der Burg.

Benni betrachtete die Mauer, diesen mächtigen Steinwall, aufeinandergeschichtet vor Jahrhunderten, hoch wie ein fünfstöckiges Gebäude, und stellte sich vor, wie geschmolzenes Pech herabregnet.

Fortuna begann zu pflücken. „Hier", sagte sie. „Pack das ein."

Er stopfte das Grünzeug in seinen Ranzen. Auf den Schildchen, die in der Erde steckten, las er gnomische Namen wie Gundermann, Waldmeister, kriechender Günsel, Schafgarbe, Nelkenwurz, Augentrost, Bärenklau und Blutampfer. In einem Brennnesselstrauch saß ein roter Punkt.

„Oh Mensch, ein Marienkäfer!" Benni beugte sich nach vorne und versuchte, ihn mit einem Stöckchen zu angeln. „Als Larve frisst er tausende Pflanzenläuse und Spinnmilben, deswegen finden ihn Bauern so super. Es gibt ganz viele unterschiedliche Arten, aber der Siebenpunktmarienkäfer ist besonders hübsch."

Eine Brennnessel streifte Bennis Unterarm. „Aua! Kacke!" Er fing an zu kratzen.

„Reiß dich zusammen", befahl Fortuna genervt. „Guck mal, dein Marienkäfer macht nicht so ein Geschiss. Der fühlt sich ganz wohl auf der Brennnessel."

„Weil er einen Panzer hat!"

Fortuna verdrehte die Augen und zog ihn zu einem Baumstumpf. Es duftete nach Harz. Der Boden war bedeckt mit

Pflanzenbüscheln, aus denen lange Stiele mit zapfenförmigen weißen Blütenkronen wuchsen.

Fortuna ging in die Knie, zupfte eines der schmalen Blätter, steckte es in den Mund und begann zu kauen. Benni rubbelte seine Haut, als wolle er zum Knochen durchdringen. Fortuna schlug seine Hand zur Seite. „Lass das!"

„Es juckt wie Hölle!", klagte er. „Jetzt fängt es am Fuß an. Ich kenne das, bald juckt alles! Nico hat mich mal in einen Haufen Brennnesseln geschubst. Überall hat es gebrannt, und die Stohwasser hat nichts gesehen, und Nico fand es superwitzig, der Arsch, und ich habe nur gekratzt, bis alles rot war. Seitdem muss ich eine Brennnessel nur angucken, und dann geht das Jucken los, überall, das ist wie Phantomschmerz, also Phantomjucken …"

Fortuna spuckte auf Bennis Unterarm.

„Bäh!", rief Benni.

„Das hilft, du Honk." Sie rieb den Pflanzenschleim in die zerkratzte Haut. Das Brennen ließ nach, wobei Benni nicht wusste, ob es am Pflanzenschleim lag oder daran, dass Fortunas Berührung ihm die Hose zusammenzog.

„Was findest du denn an Kräutern so toll?", fragte er, um sich abzulenken.

„Kräuter sind wie Menschen", erklärte Fortuna. „Zum Beispiel der Spitzwegerich: Total hässlich, hilft aber gegen Schmerzen, der Quasimodo unter den Pflanzen. Brennnesseln tun weh, geben dir aber alles, wenn du sie richtig behandelst. Und das Ding da" – sie zeigte auf eine hüfthohe Pflanze mit lilafarbenen Blütenglocken – „ist ein Roter Fingerhut. Wunderschön. Und total giftig. Wie ich." Fortuna grinste. Wunderschön.

„Und bei dir?", fragte sie zurück. „Was findest du an Tieren so toll?"

„Och, irgendwie alles, aber am meisten, dass jedes Tier sich perfekt an seine Umgebung anpasst, und wenn sich die Umgebung verändert, verändert sich das Tier. Menschen dagegen verändern sich nie. Die verändern lieber dich." Er pustete auf seinen Unterarm; das Brennen war weg.

„Amen, Bruder."

Fortuna setzte sich auf den Baumstumpf, schloss die Augen und streckte das Gesicht in die Sonne. Benni schaute sie an, ganz in Ruhe: Stiefel und Rock, zerlöcherte Strumpfhose, lila Nägel, leicht nach unten gebogenen Lippen, der Höcker auf der Nase, kantig und weich zugleich.

Fortuna öffnete die Augen; Benni räusperte sich. Ertappt.

„Ich zeig dir was", sagte sie.

„Okay", sagte Benni.

Sie gingen ans Ende des Kräutergartens. Ein Stacheldrahtzaun, an dem ein rostiges „Betreten verboten"-Schild hing, versperrte den Durchgang.

„Was ist dahinter?"

„Wirst du noch rausfinden, früh genug", sagte Fortuna, legte den Kopf in den Nacken und zeigte nach oben. „Siehst du das?"

Er versuchte, ihrem Zeigefinger zu folgen. Aber das klappte nicht, weil das nie klappt. „Nö."

„Da oben, du Tölpel, das Weiße!"

„Ah, das Weiße."

Aus einer Lücke zwischen zwei Felsquadern, bestimmt in zehn Metern Höhe, wuchs eine Blume. Fortuna beschirmte mit der flachen Hand ihre Augen. „Das ist ein Edelweiß, gibt es eigentlich nur in den Alpen. Der Legende nach wurde eine Eisprinzessin von ihrem Stecher beschissen, hat geheult und dann, kurz bevor sie sich in den Tod stürzte, ihre Tränen über die Berge geworfen."

„Und warum ausgerechnet über die Berge? Hätte die Tränen ja auch woanders hinwerfen können."

„Ganz einfach", sagte Fortuna. „Geht um Rache: Jeder Mann, der ein Edelweiß pflückt, soll abstürzen und sich das Genick brechen."

„Aber manche schaffen es."

„Klar. Aber nur die besten."

Benni wusste nicht, ob das eine Warnung oder Aufforderung war. Er trat an die Burgmauer. Sie war rau und bot wenig Halt. Die einzelnen Steine waren bündig aufeinandergeschichtet, nur hier und da gab es einen Vorsprung.

Er legte seine Wange an die Mauer und ließ den Blick an ihr entlanggleiten bis zu dem Edelweiß, dessen weißes Köpfchen sich gegen den blauen Himmel abhob. Die Wand neigte sich, was den Aufstieg erleichtern würde.

Benni hatte keine Angst vorm Klettern, dank des Baums. Trotzdem verdammt hoch, die Mauer. Der Aufstieg müsste gut geplant werden und vor allem der Abstieg. Hier den Fuß auf eine Ecke, da die Hand in eine Spalte. Schwierig, aber nicht unmöglich. Dem Edelweißfluch trotzen, wie ein Superheld. Würde Fortuna bestimmt beeindrucken. „Wenn du nächsten Samstag mit mir herkommst, hole ich es dir", verkündete Benni.

„Vielen Dank, aber lass das mal", sagte Fortuna. „Außerdem kann ich nächsten Samstag nicht. Mein Freund gibt ein Konzert."

# 18

Hartwig streckte die Handflächen nach vorne. „Linken Fuß, Schultern hinten, Hüfte drehen, ausatmen, und bitte, eins, zwei, drei."

Patschpatschpatsch.

„Nimm den Daumen aus der Faust. Zeige- und Mittelfingerknöchel bilden eine Linie mit dem Unterarm. Handgelenk stabilisieren."

Patschpatschpatsch.

„Heiliger Strohsack!" Er knetete seine geröteten Handballen. „Für heute ist das Training abgeschlossen."

„Finde ich total irre, dass du in der Schule gelernt hast zu boxen", sagte Benni und schlug eine Kombination in die Luft: linke Führhand, Rechte gerade, Aufwärtshaken. Hartwig brummte etwas von „anderen Zeiten", ging in die Laube und kam mit einer blauen Plastikschüssel und zwei Stöcken heraus. Benni setzte sich an die Feuerschale; heute wollten sie Stockbrot machen. „Irgendwie habe ich keinen Hunger."

„Eine äußerst untypische Aussage für einen Jungen deines Alters, gell."

„Fortuna hat einen Freund", seufzte Benni. Er zupfte einen Grashalm aus dem Rasen, warf ihn neben die Glut und beobachtete, wie beide Enden entflammten. Übrig blieb ein winziger Aschekreis.

„Ah, deswegen habe ich dich die ganze Woche nicht gesehen. Du hast Trübsal geblasen. Und heute, an einem Samstagabend, ist diese Fortuna bei ihrem Freund und du bei einem alten Mann." Hartwig reichte ihm einen Ast und ein Klappmesser. „Die Spitze glatt schnitzen, zwei Handbreit, immer vom Körper weg."

Benni schnitzte, dass die Späne flogen. „Ihr Freund heißt Matze. Das ist der Sänger von Burning Boscage."

„Und diese Börning Boskaitsch sind – wie sagt man – angesagt?"

Benni nickte. „Letztes Jahr haben sie beim Batschkapp-Wettbewerb mitgemacht und nur deswegen verloren, weil sie ein Cover von Guns N' Roses als Zugabe gespielt haben, und Cover sind verboten. Cooler geht's nicht: wegen Guns N' Roses zu verlieren."

„In der Tat eine formidable Art des Triumphes." Bei Hartwig konnte man sich nie sicher sein, was er ernst meinte. Benni beschloss, den ironischen Unterton zu ignorieren.

„Heute Abend spielen sie im Jugendhaus. Burning Boscage ist Headliner, davor kommen Megallynch, die Guten Onkels und Sandblast."

„Und warum gehst du nicht hin?"

„Ich wollte lieber zu dir."

Hartwig gluckste spöttisch. „Das kannst du deiner Großmutter erzählen."

„Ich habe einfach keinen Bock drauf!" Bennis Stimme sprang in die höhere Tonlage für wütende Ausreden. Schlimm genug, dass er sich verkroch. Aber durchschaut zu werden, war noch schlimmer. Er schämte sich.

Hartwig warf frisches Reisig ins Feuer. Rauch stieg zwischen den knisternden Zweigen auf, umhüllte die Laube und zog über den Hügel zur Villa. Benni kniff die brennenden Augen zusammen. „Kriegst du keinen Ärger mit den Nachbarn?"

Hartwig warf mehr Reisig nach. „Ich habe mich noch nie darum geschert, was andere von mir denken, gell, und du solltest dich nicht darum scheren, was andere von dir denken."

„Ich mache mich lächerlich, wenn ich da auftauche." Benni hustete und vergrub seine Augen in der Armbeuge. „Was soll ich denn da machen? Denen beim Knutschen zugucken?"

Hartwig griff in die Plastikschüssel neben seinem Stuhl, schöpfte eine Handvoll Teig, zog das Knäuel auf Wurstlänge, drehte es um die Stockspitze und erklärte: „Du darfst das Brot nicht in die Flammen halten, sonst ist es außen verbrannt und innen roh. Am besten neben der Glut, und dann von Zeit zu Zeit drehen, damit es langsam durchbackt."

Benni schnitzte wütend weiter. Die Klinge verkantete sich. Er drückte und drückte, aber nichts passierte.

„Nur Loser gehen alleine zu einem Konzert", keuchte er, riss und hebelte. Verdammte Hacke, selbst dieses tote Stück Holz war stärker als er! Endlich knackte es, und der störrische Astknubbel flog über den Gartenzaun.

„Und Gewinner gehen dorthin, wohin sie wollen", sagte Hartwig.

„Matze ist älter, schon in der Oberstufe. Und er hat lange Haare und 'ne Band!"

„Eine total angesagte Band, nicht wahr?"

„Ich gehe nicht auf ein Konzert meines Feindes!"

Plötzlich schüttelte sich Hartwig, als habe er in eine Steckdose gefasst. Das Stockbrot fiel auf den Rasen. Sein Arm zitterte, die Hand krampfte. Wieder ein Anfall, wie damals, als Benni ihn nach der Buchvorstellung besucht hatte.

Hartwigs Augenlider flatterten, die Pupillen rollten. Weißer, toter Blick. Er rutschte tiefer in den Stuhl. Was kam als Nächstes? Schaum vor dem Mund? Krankenwagen rufen! Oder Exorzisten. Benni sprang auf.

„Hartwig, ich krieg Schiss! Hör auf!"

Hartwig röchelte, ballte eine Faust und schlug sich gegen den Oberschenkel, drei Mal. Benni stellte sich zwischen ihn und das Feuer, damit er nicht hineinkippen konnte. Endlich hörte das Zittern auf. Entschuldigend hob Hartwig die Hand, rappelte sich auf, sank zurück in den Stuhl und atmete tief durch. Am Abendhimmel stand der Vollmond, so blass, als hätte er sich zu Tode erschreckt.

„War das wieder ein Trauma?", fragte Benni vorsichtig.

„Ja, irgendeines."

„Welches denn?"

„Ist ein Geheimnis."

„Ich liebe Geheimnisse! Wenn du es mir erzählst, erzähle ich dir auch eines."

Hartwig machte eine abwehrende Handbewegung. „Nein, auf keinen Fall! Mit Geheimnissen macht man keine Tauschhandel. Vor allem nicht, wenn das Geheimnis ein Wunsch ist, gell. Wünsche, die man teilt, verlieren an Kraft."

„Und dein Geheimnis ist ein Wunsch?"

„Nein, mehr eine Geschichte." Hartwig drehte das Stockbrot und trank einen Schluck Apfelwein. Dann atmete er schwerfällig ein und aus. „Also schön. Als junger Kerl war ich im Krieg, in Russland."

Heftig, das hätte Benni nie gedacht! Er rechnete kurz zurück: Hartwig war Rentner, also fünfundsechzig Jahre alt, mindestens. Sie hatten 1989, also war er in den Zwanzigern geboren, der Zweite Weltkrieg war 1945 zu Ende. Als Soldat musste er so alt gewesen sein wie Tommi heute.

„Hast du daher dein steifes Bein? Ist das eine Kriegsverletzung?"

Hartwig ignorierte die Frage. „Ich war in Russland, damals. Mein Zug wurde von einer feindlichen Einheit aufgerieben und vollständig vernichtet. Mir blieb nichts anderes übrig, als mich allein nach Hause durchzuschlagen. Kurz vor der Grenze kam ich in einen Wald, einen Birkenwald."

„Und du warst ganz allein?"

„Mutterseelenallein! Und es war Winter, ein Winter so kalt, dass deine Wimpern gefrieren und du kaum atmen kannst, weil die Luft so kalt ist. Bei jedem Huster glaubst du, dein Brustkorb zerreißt. Das Herz schlägt wie verrückt. Und diese Müdigkeit! Du möchtest dich einfach in den Schnee legen und schlafen, gell, aber du weißt, dann stehst du nicht mehr auf.

Also setzt du deinen Weg fort, Schritt für Schritt, und denkst an Lieselotte, meine damalige Verlobte, an eine warme Stube mit einem Braten auf dem Tisch und einem Glühwein und an ein Daunenbett. Aber du bist so weit weg, in diesem fremden Wald, und das Einzige, was du hörst, ist der Schnee unter deinen Füßen und manchmal eine Eule, und das Einzige, was du siehst, sind die kahlen Birken. So läufst du durchs Niemandsland, und dann, auf einmal, zwischen den Bäumen, zehn Meter vor mir, sehe ich eine Gestalt!"

Benni beugte sich gespannt vor. Er hatte viele Kriegsfilme gesehen und ahnte, dass eine krasse Ballerei bevorstand.

„Dein Brot verkohlt", sagte Hartwig und zeigte auf das rauchende Teigknäuel. Benni zog hastig den Stock aus dem Feuer. „Oh nein, Kacke!"

„Kratz das Schwarze einfach ab."

Benni schabte mit dem Messer über die verkrustete Stelle, bis der helle Teig hervorkam. Dann wischte er die Klinge an der Hose blank. Zwei Kohlestriche. Super, die war frisch gewaschen! Das würde Ärger geben.

„Du kannst den Stock im Griff von dem Kartoffelkorb einhaken, damit das Brot im richtigen Abstand neben der Glut hängt", sagte Hartwig und zeigte auf den Drahtkorb, in dem keine Kartoffeln, sondern Holzscheite lagen, und Benni fragte sich kurz, was einen Kartoffelkorb ohne Kartoffeln zum Kartoffelkorb machte. „Erzähl weiter!", bat er. „Da war also diese Gestalt …"

„Also, diese Gestalt war ein russischer Soldat. Er trug eine Uschanka. Das sind diese hohen Mützen mit den Ohrenklappen."

„Und der war auch allein im Wald?"

„Ja."

„Nur ihr beide?"

„Ja."

„Das ist ja gruselig!"

„Das war es."

„Und was habt ihr gemacht?"

Hartwig goss sich einen Apfelwein ein. „Wir standen uns gegenüber, ich und der russische Soldat. Sein Gesicht lag im Schatten; das Mondlicht strahlte herunter, steil wie ein Scheinwerfer. Der Russe hatte eine Kalaschnikow umhängen, und ich hatte nur eine Walther im Futteral."

„Der hätte dich locker abknallen können!"

„Vermutlich. Aber kennst du den Spruch: Stell dir vor, es ist Krieg und keiner geht hin? So war das. Wir waren allein, er und ich, und ich wollte nach Hause, und er wollte nach Hause. Wir wussten beide, dass wir unserer Wege gehen können, ohne Konsequenzen. Trotzdem hatte ich keine Ahnung, ob er schießen würde, und er hatte keine Ahnung, ob ich schießen würde. Also standen wir da wie die Salzsäulen, minutenlang."

„Und irgendwann hat einer den ersten Schritt gemacht."

„Sozusagen", sagte Hartwig und drückte mit den Fingern prüfend auf seinen Teigling. „Ich habe meine Pistole gezogen und ihn erschossen."

Benni klappte die Kinnlade runter. Wie bitte?

Hartwig kramte eine Pfeife und einen Tabakbeutel aus der Jackentasche. Er stopfte die Pfeife, riss ein Streichholz an und paffte in kurzen Zügen die Glut an. Dann sah er den Rauchschwaden nach, wie sie durch die Luft schwebten, zerfaserten und in den Büschen verschwanden.

„Also willst du damit sagen", fragte Benni vorsichtig, „dass man immer zuerst schießen muss?"

„Ich will damit sagen", Hartwig drehte Bennis Stockbrot mit der rohen Seite zum Feuer, „Matze und du, ihr seid keine Feinde."

# 19

Den nächsten Nachmittag verbrachte Benni im Baum, machte Hausaufgaben und aß Bananenchips. Minuten wurden zu Stunden, ohne dass er es bemerkte. Seine Gedanken zogen Kreise, weite Kreise, genauso wie die großen und kleinen Tiere, die den Baum bevölkerten, ihn umschwirrten, sich von ihm ernährten.

Benni dachte an Hartwig und den toten russischen Soldaten und Fortuna und Matze und daran, dass sich die beiden vielleicht gerade küssten. Doch anders als zu Hause gab es hier kein Selbstmitleid, keine Eifersucht, keine Einsamkeit.

Erstaunt stellte er fest, dass irgendetwas in ihm wuchs, etwas, das ihn veränderte, etwas, das der Baum erzeugte, freisetzte, verschenkte – eine kraftvolle Sicherheit. Vielleicht das, was Hartwig „stoisch" nannte. Benni kapierte nicht genau, was damit gemeint war, irgendein Philosophiezeug, aber eines wusste er: Im Baum bekam jede Frage eine Antwort, und zwar immer genau die richtige.

Normalerweise brütete Benni ewig über seinen Problemen, wälzte sie hin und her, ohne Ergebnis. Selten gelang es ihm, auf eine Frage die passende Antwort zu finden. Entweder gab es mehr Fragen als Antworten oder, was noch schlimmer war, mehr Antworten als Fragen. Der Baum dagegen kannte keinen Zweifel.

Fortuna würde seine Freundin werden. Das wusste Benni nun. Zufrieden legte er ein paar Bananenchips in die Astgabel, wünschte den Eichhörnchen Gute Nacht und ging.


Zu Hause angekommen wollte er nur ins Bett. Doch die dröhnende Stille warnte ihn, dass etwas nicht stimmte. Tommis Stiefel standen im Flur, die Jacke seiner Mutter hing an der Garderobe. Licht in der Küche.

Am besten ins Zimmer schleichen, Tür zu, fertig. Ganz einfach. Aber wie bei einem Autounfall, den man nicht sehen will, aber trotzdem hinguckt, musste Benni wissen, was Sache war. Also beschloss er, in die Küche zu marschieren und Hallo zu sagen.

Vor der Tür blieb Benni stehen, zögerte. Unscharfe Umrisse hinter Milchglas. Tommi und seine Mutter am Tisch. Radio.

„… mit Bolzenschneidern durchtrennten die beiden Außenminister Gyula und Alois Mock den Zaun zwischen Ungarn und Österreich. Die Initiative ging von der ungarischen Grenzwache aus, da die Anlage immer störanfälliger geworden war. Unzählige Fehlalarme, die von Tieren …"

Egal, los geht's! Benni fasste sich ein Herz und ging hinein. Bevor er zu seinem fröhlichen Hallo ansetzen konnte, schaltete Tommi das Radio aus und zeigte auf den Stuhl. Verdammt. Sie hatten gewartet. Auf ihn gewartet. Das wurde ein Verhör.

Benni schaute auf den Kalender, wie immer, wenn er in die Küche kam. Samstag, 24. Juni. Benni riss zwei Blätter herunter. Montag, 26. Juni. Er setzte sich. Auf dem Tisch lagen die Unterlagen der Odenwaldschule wie eine Anklageschrift.

„Das Telefon geht wieder", sagte Tommi mit drohendem Unterton. „Rate, wer angerufen hat."

Benni zuckte mit den Schultern.

„Dein Lehrer. Herr Schindler."

„Der Clownfangschneckenkrebs rammt Muscheln mit achtzig Kilometern pro Stunde!", rief Benni. Seine Magensäure schäumte. Schindler hatte den Schwindel anstandslos geschluckt, schien zumindest so. Irgendwas war schiefgelaufen.

Seine Mutter umklammerte die Teetasse. „Weißt du, Herr Schindler hat gesagt, dass du eine Sechs geschrieben hast und meine Unterschrift gefälscht hast und dass du, wenn du bei der nächsten Arbeit schlechter als eine Drei schreibst, dass du dann sitzen bleibst."

Tommis Faust krachte auf den Tisch. „Wie oft ham wir dieses Scheißgespräch schon geführt? Ist, als ob du uns verarschen willst. Als ob du nich' glaubst, dass wir's ernst meinen." Bennis Mutter holte einen Lappen, um den übergeschwappten Tee aufzuwischen, still und demütig wie eine schüchterne Kellnerin, die einen ungehobelten Gast bedient.

Benni senkte den Kopf. „Ich dachte nicht, dass ihr es rausfindet."

„Pink! Eine pinke Unterschrift! Voll bescheuert!" Tommi schlug sich mit der flachen Hand gegen die Stirn. „Welche Eltern unterschreiben in pink?!"

Stimmt, dachte Benni. Darüber musste er dringend mit Fortuna reden. Blöde Idee, der pinke Filzstift.

„Verdammt, Benni, Schule ist doch kein Spiel! Willste sitzen bleiben? Abbrechen? So wie ich?" Plötzlich wurde seine Stimme sanfter. „Hör' mal, Du bist auf'm Weg nach unten. Das weißt du doch, oder? Die Odenwaldschule is' keine Bestrafung, sondern 'ne Chance. Vielleicht deine einzige."

Benni wurde schwindelig. Jetzt war es so weit. Tommi würde die Internatsanmeldung rüberschieben, ausgefüllt von ihm und unterschrieben von seiner Mutter, und dann einen Vortrag halten, dass es für Benni das Richtige sei und wann es losginge und wie er sich zu verhalten habe.

Seine Mutter würde ihm erzählen, auch wenn es ihr das Herz zerreiße, dass er am Wochenende immer nach Hause könne, Freitagnachmittag bis Sonntagnachmittag, immerhin zwei Tage, und er solle gut lernen, um sich für die Zukunft alle Möglichkeiten offenzuhalten.

Benni wusste, dass sie ihn liebte, aber nicht anders konnte. Wegen der Vereinbarung, die er nicht erfüllt hatte. Und wegen der Vereinbarung, die sie mit Tommi hatte.

Trotzdem, oder gerade deswegen, musste Benni einen Versuch starten, seine Haut zu retten. Tommi hatte entschieden, das war klar, daran gab es nichts zu rütteln. Seine Mutter dagegen ...

„Mama, ich kann die Note noch rumreißen! Die nächste Arbeit wird eine Drei, bestimmt. Dann ist doch alles gut. Ich werde lernen wie bekloppt, versprochen! Und außerdem…" Die nächsten Worte musste Benni weise wählen, wenn er den letzten Trumpf ausspielen wollte: Achim. Seine Mutter hatte alles darangesetzt, dass Benni ihn kennenlernen sollte als ... ja als was denn? Als Mentor? Aber wenn er im Internat hockte, würde aus diesem Wunsch nichts werden. Odenwald oder Achim. Das war hier die Frage. „... und außerdem hatten wir darüber gesprochen, dass ich mein Leben verändern soll, dass ich es verändern will. Mit Hilfe. Weißt du noch? Du weißt schon …"

Den Namen Achim erwähnte er lieber nicht; hoffentlich verstand sie trotzdem, was er meinte. Von ihrer Reaktion hing alles ab. Sie blickte auf, sah ihn an. Benni knetete nervös seine Hände. Dann drehte sie sich zu Tommi. „Das Wichtigste ist die Versetzung, und die kann er ja noch schaffen." Seitenwechsel! „Gute Noten sind nicht alles. Was zählt, ist doch, ein guter Mensch zu sein. Emotionale Intelligenz auszubilden. Eine höhere Daseinsebene zu erlangen. Ich würde meinen, dass Benni seine Lektion gelernt hat, dass wir abwarten sollten."

„Nein." Tommi tippte ungeduldig auf den Papierstapel. „Müssen jetzt entscheiden. Die haben Anfragen genug."

„Weißt du, Achim sagt, das Wichtigste in einer Familie …"

„Von diesem Wichser will ich nichts hören!", unterbrach er sie harsch. „Es is'ne Vorzeigeschule, verdammt, und Benni hätte ein goldenes Ticket, das erste Mal, dass uns diese Sozialscheiße was nützt. Wann kapierste es denn endlich? Uns steht das Wasser bis zum Hals! Noch fünf Monate, dann müsst ihr … dann müssen wir hier raus. Die Mieten steigen scheißschnell, schneller, als man's Geld verdienen kann. Und es wird heftiger, wirst sehen, je mehr Ossis hier rübermachen. Jeder von denen will 'ne Wohnung. Was glaubste, wie's mit uns weitergeht? Das nächste Drecksloch, und dann das nächste, vom Loch ins Löchlein, und irgendwann bleibt nur noch 'n beschissener Stein, unter dem wir uns verkriechen können."

„Weißt du, bei Coop soll es einen Sozialplan geben. Eine Abfindung. Dann wären wir die Geldsorgen los, erst einmal."

„Vergiss doch die Abfindung!" Tommi zeigte auf den Rechnungsstapel. „Wie viel wär's wohl, zehntausend Öcken? Damit putzt sich dieser Otto den Arsch ab. Hockt auf seiner Farm in Afrika, seelenruhig, hat euch alle betrogen, den Laden in die Pleite geritten, Geld eingesackt und ist abgehauen. Pah! Auf die Abfindung kannste lange warten. Weißt doch, wie's ist, wenn Anwälte im Spiel sind."

„Benni gehört hierher. Das mit den Augenbrauen, das war ein Hilfeschrei!"

„Ja, ein Hilfeschrei", bestätigte Benni energisch.

Tommi schüttelte genervt den Kopf, ging zum Kühlschrank und holte ein Bier. Plopp. Er kam zurück, drehte den Stuhl und setzte sich, die Oberarme auf die Lehne gestützt. Dann schlug er die Mappe auf, hielt sie vor sich wie eine Speisekarte. Auf dem Umschlag war ein mehrstöckiges, dunkles Holzhaus mit weißen Fensterrahmen, umsäumt von grünen Bäumen: die Odenwaldschule. Er klappte die Mappe zu und schob sie mit einem Stift zu seiner Mutter rüber.

„Unterschreib jetzt."

Sie legte die Fingerspitzen auf den Kugelschreiber, nahm ihn aber nicht auf. Noch nicht. Benni wurde flau im Magen. Schweiß perlte aus seinen Poren, und der saure Geruch verschmolz mit dem süßen Duft des Kümmeltees.

„Unterschreib", wiederholte Tommi.

Seine Mutter zögerte. „Weißt du, Tommi, wir sind doch … wir gehören doch zusammen."

„Unterschreib!"

Sie nahm den Stift, ganz vorsichtig, als sei er eine Bombe, die jederzeit explodieren könnte, beugte sich nach vorne, setzte zur Unterschrift an. Zusammengesunken verharrte sie einen Moment, und dann, plötzlich, ging ein Ruck durch ihren Körper. Sie richtete sich auf, gestrafft und stolz und legte den Kugelschreiber zur Seite.

„Nein." Ihre Stimme zitterte.

„Wie bitte?", fragte Tommi.

„Nein! Ich lasse nicht zu, dass du uns auseinanderreißt! Wir sind doch eine Familie, und ich kann nicht verstehen, warum du alles kaputtmachst, kaputtmachen willst. Ich kann dich nicht aufhalten, aber Benni nimmst du mir nicht weg! Also geh, wenn du unbedingt willst, wenn du meinst, das ist das Beste für dich. Du hast dich entschieden, aber mach nicht deine Entscheidung zu Bennis Entscheidung."

Tommi starrte seine Mutter an, sprachlos. So hatte sie noch nie mit ihm geredet; zumindest konnte sich Benni nicht erinnern. Es war so still, dass er die Glühbirne summen und den Wind draußen pfeifen hörte.

Was hatte sie gerade gesagt?

Benni räusperte sich. „Äh, Mama, was meinst du damit, dass Tommi sich entschieden hat? Entschieden für was?"

Traurig sah sie Benni an. „Dein Bruder zieht aus."

„Is' wahr", bestätigte Tommi und piddelte nervös einen Lackstreifen vom Küchentisch. „Am Sonntag. Hab einen Job in Wiesbaden, bei Odeon Film. Die machen Ein Fall für zwei, Matula und so. Bin da als Fahrer. Muss Essen holen und Wohnmobile für die Schauspieler durch die Gegend fahren. Ein Kumpel von mir hat ein freies Zimmer in'ner WG. Da geh ich hin, erstmal."

Bennis Mund war so trocken, dass ihm die nächste Frage am Gaumen kleben blieb: „Und wann kommst du zurück?"

„Gar nicht."

Die zwei Worte stachen tief in sein Herz. Tommi weg? Ein Schock. Die Küche, die Welt, alles verschwamm. Zuckendes Licht, das Gedanken umhüllte, zerschnitt, zersetzte. Erinnerungen, die auftauchten und abtauchten, wirr, wild, unkontrolliert.

Tommi weg. Was bedeutete das? Wurde nun alles schlimmer … oder besser? Benni fühlte Trauer, Angst und Erleichterung zugleich. Ratlos beobachtete er seine Mutter, die stumm den aufsteigenden Teedampf inhalierte, sich wieder zurückzog, in sich zurückzog. Bestimmt war es eine Katastrophe für sie, dass Tommi auszog. Er war ihr Anker. Und nun die Kette zerrissen. Wie lange hatte sie es schon gewusst?

„Seit wann …?", fragte Benni.

„Seit vier Wochen", antwortete Tommi. „Wollte es dir sagen, aber Mama war dagegen. Hat wahrscheinlich gedacht, dass ich's mir noch mal überlege. Sie bringt's einfach nich' über's Herz, ihre kleinen Küken in die große weite Welt zu lassen." Er lachte verächtlich, nahm die Internatsunterlagen und zerriss den Haufen mit einem lauten Ratsch. „Scheiße. Das war 'ne echte Chance."

Bevor Tommi die Küche verließ, blieb er neben Benni stehen und legte ihm die Hand auf die Schulter. „Irgendwann wirste begreifen, dass ich auf deiner Seite bin. Hoffe, es is' dann nich' zu spät." Er warf seiner Mutter einen wütenden Blick zu, die immer noch teetrinkend ins Leere stierte. „Is' wie bei diesem gordischen Knoten. Manches kannste nich' lösen, sondern nur zerschlagen. Egal. Ich geh', und du bleibst hier. Mach' was draus."

# 20

Benni spähte durch die Wipfel auf den Horizont. Hinter dem Wall lagen die Getreidefelder, gespickt mit Wassersprengern, die glitzernde Fontänen ausspuckten. Es war windstill und ruhig, kein einziges Geräusch, nicht einmal Vogelzwitschern. Nur Hitze.

Der Himmel war hellblau, fast weiß. Unendlich weiß. Aus dieser Unendlichkeit kam die Hitze, aus dieser Unendlichkeit kam die Kälte. Alles kam aus der Unendlichkeit, das hatten sie in der Schule gelernt. Sternenstaub, Teil des Ganzen, er selbst, genauso wie Fortuna, seine Mutter, Tommi und auch sein Vater. Im Universum gab es keinen Tod, nur Wandel. Was bedeutete, dass alles möglich war. Theoretisch. Praktisch auch, sonst wäre gestern nicht diese Sache passiert.

Frau Stohwasser war in die Klasse gekommen und hatte noch vor der Begrüßung verkündet: „Kinder, ich habe eine traurige Nachricht für euch. Es ist ein schwerer Schicksalsschlag, den einen meiner geschätzten Kollegen, euren Lehrer, ereilt hat. Herr Schindler …"

„… ist tot?!", fragte Arnöbe hoffnungsvoll; er war einer der Schlechtesten in Mathe.

„Nein, Arne. Er ist nicht tot. Er hatte einen Hörsturz. Den bekommt man durch Stress." Strenger Blick in die Runde.

„Jedenfalls wird Herr Schindler dieses Halbjahr nicht mehr zurückkehren. Die Arbeit werdet ihr trotzdem schreiben."

Was bei allen anderen für enttäuschte Gesichter sorgte, löste bei Benni Begeisterung aus. Das war die Gelegenheit für eine letzte, triumphale Mathenote! Die brauchte Benni, wenn er die Versetzung schaffen wollte, und die wollte er unbedingt schaffen. Eine Ehrenrunde drehen, in eine neue Klasse gestopft werden, Fortuna aus den Augen verlieren … das wäre oberscheiße.

Schindlers Ausfall war ein Geschenk. Die Arbeit konnte nicht verschoben werden, so kurz vor den Ferien, und das Lehrerzimmer war dank der Sommergrippe so leergefegt, dass Dr. Dausenau ein Betreuungsproblem hatte. Entweder musste er aus einem Lehrer zwei machen, was physikalisch schwierig werden dürfte, oder aus zwei Klassen eine. In diesem Chaos lag die Chance.

So eine Gelegenheit käme nur alle paar Jahre, hatte er anschließend Fortuna auf dem Pausenhof erklärt. Dausenau würde sie mit einer anderen Klasse zusammenlegen, genau wie vor ein paar Jahren, zusammengequetscht in einem Raum, dicht an dicht, unkontrollierbar.

Fortuna blieb misstrauisch. „Das klingt alles nach scheiß vielen Wenns und Abers. Was ist, wenn wir nicht mit einer anderen Klasse zusammengelegt werden? Oder wenn wir verschiedene Aufgaben bekommen? Der Vertretungsfuzzi wird durchmischen, eins-zwei, eins-zwei, eins-zwei. Und wenn er uns kennt – oder genauer: dich kennt – dann bist du sowieso am Arsch."

Da war was dran. Sie brauchten mehr Infos. Und Benni wusste, wo er diese Infos abgreifen könnte. „Als ich nach der Buchvorstellung vollgekotzt im Sekretariat lag, konnte ich direkt ins Lehrerzimmer gucken. Dr. Dausenau hat der neuen

Referendarin den Einsatzplan erklärt. Es ist eine Tafel mit Steckkarten. Oben die Tage, an der Seite die Uhrzeit, und jede Klasse hat eine eigene Farbe. Da steht alles drauf, was wir brauchen. Ich muss wieder auf die Krankenbahre. Ich tue einfach so, als ob mir schlecht ist."

Fortuna schlug stattdessen vor, ihn zu vergiften. „Es muss echt wirken, und du bist ein miserabler Schauspieler, das wissen wir seit der Theater-AG. Ich besorge dir die absolute Kotzgarantie: Beeren von der Stechpalme. Dann kommt es oben und unten raus."

Benni war nicht begeistert, ließ sich aber nach langer Diskussion überzeugen, obwohl er mutmaßte, dass es Fortuna mehr um ihren Spaß als um seine Glaubwürdigkeit ging. Für das Hauptproblem hatte er aber noch keine Lösung: die Durchmischung der Klassen. Wie konnte man aus einem Eins-zwei-eins-zwei-Sitzplan einen Eins-eins-zwei-zwei-Sitzplan machen?

Eine Brise rauschte durch den Baum. Benni schaute nach oben. Über ihm stak der höchste Ast in den Himmel wie eine riesige Antenne, bereit, alle Antworten zu empfangen. Er streckte die Hand aus, hielt sich am Stamm fest, ging auf die Zehenspitzen. Viel fehlte nicht. Ein lang gestreckter Sprung.

Unter seiner Hand kribbelte plötzlich die knotige Rinde, als würde tief im Stamm etwas strömen, als ob der Baum versuchen würde, mit ihm zu kommunizieren. Benni wurde schwarz vor Augen, und auf einmal tauchte eine Erinnerung auf: an Tomek, den farbenblinden Trockenbauer, Tante Erikas Haushandwerker.

Vor ein paar Jahren, als Benni und Tommi bei ihr wohnten, sollte jener Tomek eine Glasbausteinwand im Treppenhaus hochziehen. Allerdings mauerte er kein Schachbrettmuster, sondern ein spektakuläres Durcheinander. Das brachte Onkel

Detlef zum Ausrasten, Tomek zu dem Geständnis, dass er farbenblind sei, und Benni nun auf eine Idee: Wer die Farben nicht kennt, verliert die Kontrolle über das Muster. So ließ sich der Vertretungslehrer überlisten.

Still bedankte er sich bei dem Baum für die Eingebung. Dann stieg er zurück in die mittlere Lage, verteilte ein paar Trockenfrüchte für die Eichhörnchen und setzte sich auf eine Astgabel. Die Sonne schien durch die Blätter, leuchtend grüne Kunstwerke, Mosaike aus Wasseradern. Aus den Blüten brachen Birnen, klein wie Erdnüsse. Vögel zwitscherten. Benni schloss die Augen, dachte an Fortuna, an das Lehrerzimmer, den Vertretungsplan und an Frau Finkenrode, die Sekretärin, die wie ein Wachhund davorsaß und an der er vorbeikommen musste. Irgendwie.

Seine Augenlider wurden schwer. Benni schlief ein. Als sein Kinn auf die Brust sackte, wachte er auf. Wie spät war es? Die Sonne kam von der anderen Seite; es musste Nachmittag sein. Zeit, nach Hause zu gehen.

Benni wollte gerade aufstehen, da bemerkte er das Eichhörnchen. Es kauerte auf der Astspitze, den buschigen Schwanz an den Rücken geklappt, und mümmelte eine seiner Trockenpflaumen. Benni blieb bewegungslos sitzen, um es nicht zu verscheuchen. Dann hörte er Flügelschlagen, ganz nah, und eine Elster landete auf einem Ast. Kurz darauf kamen vier weitere. Die Bande verteilte sich und beobachtete das Eichhörnchen. Plötzlich stieß die Anführerin einen gackernden Schrei aus. Die fünf Elstern hüpften auf das Eichhörnchen zu, das die Trockenpflaume fallen ließ und auf einen tieferen Ast floh. Zwei Elstern flogen auf die rechte Seite, zwei kamen von links, eine von hinten. Sie kreisten das Eichhörnchen ein, schimpften und flatterten und trieben es von Ast zu Ast, immer weiter den Baum hinab, bis das Eichhörnchen in der

Wiese verschwand. Es war ihr Revier; das Eichhörnchen hatte nichts zu melden.

Da begann Benni zu begreifen, dass in seinem Plan etwas Wichtiges fehlte. Bis jetzt hatte er sich gegen diesen Gedanken gewehrt, aber es half nichts; er würde einen Pakt mit dem Feind schmieden müssen.

Fortuna hatte bereits versucht, ihm das klarzumachen: „Du Superchecker willst also ins Sekretariat, den Vertretungsplan ausspionieren, herausfinden, mit welcher Klasse wir die Arbeit schreiben. Schön. Aber dann willst du auch noch beide Klassen überzeugen, im großen Stil zu betrügen, dir zu folgen, als Commander in Chief, einer für alle und alle am Pranger, wenn's schiefgeht. Ich verrate dir ein Geheimnis: Du bist kein Anführer. Deswegen musst du tun, was dir nicht gefallen wird: Du brauchst Nico an deiner Seite. Wenn der den anderen sagt ‚Wir machen das', dann machen die das. Klar hasst der dich. Aber ohne Nico wirst du einen Scheißdreck erreichen."

# 21

Tommis Zimmer war so leer und aufgeräumt wie die Pension am Edersee, wo sie früher Urlaub gemacht hatten, damals, als alles noch normal gewesen war. Jetzt war alles weg.

Benni fuhr mit dem Finger über die weiß lackierte Schreibtischplatte. Normalerweise war sie gesprenkelt mit Fingerabdrücken, doch nun glänzte sie wie die Glatze von Meister Proper. Er kniete sich vor den Rollcontainer, der unter dem Schreibtisch stand. Was verbarg sich nur in dieser Schublade? Der geheimnisvollen Schublade, zu der jener geheimnisvolle Schlüssel gehörte, den Tommi immer bei sich trug. Vielleicht hatte Tommi sie offen gelassen, jetzt, wo er ausgezogen war. Bald müssten Benni und seine Mutter auch in eine andere, in eine kleinere Wohnung. Und irgendwann in eine noch kleinere. Und dann in eine winzige. Und dann in ein Erdloch.

Vorsichtig, als ob er eine Bombe entschärfen würde, legte Benni die Fingerspitzen um den Griff. Dann zog er sanft. Die Schublade kam ihm ein paar Millimeter entgegen. Jackpot! Doch dann hakte sie ein. Verdammt, immer noch verschlossen! Irgendwann würde er sie knacken, mit einem Schraubenzieher, einer Haarnadel, einer Kreditkarte. Wie im Film.

Er ging zum Kleiderschrank. Bis auf ein paar einsame Klamottenstapel war alles ausgeräumt und lagerte in Umzugskisten, die neben dem Bett standen. Selbst das Full-Metal-Jacket-Poster lehnte zusammengerollt in der Ecke, mit einem Klebezettel darauf: „Für Benni".

Es war wie eine Geheimoperation abgelaufen: Tommi musste wochenlang heimlich aufgeräumt und ausgemistet, gepackt und geputzt haben, aber bis auf Mama, die etwas traurig wirkte, schien alles wie gewohnt. Langsam begriff Benni, dass nichts wie gewohnt lief und Tommi sich gut vorbereitet hatte: ein paar Monate in Wiesbaden, danach zum Bund, und dann für immer weg. Das war sein Plan, bestimmt. Für immer weg.

Gestern Abend hatten sie ihn zum Bahnhof gefahren. Tommi wollte nicht, dass sie ausstiegen und ihn zum Zug brachten. Er gab seiner Mutter einen flüchtigen Kuss auf die Wange, und Benni bekam einen Zettel, darauf eine Telefonnummer. „Ruf an, wenn was ist." Dann stieg er aus. Obwohl Benni ihm monatelang aus dem Weg gegangen war, vermisste er seinen Bruder in dem Moment, als die Beifahrertür ins Schloss fiel und Tommi, ohne sich umzuschauen, im

Seiteneingang der Bahnhofshalle verschwand. Das unsichtbare Band der Familie. War schon komisch.

Benni schob zwei Fünfkiloscheiben auf Tommis Hantelstange, hob sie auf und stellte sich vor den Spiegel. „Füße schulterbreit", hatte Tommi ihm gezeigt, „Bauch einziehen, Rücken gerade, Arme anlegen, ausatmen beim Hochziehen." Benni zählte. Bis zur fünften Wiederholung war es lächerlich leicht, ab der achten kam ein Ziehen, die zwölfte schmerzte, und bei der fünfzehnten klingelte es an der Tür. Seine Mutter eilte zur Gegensprechanlage. Der Türöffner brummte. Eine Minute später – er war beim zweiten Satz – schlappte jemand durch den Flur. Schwere Schritte. Ein Mann. „Benni, kommst du bitte in die Küche?", rief seine Mutter. „Wir haben Besuch."

„Ich komme!" Was für Besuch? Sein Blick fiel auf den Teleskopstab, der an einem Haken neben der Tür hing, griffbereit, um einem Einbrecher den Schädel zu spalten. Jetzt, wo Tommi weg war, war das wohl seine Aufgabe.

Benni nahm den Schlagstock von der Wand. Er bestand aus drei ineinandergeschobene Stahlröhren, die sich beim Herausschnellen zur dreifachen Länge verkanteten. Der Griff war gummiert, und das Kopfende bildete ein Metallknopf, der so klein war wie seine Zerstörungskraft groß.

Tommi hatte einmal demonstriert, wie man ihn benutzte. Dafür gingen sie in den Keller. Tommi guckte sich einen alten Bauarbeiterhelm ihres Vaters aus. „Jetzt pass mal auf", sagte er, schnickte den Schlagstock auf volle Länge und schlug zu; im Helm klaffte ein handgroßes, gezacktes Loch. „Musst dir immer gut überlegen, ob du in einen Kampf gehst", sagte Tommi. „Aber wenn, dann heißt es: Du oder der. Kapiert?" Benni hatte kapiert.

„Kommst du dann, mein Schatz?", rief seine Mutter erneut aus der Küche. Benni wog den kalten mattschwarzen

Totschläger in der Hand; dann hängte er ihn wieder an den Haken. „Komme!"

Der unbekannte Besucher war vielleicht fünfzig Jahre alt, mit hoher Stirn und zurückgegelten Haaren, die seine Geheimratsecken unvorteilhaft zur Geltung brachten. Er fläzte sich auf dem klapprigen Küchenstuhl, die behaarten Unterarme über dem Kugelbauch verschränkt, und sah Benni interessiert an.

„Du bist also Benni", sagte der Fremde und streckte die Hand aus. „Es freut mich, dich kennenzulernen. Ich bin Achim. Setz dich."

Ah, der große Achim! Seine Mutter hatte keine Zeit vergeudet. Kaum spazierte Tommi aus der Tür, kam Achim herein. Benni riss das Kalenderblatt ab – 3. Juli – und setzte sich. Seine Mutter stellte Kaffee und Käsekuchen auf den Tisch. „Weißt du, mein Schatz, Achim und ich sind alte Freunde, wir kennen uns schon sehr lange. Ich habe ihm von dir erzählt, von deinen Problemen, wenn man das so sagen kann, und Achim meinte, dass er mal mit dir reden könnte. Er ist kein Psychiater oder so …"

„… aber etwas viel Besseres!", unterbrach Achim mit sonorer Stimme und zog ein Stück Kuchen auf den Teller. „Ich bin ein Lebensberater!"

Benni war überrascht; von so einem Beruf hatte er noch nie gehört. „Was ist ein Lebensberater?"

„Ich mache dein Leben besser." Achim kappte mit der Gabel die Kuchenspitze und schob sich das riesige Stück in den Mund, kaute, schmatzte, schluckte, trank Kaffee und leckte sich die Finger. „Su hat mir erzählt, dass du Probleme in der Schule hast und ein bisschen zu viel Gewicht auf den

Knochen. Wobei, wenn ich dich so sehe", er musterte ihn von unten nach oben, „siehst du eigentlich ganz sportlich aus."

„Weißt du, Benni hat in letzter Zeit abgenommen", soufflierte seine Mutter. „Es war ja nicht leicht die letzten Jahre, und Süßigkeiten, nun ja, die sind ja irgendwie tröstlich."

Achim ging nicht darauf ein und hielt Augenkontakt mit Benni. „Eigentlich sind die Regeln des Lebens ganz einfach. Wir Menschen bestehen aus Körper, Verstand und Seele. Alles muss im Gleichgewicht sein, sonst gerät alles aus den Fugen. Du bist ein intelligenter, kräftiger Junge. Also, überleg mal: Warum läuft es bei dir unrund, wenn es nicht an deinem Verstand und nicht an deinem Körper liegt?"

Benni überlegte. Was hatte der Typ gesagt? Körper, Verstand, Seele. Gleichgewicht. „Weil meine Seele nicht im Gleichgewicht ist?"

„Jawoll!", rief Achim. „Weil deine Seele nicht im Gleichgewicht ist!" Er wuchtete ein zweites Stück Käsekuchen auf den Teller. Benni dachte an die Bibelstunden, als er klein war, an die Klettafel mit den Pappbildern von Jesus, Moses, David und den Löwen. „Ich glaube aber nicht an die Seele. Auch nicht an den Himmel oder den Teufel. Das sind Kindergeschichten."

Achim lachte. „Du hast absolut recht, nein, daran glaube ich auch nicht, weder an den alten Mann noch an göttliche Vorsehung noch an Schicksal. Klar kann man die Bibel als Gleichnis lesen, als Moralanleitung, aber auch dann bleibt sie ein Lügenbuch. Und weißt du, warum? Weil der wahre Held nicht Gott oder Jesus ist, sondern Satan."

Jetzt wurde es interessant! Achim stopfte sich ein weiteres Stück Kuchen in den Mund und fuhr fort.

„Satan begriff, was das Paradies wirklich war: ein Gefängnis! Gott wollte die Menschen einsperren, sie kleinhalten.

Dumm, aber glücklich, ohne freien Willen. Satan war eigentlich ein Engel, das weißt du ja, ein Engel, der beschloss, die Menschen zu befreien. Ihm haben wir es zu verdanken, dass wir sein können, wie wir wollen. Satan war sozusagen der erste Lebensberater, Gründer meines Berufstands, höhö! Er wagte den Sprung in die Freiheit, verhalf uns zur Freiheit. Dank ihm haben wir den freien Willen, den freien Verstand und die freie Entscheidung. Trotzdem leben viele von uns immer noch im Gefängnis, halt rein geistig. Wir machen Erfahrungen, von denen wir glauben, dass es Gesetze sind. Schmerz herrscht über unser Denken, unser Selbstbild, unsere Handlungen. Wird in unserer Seele gespeichert. Die Vergangenheit beherrscht die Zukunft."

Da könnte was dran sein. Benni dachte daran, dass er traurig, aber gleichzeitig erleichtert war, als er von Fortuna und Matze hörte. Schmerz war einfach, Freiheit war kompliziert, denn dann war alles möglich. Und meinte nicht Frau Stohwasser, Kafkas Verwandlung sei ein Manifest der Freiheit, weil „allein die Tatsache, dass sich noch nie ein Mensch in einen Käfer verwandelt hat, kein Beweis dafür ist, dass so etwas nicht passieren kann, denn …"

„… niemand weiß, was morgen ist", sagte Benni leise. „Alles ist möglich."

„Sieh mal an!" Achim schlug sich begeistert auf den Oberschenkel. „Alles ist möglich! Du bist schlau! Du hast Potenzial!"

„Weißt du, mein Schatz", schaltete sich Bennis Mutter wieder ein, „Achim kann diese schlechten Erfahrungen, die in deiner Seele sind, die dich so belasten, finden und auflösen. Damit du frei wirst. Richtig frei."

„Genau genommen", sagte Achim und hielt Bennis Mutter den leeren Kaffeebecher hin, „kannst nur du selbst in die

Freiheit schreiten. Das wäre ja sonst paradox. Aber ich kann dir die Richtung zeigen und ein paar Hürden aus dem Weg räumen. Du musst mir nur vertrauen. Also vertrau mir."

# 22

Fortuna lehnte an einem Ford Taunus, das Gesicht in die Sonne gestreckt, gleichgültig gegenüber den verurteilten Schulschwänzern, die mit Eimern und Greifzangen vorbeitrotteten und Plastikschnipsel, Kronkorken, Apfelkrotzen und Brotpapiertüten aufsammelten. Es war kurz nach zehn. Große Pause. Und jetzt schon verdammt heiß.

„Hast du den Stoff dabei?", fragte Benni mit gedämpfter Stimme.

„Klaro, Homie." Fortuna stieß sich von der Rostkarre ab und drückte ihm eine Tüte in die Hand. „Zwei Stück sollten reichen. Gut kauen und abwarten."

Mulmiges Gefühl. „Wie lange wird es dauern?"

„Ich schätze, eine halbe Stunde."

„Genug Zeit, um mit Nico zu sprechen. Bevor das große Kotzen losgeht."

„Vielleicht landest du im Krankenhaus statt im Lehrerzimmer. Dann hättest du umsonst mit dem Arsch geredet. Warte doch ab, bist du rausgefunden hast, was du rausfinden willst."

„Sehr aufbauend, danke", sagte Benni sarkastisch. Klar hatte sie recht, aber letztlich war egal, ob er zuerst mit Nico redete und dann den Vertretungsplan ausspionierte oder umgekehrt. Vor beidem hatte er Angst, und beides musste er tun. „Nico raucht gerade. Die Gelegenheit ist günstig."

„Wie du meinst. Aber nimm dich in Acht. Nico ist ein Killer." Ja, dachte Benni, ein Killer, der in Mathe auf der Kippe steht. Eigentlich müsste er ihn unterstützen, schon aus Selbsterhaltungstrieb. Schwer einzuschätzen.

Benni fühlte sich wie eine Ameise unterm Brennglas: Panik und Hitze, konzentriert auf einen Punkt. Sein Nacken brutzelte, das T-Shirt klebte am Rücken und auf der Oberlippe standen Schweißperlen.

Eigentlich wäre heute der ideale Schwimmbadtag, aber Dr. Dausenau war ein Sadist, der nie hitzefrei gab. Die Oberstüfler witzelten, dass es in seinem Büro eine Geheimtür gab, die in einen tiefen, ausgetrockneten Brunnen führte, gefüllt mit den Skeletten erfrorener Unterstüfler, und am tiefsten Punkt des Brunnens, dort, wo die Temperatur nie den Nullpunkt überschreitet, da hatte Dausenau das Schulthermometer aufgehängt. Im ewigen Eis.

Fortuna kniff Benni in die Brustwarzen.

„Aua!"

„Aufwachen, Schisser, hör auf zu träumen! Schluck den Scheiß!"

Sie zeigte auf die Tüte. Er holte zwei ovale blaue Beeren heraus. „Du bist ganz sicher, dass dieses Stechpalmenzeug nicht tödlich ist?"

„Ach was, der Nachbarsköter hat es auch gefressen."

„Und …?"

„Ist gestorben." Fortuna grinste. „An Altersschwäche."

„Sehr witzig!"

„Stell dich nicht so an, Gift ist eine Frage der Dosis. Du willst ins Sekretariat, so kommste ins Sekretariat. Einfach einwerfen, kotzen, und dann ab auf die Bahre. Anstatt dich verrückt zu machen, denk lieber drüber nach, wie du den Vertretungsplan abcheckst, ohne dass Frau Finkenrode was merkt. Sonst ist alles für 'n Arsch."

Amen, Schwester. Benni zählte bis drei und schmiss die Beeren in den Mund, biss zu, mahlte. Die Kerne knirschten, und zwischen seinen Zähnen zerplatzte ein Geschmack so bitter, dass er am liebsten alles ausgespuckt hätte. Widerlich! Aber er kaute weiter, schluckte und kämpfte und keuchte. Fortuna reichte ihm eine Flasche. Er trank sie aus, wischte sich den Schweiß von der Stirn und sagte mit schlaffer Stimme: „Ich gehe zu Nico. Vielleicht sollte ich vorher mein Testament machen."

Den Zigarettenrauch roch er schon vor der Turnhalle. Auf der Rückseite waren die Büsche so nah an die Wand gewachsen, dass sich jeder Besucher, der die Raucherecke betreten wollte, raschelnd ankündigen musste; so hatten die Schüler genug Vorsprung, zur anderen Seite abzuhauen, falls ein Lehrer kam. Benni atmete ein. Viel Zeit blieb nicht mehr. Er schob die Zweige zur Seite.

„Wer ist da?!", rief Nico.

„Hier ist Benni", rief Benni.

Er schlüpfte durch die Äste, und auf der anderen Seite standen breitbeinig Nico und seine drei Handlanger, jeder eine Zigarette in der Hand, und glotzten ihn an mit einer Mischung aus Verwunderung, Neugier und Blutdurst.

„Sieh mal an, Ernie! Du traust dich was!" Nico schnippte die Zigarette gegen die Wand. Funken sprühten. Zurück blieb ein schwarzer Fleck.

„Ich will mit dir reden", sagte Benni.

„Du schuldest mir ein paar Schnürsenkel." Nico fischte das Butterfly aus der Hosentasche. Klackklackklack. „Und heute gibts keinen alten Mann und keine Gans, die dir den Arsch retten." Wiesel grinste.

„Ich will mit dir alleine reden", beharrte Benni und fragte sich, ob sein Bauchgrummeln von den Giftbeeren oder von der Aufregung kam. „Es geht um die Mathearbeit. Ich weiß, wie wir alle 'ne Zwei bekommen, mindestens. Ist ein bisschen kompliziert, die ganze Klasse muss mitmachen, aber wenn du mithilfst, dann klappt das bestimmt."

„Du Spasti hast nichts zu melden", spuckte Wiesel.

Bennis Blick blieb bei Nico. „Ich will mit dir alleine reden", wiederholte er.

Nico schien zu überlegen. Er schaute nach rechts zu Wiesel und nach links zum Fettsack und der Bohnenstange. Dann strich er sich über den Flaumbart und sagte: „Gut, Jungs, geht schon mal vor. Mit der Wurst werde ich alleine fertig."

Wiesel wollte etwas erwidern, aber Fettsack und Bohnenstange traten ihre Zigaretten aus. Wiesel schmiss seine dazu, drehte sich um und schlängelte sich beleidigt durch die Büsche. Die anderen beiden folgten. So weit, so gut.

Nico packte das Butterfly weg und steckte sich eine neue Zigarette zwischen die Lippen. Das Zippo klackte. Nico nahm einen langen Zug, atmete lange aus, ließ Benni lange schmoren. „Also, Ernie, bevor ich dir die Fresse poliere – was ist das für 'n Scheiß mit der Mathearbeit?"

Jetzt galt es, dachte Benni. Diesen Moment hatte er im Kopf oft durchgespielt, sich immer und immer wieder überlegt, was er am besten sagen könnte. „Ich wollte mich entschuldigen", sagte Benni. „Es tut mir leid."

Nico fiel überrascht die Zigarette aus dem Mund.

„Es tut mir leid, dass ich damals gesagt habe, dass du diesen Kackfleck auf der Hose hast. Aber das war nicht böse gemeint, kam einfach so raus, als du vor mir geklettert bist, wir waren doch noch in der Grundschule! Ich wollte nicht, dass das alle hören, erst recht nicht Frau … Ach, wie hieß die noch gleich? Die mit der Raspelstimme, hat immer Pausenaufsicht gemacht. Ist ja egal, aber es war halt ... Ich habe nicht nachgedacht."

Nico starrte ihn an. Auf seiner Stirn schwoll eine Ader zu einem blauen Y. Am liebsten wäre Benni sofort abgehauen. Aber er blieb stehen. Wie ein Baum.

„Ich will dir mal was sagen", presste Nico hervor. „Ich musste im Sekretariat stehen, bis meine Mutter kam, das Zimmer stank, die Lehrer haben über mich gelacht. Das war schon superscheiße, aber das dicke Ende kam noch. Zu Hause ...", Nicos Stimme bebte, „... zu Hause hat mir mein Vater, als ich die Klamotten ausgezogen habe, die verschissene Hose ins Gesicht gedrückt, und ich durfte mich erst waschen, als meine Mutter alles ausgekocht hatte. Weißt du, wie das ist? Weißt du, wie das ist, nackt im Flur zu stehen, mit Scheiße in der Nase? Zwei Stunden lang?"

Benni schluckte und schüttelte den Kopf. Das war übel. Kein Wunder, dass Nico ihn hasste. Sie waren Freunde gewesen, damals, in der zweiten Klasse. Er konnte sich genau erinnern. Bei Nico zu Hause roch es immer nach Knoblauch und seine Eltern stritten sich, und dann gingen sie zu Benni, aber dort meckerte sein Bruder und irrlichterte seine Mutter, und da sie irgendwann nicht mehr wussten, wo sie hingehen sollten, hatte sich die Freundschaft erledigt. Dann kam das Klettergerüst, und Nico lernte Wiesel kennen.

Nico fuhr sich durch die schwarzen Locken, hakte die Daumen in die Hosentasche und starrte nach oben. Glasige Augen. Drückte er Tränen zurück?

Die Pausenglocke läutete.

„Also gut, Benni", sagte Nico. „Meinetwegen. Eine Zwei in Mathe, ja? Bin gespannt, wie du das anstellen willst. "

Benni hatte keine Zeit, sich von dem Gespräch zu erholen; die Beeren wirkten schnell. Schon nach fünf Minuten im Unterricht wurde ihm schlecht, und Frau Stohwasser schickte ihn ins Sekretariat. Nun kauerte Benni auf der Krankenliege, den Putzeimer umarmend und bereit, jederzeit hinein zu kotzen.

Frau Finkenrode versuchte zum dritten Mal, seine Mutter zu erreichen. Die Wählscheibe des Telefons ratterte. Endlich ging jemand ran. „Ja, guten Tag, hier ist die Gerhard-Altmann-Schule", flötete Frau Finkenrode. „Könnte ich mit Frau …"

Benni stellte den Eimer auf den Boden, legte sich hin und schloss die Augen. Der Schwindel war zu heftig und verstärkte die Übelkeit. Zwei Beeren waren zu viel gewesen.

„Ja, Sie müssten ihn abholen, ihm ist schlecht …"

Er drehte sich auf die Seite, um notfalls über die Kante zu kotzen. Durch die geöffnete Verbindungstür zum Lehrerzimmer sah er den Vertretungsplan. Benni versuchte, etwas zu erkennen, aber ihm war so übel, dass alles unscharf wurde. Er legte den Arm über die Augen, und Frau Finkenrode legte auf.

„Deine Mutter ist in einer halben Stunde da", sagte sie und sah ihn mitfühlend an. Sie hatte eine Stimme, die Benni gern in einer Telefonschleife gehört hätte, und rauchte lange Zigaretten mit weißem Filter. „Ich mache mal frische Luft."

Frau Finkenrode stand auf, schob die vertrockneten Pflanzen auf dem Fenstersims zur Seite und öffnete das Fenster. Ihr Sommerkleid bauschte kurz auf, und die Verbindungstür zum Lehrerzimmer flog krachend zu. Super. Sichtfeld zum Vertretungsplan gekappt, nur durch einen beknackten Luftzug! Benni schaute auf seine Armbanduhr: Zwanzig vor elf. Um zehn nach elf würde seine Mutter aufschlagen. „Schließen sie ruhig das Fenster", sagte Benni mit dünner Stimme. „Da kriegt man schnell einen verspannten Nacken."

„Ach, du bist ja ein Herzchen! Ich krieg doch keinen Zug wie so 'ne alte Oma, bin doch noch im besten Alter!" Frau Finkenrode schlug ihre langen Beine übereinander. „Außerdem mag Dr. Dausenau nicht, wenn es nach Rauch riecht. Früher hat er selbst geraucht, eine nach der anderen, aber jetzt will er's am liebsten der gesamten Menschheit verbieten, überall. Totale Hysterie. Stell dir vor, mittlerweile darf man nicht mal mehr im Flugzeug rauchen. Fliegst in den Urlaub, stundenlang eingesperrt in diesen klapprigen Blechkisten, und darfst nicht rauchen! Verrückt!"

Zur Bekräftigung steckte sich Frau Finkenrode eine neue Zigarette an, blies einen Kringel in die Luft, legte den Stängel in den Aschenbecher und trank einen Schluck Wasser. Ein paar Mal ging sie ins Lehrerzimmer, machte Kopien, holte Ordner. Jedes Mal flog die Tür wieder zu.

Mittlerweile war es kurz vor elf.

Benni atmete in den Magen, um die Übelkeit zu vertreiben. Es musste etwas passieren. Bald würde seine Mutter aufschlagen.

Als die Verbindungstür erneut hinter Frau Finkenrode zuwehte, sprang Benni von der Liege. Schwindel. Er ruderte mit den Armen, um die schwarzen Punkte vor den Augen zu vertreiben. Dann schloss er das Fenster. Der Luftstrom versiegte, und als Frau Finkenrode wiederkam, blieb die Tür offen. Endlich freie Sicht auf den Vertretungsplan! Von der Bahre aus konnte er die Tage, die Uhrzeit und die farbigen Steckkarten erkennen, aber nicht die Namen. Verdammt. Er musste näher ran.

Langsam lief ihm die Zeit davon. Es war fünf nach elf. Frau Finkenrode klackerte auf der Schreibmaschine. Sie musste aus dem Raum, wenigstens kurz. Zwei Minuten dürften reichen, um ins Lehrerzimmer zu huschen und den Vertretungsplan abzuchecken.

Er trank das Wasserglas in einem Zug aus. „Kann ich noch haben?", fragte er schwach. Frau Finkenrode nickte mitfühlend, nahm sein Glas und stöckelte auf den Gang. „Ich bin gleich wieder dahaaa!"

Benni antwortete mit einem lang gezogenen „Okayhiiiie."

Als die Tür ins Schloss fiel, hüpfte Benni von der Bahre und lauschte. Stille. Das Lehrerzimmer war leer, alle im Unterricht. Er ging hinein, staunte. Hier sah es aus wie in einem schnöden Klassenraum: ramponierte Tische, dreckiger Boden, überquellende Papierkörbe.

Der Vertretungsplan hing überlebensgroß an der Wand. Eine Tabelle, Abkürzungen, Farben. Wie funktionierte das? In den Spalten die Tage, oben die Uhrzeiten, Namen, und jede Klasse hatte eine eigene Farbe…

„Was tust du hier, junger Mann?" Benni zuckte zusammen; die Stimme kannte er! Hinten links in einer dunklen Ecke senkte sich eine aufgefächerte Zeitung, und dahinter erschien das Gesicht von Dr. Dausenau. Das fehlte noch! Warum saß der hier und nicht in seinem Büro?

„Dich kenne ich doch! Bist du nicht der Junge, der beim Spicken erwischt wurde? Der Junge, der die Unterschrift seiner Mutter gefälscht hat? Der Junge, der seinen Mageninhalt in mein Auto entleert hat?" Dausenau hatte eine sanfte Stimme, die darüber hinwegtäuschte, dass er ohne Vorwarnung ausrasten konnte. Benni war geliefert.

„Ich suche Frau Finkenrode", stotterte er.

„Frau Finkenrode ist nicht im Lehrerzimmer", säuselte Dausenau. „Lehrer sind im Lehrerzimmer." Er nahm die Füße vom Tisch, stand auf und kam rüber. Benni versuchte, auf den Vertretungsplan zu schielen, traute sich aber nicht. Dr.

Dausenau sah ihn boshaft an. „Wenn das Sekretariat nicht besetzt ist, hast du hier nichts verloren. Also: Was. Willst. Du. Hier?"

Dausenau wusste, dass Benni nicht Frau Finkenrode suchte, und Benni wusste, dass eine Lüge nicht glaubwürdiger wurde, wenn man sie wiederholte. Sackgasse.

Die Schulglocke läutete.

Die Türklinke im Sekretariat klackte.

Hinter der Verbindungstür hörte er Frau Finkenrodes Stimme: „Schön, dass Sie so schnell kommen konnten, er war ganz grün im Gesicht." Und dann die Stimme seiner Mutter: „Wissen Sie, ich weiß auch nicht, in letzter Zeit isst er so schlecht."

Benni steckte fest im Niemandsland zwischen seiner Mutter und Dr. Dausenau. Er hatte es so weit geschafft, direkt vor den Vertretungsplan. Und jetzt war alles vorbei. Und als ob nicht schon genug Leute bei diesem beschissenen Theaterstück mitspielten, schwebte auch noch die neue, sehr junge Referendarin ins Lehrerzimmer.

„Frau Jünger!", sagte Dr. Dausenau überrascht. „Herr Dr. Dausenau", sagte Frau Jünger wenig überrascht.

„Wo ist er denn?", fragte Bennis Mutter im Sekretariat.

„Eben war er noch da", sagte Frau Finkenrode. „Ich schaue mal im Lehrerzimmer", und dann ging alles ganz schnell.

Ein Schrillen, lang gezogen, laut, überall. Frau Jünger hielt sich die Ohren zu.

„Der Feueralarm! Sofort raus!", befahl Dausenau, als ob er Leiter eines Sondereinsatzkommandos wäre. Er legte Frau Jünger den Arm um die Hüfte und schob sie auf den Gang, während Benni hinter dem Kopierer abtauchte.

„Junge?", rief Dr. Dausenau ins Lehrerzimmer, und Frau Finkenrode steckte den Kopf durch die Verbindungstür. „Benjamin? Wo bist du?!"

Benni steckte den Kopf zwischen die Knie. „Der ist abgehauen", sagte Dr. Dausenau und herrschte Frau Finkenrode an: „Wo waren Sie? Wie konnten Sie einen Schüler ins Lehrerzimmer lassen?!" Er schlug die Tür zu. Frau Finkenrode sagte etwas Entschuldigendes zu Dausenau und dann etwas Beschwichtigendes zu Bennis Mutter, und Bennis Mutter protestierte, und dann gingen sie, und dann hörte Benni nichts mehr, außer die Sirene. Jetzt oder nie!

Er schlüpfte aus seinem Versteck, stellte sich vor den Vertretungsplan und suchte in der Tagesspalte und der Uhrzeitzeile den kommenden Freitag. Gefunden. Auf der Steckkarte stand 8a/9c Mathe-A, 1. Std., 112, Dr. Dausenau. Hammer! Es war genauso, wie er gedacht hatte: Zwei Klassen schrieben Mathe, gemeinsam in einem Raum, und Dausi persönlich würde sie bewachen.

# 23

Eine Woche später war es so weit. Kleine Pause. Ihnen blieben nur fünf Minuten. Fortuna stiefelte aufs Pult und brüllte: „Klappe halten! Gleich geht's los!"

Die Klasse verstummte. Fortuna zählte durch.

„Zwölf ... dreizehn ... vierzehn. Die erste Reihe bis zur Mitte zweiten Reihe aufstehen. Arne, du bist Nummer fünfzehn! Setz dich wieder hin!"

Arne setzte sich hin.

„Ich weiß nicht, ob wir das wirklich machen sollen", jammerte Julia, die Streberin. „Wenn wir erwischt werden, dann

… mein Gott, könnt Ihr euch das vorstellen? Wir werden alle eine Sechs bekommen und müssen zum Direktor! Mit den Eltern!!"

„Hör auf, rumzuflennen", zischte Fortuna.

Julia machte eine Kopfbewegung wie eine bockige Stute. „Ich wollte das nicht, von Anfang an nicht, aber diese Abstimmung, das war keine freie Entscheidung, das war Gruppendruck!"

„Ganz recht. Und jetzt steh auf!"

Widerstrebend stand Julia auf. Mit ihren Nervenbündelattacken wäre sie in der Lage, die ganze Aktion zu sprengen. Aber die Angst vor den Mitschülern war hoffentlich größer als die Angst vor den Lehrern.

„Alles klar, dann los!", befahl Fortuna.

Arne meldete sich. Fortuna verdrehte die Augen. „Arne, du musst dich nicht melden, ich bin keine Lehrerin."

„Warum dürfen die eigentlich gehen und wir nicht?" Arne zeigte auf die erste Reihe.

„Verdammt", stöhnte Fortuna, „ist doch egal, wer wohin geht, weil … Hast du denn nicht zugehört?!?"

Arne grinste linkisch. Ein paar der anderen Honks wirkten ebenfalls ratlos. Das Getuschel wurde lauter. Ihnen lief die Zeit davon. Fortuna stieg vom Stuhl und packte Benni am Arm. „Erklär du noch mal. Ist ja dein beschissener Plan."

Benni fing an zu schwitzen; Panik durchpulste ihn. Im Mittelpunkt stehen, das war nicht seine Sache. Deswegen sollte Fortuna das Kommando übernehmen. Niemand traute sich, ihr zu widersprechen, genauso wenig wie Nico, der gerade ein Stockwerk untendrunter die 9c einschwor, während seine Handlanger in den Gängen aufpassten, dass Dausenau nicht zu früh auftauchte.

Die Rollen waren verteilt, und Benni kannte seine Grenzen. Er war kein Macher, kein Anführer. Sondern ein Planer. So sah er sich. Genial und unsichtbar.

Fortuna schubste ihn zum Pult. „Worauf wartest du?!"

Gott, jetzt wurde ihm schwindelig! Das letzte Mal, als alle Augen auf ihn gerichtet waren, hatte er aus dem Fenster gekotzt. Aber verdammt: Auch Odysseus musste sich überwinden, in den Trojanischen Krieg zu ziehen, und dafür bekam er eine eigene Heldensage.

Benni stieg auf den Stuhl. So hoch. Alle starrten ihn an.

„Ähhh, also …", kiekste er. Wo war denn die Stimme auf einmal hin?

„Wie bitte?!", rief Arne.

„Also!" Benni räusperte sich und stellte sich vor, wie Arne von einem riesigen Zyklopen gefressen wurde. Das half. „Wie gesagt, das wird wie damals, als Frau Stohwasser krank wurde und wir die Arbeit gemeinsam mit der 5b schreiben mussten. Wir waren total gequetscht an den Tischen, aber Frau Stohwasser hat uns Eins zu Eins geordnet, damit wir nicht abschreiben können. Dausenau wird dasselbe tun."

„Noch mal speziell für dich, Arnöbe", ergänzte Fortuna. „Beide Klassen bekommen unterschiedliche Arbeiten, und deswegen mischen wir uns so, dass uns Dausi wieder zusammensetzt. Er wird es nicht merken, weil er uns nicht kennt und wir ihm scheißegal sind, kapiert? Also, die Hälfte von uns geht jetzt in die 9c, und die Hälfte von der 9c kommt zu uns. Haste das jetzt endlich gerafft?"

„Du musst nur das richtige Arbeitsblatt nehmen", ergänzte U-Boot-Yong. „Da steht 8a drauf."

„Ja klar, ich bin doch nicht blöd!", stellte Arne fest. „Aber gehöre ich jetzt zu 8a oder zu 9c? Ich meine, falls der Dausenau fragt."

Julia faltete die Hände und schien ein stummes Stoßgebet gen Himmel zu schicken; sie hielt Arne für den größten Idioten, der je über die Welt gewandelt war.

„Mensch, Arne", sagte Fortuna, „Du bleibst hier im Raum, also bist du 8a, so wie in echt."

Arne grinste glücklich.

Die Tür ging auf, und Nico streckte den Kopf rein. „So, die unten sind bereit. Wo bleibt ihr denn?"

„Hatten noch Diskussionsbedarf", sagte Benni.

„Scheiße, ey, los jetzt! Der Dausenau steht schon vorm Lehrerzimmer. Quatscht zwar noch, aber nicht mehr lange!"

„Gruppe Eins los!", befahl Fortuna. Die vierzehn Austauschlinge setzten sich in Bewegung. Sie stiegen im Gänsemarsch die Treppe runter zur 9c, die auf Nicos Handzeichen ebenfalls vierzehn Austauschlinge nach oben schickte. Als beide Gruppen aneinander vorbeigingen, nickten sie sich entschlossen zu.

Benni tippte Nico an. „Deren Leute sitzen vorne bei uns, also müssen unsere Leute bei denen hinten sitzen, sonst funktioniert's nicht. Hast du das geklärt?"

„Logisch", sagte Nico.

„Dausenau kommt!", rief ein Späher aus dem Gang.

„Oh Scheiße, zu früh!", sagte Nico panisch, und er hatte recht. Die Austauschlinge waren noch dabei, in die Klassenräume zu drängen. Sie mussten ihre Plätze einnehmen, die Schulsachen auspacken, rumlümmeln, dumme Witze reißen und rumgrölen, sonst würde Dausenau merken, dass etwas faul war, denn eine Klasse, in der Schüler ihre Plätze suchten, nicht rumlümmelten und keine dummen Witze rissen, war eine verdächtige Klasse, und eine verdächtige Klasse ließ sich mit ein paar gezielten Fragen in die Knie zwingen.

„Diese Honks müssen schneller machen", schimpfte Fortuna, aber Benni wusste, dass es bereits zu spät war. Gleich würde Dausenau in den Gang einbiegen. Jemand musste ihn abfangen, ablenken, aufhalten. Benni rannte los. „Verdammt, wo willst du hin?", rief ihm Fortuna hinterher.

Benni spurtete den Gang entlang und bog um die Ecke, vorbei an Nicos Spähern, die sich auf dem Rückzug befanden. Dausenau war schon auf der Höhe des Schulkiosks. Er hatte seinen feldherrischen Blick aufgesetzt und umklammerte die Aktentasche, als ob darin Atomcodes, die Weltformel oder Nacktbilder von Samantha Fox verstaut wären.

„Herr Dr. Dausenau!"

Dr. Dausenau stoppte und sah Benni unwirsch an. „Aha, der Gentleman, der seinen Mageninhalt in meinem Auto hinterlassen hat."

„Mir wird oft schlecht", gab Benni zu.

„Bedauerlich", sagte Dausenau ohne Bedauern und setzte seinen Weg fort. Sein ledriges Aftershave prickelte in der Nase, und Benni lief etwas vorneweg, um der Duftwolke zu entkommen. „Wie geht es Herrn Schindler? Hat er den Hörsturz gut weggesteckt?"

„Niemand steckt einen Hörsturz gut weg", erklärte Dr. Dausenau und beschleunigte seine Schritte. Verdammte Hacke! Mit dämlichen Fragen war ein stellvertretender Direktor nicht aufzuhalten, was logisch war, denn stellvertretende Direktoren hassten dämliche Fragen, sonst wären sie keine stellvertretenden Direktoren.

Benni suchte verzweifelt ein Thema, für das Dausenau brannte, so sehr, dass er mehr davon hören wollte, sich konzentrierte, stehen blieb, nicht in den Gang einbog. Seine Hobbies waren Cabriofahren, Monsterkoteletten und Rumstänkern; daraus ließ sich schwer ein Gespräch klöppeln.

Und plötzlich fiel Benni das Lehrerzimmer ein! Vertretungsplan, Dausenau, Feueralarm und dann …

„Frau Jünger."

„Wie bitte?"

„Frau Jünger hat nach Ihnen gefragt!"

Dr. Dausenau blieb stehen. „Tatsächlich?" Er sah sich um, wie Verliebte es tun, wenn sie sich ertappt fühlen. „Wie kommst du darauf, junger Mann? Wo hast du sie gesehen?"

„Hinten bei den Biologieräumen."

Dausenau dachte nach, fühlte nach. „Seltsam, Frau Jünger ist heute nicht für Biologie eingeteilt."

„Sie hat sie dort gesucht."

„Warum sollte sie mich bei den Biologieräumen suchen?" Er witterte Verrat. „Eigentlich weiß sie, dass ich die Vertretung übernehme für die beiden Klassen von Herrn Schindler. Die schreiben Arbeiten."

„Ich weiß, ich bin in der 8a."

„Sieh mal einer an", sagte Dr. Dausenau genüsslich. Schnell lenkte Benni das Gespräch in eine andere Richtung. „Das mit Herrn Schindler hat uns wirklich geschockt", versicherte er. „Aber wir haben uns sehr gut vorbereitet, Lerngruppen gegründet, sind die Testaufgaben wieder und wieder durchgegangen, damit Herr Schindler, wenn er wiederkommt, sieht, dass sein Einsatz nicht umsonst war, nicht als Lehrer und nicht als Mensch. Das sind wir ihm schuldig." Benni biss sich auf die Lippe; er hatte zu dick aufgetragen. Dr. Dausenau sah ihn belustigt an. Die Schulglocke klingelte. Er schaute auf seine Armbanduhr.

„Los, ab in die Klasse."

Gleichauf bogen sie in den Gang. Benni betete, dass alle Austauschlinge in den Klassen waren. Wenn sie noch auf den

Treppen herumirrten, wäre die Aktion gescheitert, bevor sie angefangen hätte.

Ein Stein fiel ihm vom Herzen, so groß wie Sisyphos' Felsen. Alles ruhig, alle weg, Gott sei Dank, bis auf zwei knallig geschminkte Mädchen, wahrscheinlich Oberstüflerinnen, die schwänzten. Dausenau warf ihnen einen strengen Blick zu, und sie flüchteten. Dann ging er zum Raum 114.

Hoffentlich hatten sich die Austauschlinge gut in die Klassen eingepasst, aber die Sorge war unbegründet: Alle lärmten so laut, dass man es durch die geschlossene Tür hörte. Dr. Dausenau trat ein und warf krachend seine Aktentasche aufs Pult. Das Geplapper verstummte. Die Schüler musterten ihn mit einer Mischung aus Interesse, Anspannung und Angst. Dausenau startete seine Ansage.

„Guten Morgen. Wie ihr wisst, ist Herr Schindler längerfristig krank. Deswegen schreibt ihr die Arbeit unter meiner Aufsicht. Wir holen die 9c dazu, Herrn Schindlers andere Klasse. Ihr werdet euch so setzen, dass immer ein Stuhl zwischen euch und euren Nachbarn passt. Diese Plätze sind für die anderen Schüler reserviert. Habt ihr das verstanden?!"

„Ja, Herr Dr. Dausenau", riefen alle im Chor.

„Ihr werdet sehr eng nebeneinandersitzen, aber das wird euch nichts nützen, weil ihr unterschiedliche Arbeiten bekommt. Habt ihr das verstanden?"

„Ja, Herr Dr. Dausenau", riefen alle wieder im Chor.

„Und wenn auch nur einer oder eine von euch versucht, abzugucken, dann bekommt ihr alle eine Sechs! Habt ihr das verstanden!"

„Ja, Herr Dr. Dausenau!"

„Dann los, weg voneinander! Ich hole die anderen."

Dausenau ging raus. Das große Stühlerücken begann, lautes Scharren und Quietschen. Benni bemerkte, dass Julias

Unterlippe zitterte. Sie saß heute neben ihm, von der ersten Reihe in die dritte gewandert, blass und nervös, eine Kleinkriminelle, die kurz davor ist, zu gestehen.

„Alles okay?", fragte Benni leise.

„Ich will das nicht", antwortete Julia.

„Was meinst du damit?!"

„Ich will das nicht!", wiederholte sie. „Ich will keine Sechs!"

Zur Hölle noch eins, sie würde petzen, jetzt, wo die Aktion am Laufen war! Benni wurde wütend, vor allem auf sich selbst. Eine Katastrophe mit Ansage. Von Anfang an hatte Julia gemosert, gezweifelt und gewarnt. Niemand war darauf eingegangen. Alle dachten, diese Streberin mit Seitenzöpfen, Haarspängchen und Strickjäckchen würde sich schon fügen, die Klappe halten und mitmachen. Von wegen! Jetzt musste Benni die Sache regeln, bevor Dausenau mit der anderen Klasse auftauchte. Zwei Minuten, höchstens.

„Pass auf", stieß er hervor, „ich tausche in Mathe meinen Platz mit dir, gleich nach den Sommerferien bis Weihnachten, und du musst nicht mehr Schindlers Mundgeruch ertragen und seine Leberwurstbrote und die Krümel auf dem Tisch. Abgemacht?"

Julia sah ihn an. „Ich bin interessiert", flüsterte sie geschäftsmäßig. „Aber ich möchte deinen Platz nicht nur bis Weihnachten, sondern fürs ganze Jahr." Knallhart, dachte Benni und bemerkte zum ersten Mal, dass in ihrem harmlosen Goldstückgesicht zwei schmale, hinterhältige Augen funkelten.

„Wir wäre es mit Halbjahr?", feilschte er.

„Das. Ganze. Jahr", wiederholte sie ungnädig.

„Und dann bist du ruhig?"

„Dann bin ich ruhig."

„Abgemacht", sagte Benni schweren Herzens.

Julia lächelte; gerade hatte sie den Deal ihres Lebens gemacht.

Die Tür öffnete sich, Dr. Dausenau kam mit der anderen Klasse herein. Fortuna, U-Boot-Yong und Martin bildeten die Spitze. Er dirigierte sie zusammen mit zehn anderen in die hinteren Reihen. Der Rest musste auf die freien Plätze in die vorderen Reihen. Es hatte geklappt. Die 9c saß vorne, die 8a hinten. Und Dausenau hatte keine Ahnung.

# 24

Ist dein Leben ein ständiger Kampf ums Überleben? Singst du zum Spaß? Würdest du lieber Befehle geben oder Befehle empfangen? Kannst du Gefühle ausdrücken? Bist du ein langsamer Esser? Hast du einen bestimmten Hass oder eine bestimmte Angst? Ist dein Gesichtsausdruck abwechslungsreich? Macht es dir Mühe, an Selbstmord zu denken? Stört dich das Geräusch des Windes? Würdest du jemanden körperlich züchtigen? Geht dir das Schicksal politischer Flüchtlinge nahe? Erscheint dir das Leben unreal? Hast du das Gefühl, beobachtet zu werden? Kannst du gut Witze erzählen?

„Hallo, mein Schatz, du bist ja zu Hause!" Bennis Mutter warf klirrend den Schlüssel auf die Kommode. „Ach, du machst den Fragebogen von Achim! Weißt du, mir hat das sehr geholfen, damals. Wie war denn die Mathearbeit?"

Sie setzte sich zu ihm aufs Bett. Er steckte den Bleistift hinters Ohr und lächelte triumphierend. „Das wird mindestens eine Zwei, vielleicht sogar eine Eins!"

Seine Mutter klatschte in die Hände. „Toll, mein Kleinergroßer, ich bin so stolz auf dich! Du hast dich dem Problem gestellt, dich fokussiert und dein Bestes gegeben, genau wie

Achim immer sagt! Weißt du, ich wusste, dass du das schaffst. Ich wusste es einfach!"

Benni grinste schief. Zum Glück war sein Plan aufgegangen, trotz knapper Zeit, trotz Julias Erpressung. „Die Versetzung habe ich jedenfalls in der Tasche."

„Ich wusste, dass du das schaffst", wiederholte seine Mutter und stützte die Stirn in die Hände. Sie sah müde aus. Ausgelaugt. Seit zwei Wochen arbeitete sie schon im Horten; die Coop-Filiale war dicht. Zwar fiel ihr der Umstieg von Lebensmitteln auf Klamotten nicht schwer, aber der längere Anfahrtsweg und die launischen Kolleginnen hinterließen Spuren in ihrem Gesicht.

„Macht es dir denn jetzt ein bisschen Spaß?", fragte Benni.

Sie blies ihre Wangen auf und ließ die Luft langsam entweichen, nachdenklich. „Weißt du, nach der Probezeit bekommen wir Prozente, wenn ich das richtig verstanden habe." Erschaudernd dachte Benni an die Pluderhose, die ihm seine Mutter aufgeschwatzt hatte, und befühlte den lappigen Kragen ihrer Bluse. „Warum ziehst du dein gelbes Kleid nicht mehr an? Das sieht komisch aus."

„Das sind Rüschen. Achim meint, die passen besser zu mir, und als Verkäuferin sollte man nicht so flippig daherkommen."

„Du siehst aus wie Prusseliese."

Bennis Mutter lachte und zerstrubbelte ihm die Haare. „Na, aber sooo spießig bin ich nicht! Außerdem möchte Prusseliese nur, dass Pippi gut versorgt ist, in die Schule geht und sich gut entwickelt."

„Die hat halt keine Ahnung", brummte er.

„Weißt du, es ist nicht verkehrt, sich ein bisschen anzupassen. Pippi Langstrumpf zu sein, ist okay, wenn du Kind bist, aber als Erwachsene bekommst du nur Probleme, glaub mir."

Eine Fliege summte zwischen ihnen hindurch, pockte ans Fenster und brummkreiselte über die schlierige Scheibe. Die Mittagssonne schien ins Zimmer. Bennis Mutter schloss die Augen und atmete, als wolle sie innerlich durchlüften. Er betrachtete ihr Gesicht, die langen Wimpern, die dunklen Augenränder, die Sommersprossen auf den Wangen, den Leberfleck an der Schläfe, die tiefen Furchen zwischen Nasenflügeln und Mundwinkeln, eingegraben dort, wo früher Grübchen hervorsprangen. Für ihn hatte sie immer gleich alt ausgesehen, vielleicht, weil er ihr Sohn war, vielleicht, weil sie anders war als andere Mütter, aber jetzt, in dieser seltsamen Bluse, mit der hochgesteckten Frisur, erschöpft und vernünftig, war es, als hätte das Leben sie endgültig erlegt.

„Ich muss los", seufzte Bennis Mutter.

„Ich wollte dich noch was fragen."

„Was denn?"

„Am Freitag ist ein Konzert im Folterkeller. Ist ja letzter Schultag. Da würde ich gern hin, Versetzung feiern, sozusagen."

Sie schaute ihn skeptisch an. „Im Folterkeller? Dieser Laden hinter dem alten Schlachthof, wo die Polizei regelmäßig Razzien macht? Weißt du, die Jugendlichen da rauchen und trinken und nehmen sonst was für Zeug. Das ist kein Ort für einen vierzehnjährigen Jungen."

„Burning Boscage spielen! Alle gehen hin, und das Konzert ist um zehn vorbei, dann komme ich direkt nach Hause."

„Weißt du, Benni, in der Schule hatte ich einen Klassenkameraden, Bernd, der war ein netter Junge, so wie du. Seine Eltern haben ihn auf Partys gelassen, wo Ältere waren, und damit ist er nicht klargekommen. Dann hat er irgendwann Drogen genommen und ist auf einem Trip hängen geblieben."

„Was bedeutet das, auf einem Trip hängen bleiben?"

„Wenn du Drogen nimmst, bist du wie in einer anderen Welt, und wenn du auf einem Trip hängen bleibst, kommst du nicht mehr zurück in die richtige Welt. Verstehst du? Das passiert, wenn du irgendwelche Pillen oder Pilze nimmst."

Seine Mutter kannte sich erstaunlich gut aus mit dem Zeug, dachte Benni. „Ich nehme aber keine Pillen!"

„Das glaube ich dir, aber manchmal bekommt man etwas ins Glas geworfen, ohne dass man es mitbekommt."

„Ich passe auf."

„Wenn Tommi da wäre, dann könnte er dich begleiten. Aber so …" Seine Mutter schüttelte den Kopf.

„Fortuna ist dabei, die ist ein Jahr älter."

„Ist die nicht sitzengeblieben?"

„Na, und wenn schon! Ein paar der schlauesten Leute sind sitzengeblieben. Zum Beispiel Einstein."

„Ach, Benni, du hast doch wirklich viele Freiheiten. Schau mal, andere Mütter kontrollieren ständig die Hausaufgaben, zwingen dich, Gemüse zu essen, fragen dauernd, wie es in der Schule war. Du musst nicht um acht ins Bett, und nach der Schule darfst du rumstromern, ohne auf die Uhr zu gucken. Weißt du, aber abends, da möchte ich, dass du da bist. Wir sind doch eine Familie."

Sie gab ihm einen Kuss auf die Stirn, stand auf, zupfte ihre Bluse zurecht, strich über den dunkelgrauen Rock und ging in die Küche, um den Eintopf aufzuwärmen. Im Wohnzimmer lief der Coca-Cola-Song. Benni schaute aus dem Fenster. Die Fliege saß unbeweglich auf der Scheibe, als ob sie darauf warten würde, dass die unsichtbare Wand von allein verschwindet.

„Tante Erika hat gesagt, als du in meinem Alter warst, bist du jedes Wochenende von zu Hause abgehauen", rief er seiner

Mutter hinterher. „Du warst mit Jungs unterwegs und hast irgendwo übernachtet, und keiner wusste, wo du bist."

In der Küche schepperte es. Drei Sekunden später stand seine Mutter im Zimmer. In der linken Hand hielt sie einen Pfannenwender, von dem Suppe tropfte, dickflüssig wie Blut. So wütend hatte sie noch nie ausgesehen.

„Wie bitte?" Ihre Stimme ließ keinen Zweifel daran, dass sie hoffte, sich verhört zu haben.

„Du warst immer unterwegs, in meinem Alter", sagte er, nun etwas kleinlauter. Seine Mutter ließ den Pfannenwender dreimal kreisen, als wolle sie damit jemandem den Kopf abschlagen.

„Tante Erika hat das gesagt, ja? Das sieht ihr ähnlich! Ich will dir mal was sagen: Du weißt nicht, wie es früher war mit Oma und Opa. Was wir Kinder wollten, war egal, und wenn du nicht pariert hast, gab's was mit dem Rohrstock, dann hieß es Spange raus und bücken, und entweder, du warst brav oder du warst nichts wert. Und wenn du nichts wert bist, dann machst du dumme Sachen, und später willst du einfach nicht, dass deine Kinder dumme Sachen machen. Der Schlachthof ist kein Ort für dich. Tommi würde es auch nicht erlauben."

„Tommi ist aber nicht da!" Benni ballte die Fäuste. Am liebsten hätte er sie angeschrien. Seine Mutter sah ihn fassungslos an. „Weißt du, ich erkenne dich gar nicht wieder. Was ist denn los mit dir?"

Er bekam ein schlechtes Gewissen und wurde noch wütender. Am liebsten wäre er aus dem Fenster gesprungen, ab zu Hartwig oder in den Baum, am besten bis zum Winter. Hier ging es um das coolste Konzert des Jahres, um Fortuna, und wenn er dort hinging, konnte er zeigen, dass er kein Kleinkind mehr war.

In der Küche tanzte der Deckel auf dem Topf. Mit einem „Ohneinohneinohnein" eilte seine Mutter den Flur hinunter. Unterhaltungen endeten, wenn irgendwas überkochte.

Benni stapfte ins Wohnzimmer, um seinen Rucksack zu holen. Diese furchtbare neue Couch, Achims monströses Einzugsgeschenk, stand im Raum wie eine Mauer. Im Fernseher flackerte das ARD-Testbild, unterlegt von Radionachrichten: „… machte die DDR-Führung die westdeutsche Bundesregierung für die Fluchtwelle verantwortlich. Washington: Auf einer Pressekonferenz erklärte die Umweltschutzorganisation Global Climate Coalition, dass die Erderwärmung auf natürlichen Wasserdampf zurückzuführen sei …"

Es roch nach rohem Hack. Benni lugte hinter die Lehne. Statt seines Rucksacks lag dort Achim und mampfte ein Mettbrötchen. Seit ein paar Tagen hatte er sich bei ihnen eingenistet; das ging Benni gehörig auf den Zeiger.

„Suchst du deinen Rucksack?", fragte Achim und zeigte unter den Fernsehtisch. Benni warf den Rucksack über die Schulter und drehte sich zur Tür. Schnell raus hier.

„Ich habe euren Streit gehört", sagte Achim.

Aha, hast du das, dachte Benni. Er wollte sich wegdrehen, aber dann fiel ihm ein, dass seine Mutter auf Achim hörte. Benni musste ihn nur überzeugen, seine Mutter zu überzeugen, Burning Boscage besuchen zu dürfen. „Das ist das wichtigste Konzert des Jahres! Mama checkt das einfach nicht."

„Und checkst du, was deiner Mama wichtig ist?" Das fängt ja gut an, dachte Benni. Eigentlich hatte er auf ein Ich-weiß-wie's-dir-geht-Männergespräch gehofft und nicht auf ein Weißt-du-wie's-deiner-Mutter-geht-Vatergespräch.

Was wollte Achim denn hören? Das lief alles auf eine typische Elternpredigt hinaus: Später wirst du erkennen … Nur zu deinem Besten … Solange du deine Füße unter meinen

Tisch streckst und so weiter. Benni schwieg frustriert, während Achim sich den letzten Happen in den Mund schob. „Du kannst halt nicht einfach machen, was du willst."

Ach nein?! „Ich dachte, das soll ich. So wie Satan, der ist doch dein großes Vorbild. Sprung in die Freiheit und so." Ha, Volltreffer! Den Lebensberater mit seinen eigenen Waffen geschlagen!

Achim ließ sich Zeit, bevor er antwortete. „Guter Punkt. Aber das kommt erst noch, die Freiheit. Es gibt Entwicklungsstufen, die man nehmen muss, und du bist noch nicht auf der höchsten Stufe. Noch brauchst du deine Mutter, deine Familie, deine Gemeinschaft. So läuft das. Die Gemeinschaft unterstützt dich, und du unterstützt die Gemeinschaft."

Okay, das war's wohl. Benni hatte keinen Nerv für weitere Belehrungen; er musste auf ein Konzert! Achim schien das nicht zu kapieren, obwohl er die ganze Zeit so getan hatte, als stünde er auf seiner Seite, als ob er ihm helfen wolle. Von wegen! Das ganze Gelaber von Entwicklung, den Geist befreien, sein eigenes Leben leben, zum Mann werden.

Benni hatte getan, was von ihm verlangt wurde: zugehört, Fragen beantwortet, nachgedacht. Und jetzt, wo es drauf ankam, bevormundete ihn Achim. Dazu hatte er kein Recht! Dieser mettbrötchenmampfende Schmierlappen hatte sich bei ihnen eingenistet und bog sich alles so zurecht, wie es gerade passte. Erst hieß es Freiheit, jetzt hieß es Gemeinschaft. Sprücheklopfer.

„Benni", rief seine Mutter aus der Küche, „bist du noch da? Der Eintopf ist angebrannt."

Bevor er antworten konnte, hob Achim die Hand, sah ihm in die Augen. „Du willst also auf dieses Konzert?" Benni nickte; anscheinend war das Gespräch doch noch nicht vorbei.

Achim seufzte gönnerhaft. „Ich rede mit Su. Vielleicht hast du recht. Du bist ein Junge und willst deine Erfahrungsräume ausloten. Das ist allzu verständlich. Aber ich habe eine Bedingung: Ich habe versprochen, dir zu helfen. Mit deiner Einstellung, deinem Selbstbewusstsein, deinem Leben. Wenn ich dafür sorge, dass du auf dieses Konzert gehst, musst du den nächsten Schritt tun, den nächsten Schritt zu dir selbst. Nach meinen Anweisungen. Verstanden?"

Benni nickte. Egal was oder wie, Hauptsache, er durfte zum Konzert. Gemeinsam mit Fortuna.

„Zunächst wirst du alle Unterlagen durcharbeiten, die ich dir gebe, und zwar ernsthaft und gründlich", fuhr Achim fort. „Das ist die Grundlage für den E-Meter-Test, den wir dann zusammen machen. Ist das okay für dich?"

Benni hörte kaum zu, nickte einfach. Burning Boscage! Fortuna!

Achim streckte seine fleischige Hand aus. „Schlag ein."

Was soll's, dachte Benni. Aufs Konzert gehen und dafür ein paar Unterlagen lesen, ein paar Fragen beantworten, diesen komischen E-Meter-Test machen – was war schon dabei?

Er schlug ein. „Okay."

Achim grinste, breiter als sonst, hintersinniger als sonst. Hinterhältiger als sonst? Seine Augen verloren ihre Trübung, fanden ihren Fokus, nahmen Benni ins Fadenkreuz. Eine unscharfe Vorahnung überfiel ihn.

Er hatte von Hirschen gehört, die wissen, wann Jagdzeit ist. Von Schweinen, die spüren, wenn sie geschlachtet werden. Und von Menschen, die ahnen, dass sie gerade ihre Seele verkauft haben.

# 25

Auf den Stufen der Gewölbetreppe saßen Jugendliche, alle mindestens zwei oder drei Jahre älter. Sie rauchten, tranken und knutschten. Die Wände waren mit Graffitis beschmiert. Der Boden klebte. Die Musik dröhnte.

Benni konnte es kaum glauben, dass er auf einem Burning-Boscage-Konzert war, während seine Kumpels auf dem elterlichen Sofa hockten und Chuck-Norris-Filme guckten. Kinderkram. Für ihn hatte die Zukunft begonnen!

Er schlängelte sich in den Clubraum. Das Schlagzeug knallte, der Bass rollte, die Gitarre röhrte und ganz vorne, wo eine Gruppe Glatzköpfe pogte, stand Matze auf der Bühne, einen Fuß auf der Box, das Mikro mit beiden Händen umschlossen, Wortfetzen brüllend. Fortuna lehnte an der hinteren Wand neben der Bar, die Arme verschränkt und Kaugummi kauend. Sie beobachtete Matze. Nicht verliebt, sondern eher interessiert, als sei sie nicht seine Freundin, sondern eine Managerin auf der Suche nach dem nächsten heißen Scheiß.

„Ich stand noch nie auf einer Gästeliste", schrie Benni durch den Lärm. „Du siehst so alt aus!"

„Danke, Hornochse. Hab mich geschminkt." Ein Scheinwerfer strahlte in ihr Gesicht, aber sie blinzelte nicht. „Die Tussi da vorne, neben dem Typ mit dem Pantera-Shirt …" Fortuna zeigte auf ein platinblondes Mädchen mit schwarzen Augen, einer kleinen Tätowierung auf dem Oberarm und längeren Beinen als Jamie Lee Curtis. „Das ist Inka. Ihr Hobby ist Reiten." Fortunas Tonfall war so abfällig, dass selbst Benni die Doppeldeutigkeit verstand. Inka bewegte ihre Hüfte und hielt ihren Blick auf Matze gerichtet, der während des Gitarrensolos seine Locken durch die Luft schleuderte. „Ich hole dir ein Bier", beschloss Fortuna und ging zur Theke.

Benni war in Hochstimmung, er hatte es geschafft: Fortuna, Konzert, Bier, und in seinem Zeugnis stand neben „Mathe" eine Vier. Damit war die Versetzung geschafft. Yippie Yah Yei, Schweinebacke!

Eine wummernde Druckwelle raste durchs Publikum. Der Bassist, ein kleiner Kerl mit blondem Pony, warf seinen Bass in die Luft. Das Instrument machte eine halbe Drehung, kam senkrecht zurück, rutschte ihm durch die Finger und krachte auf seine Stirn. Pock! Er brach zusammen, und die Musik ab. Geraune. „Alles easy", beruhigte Matze durchs Mikro, während die Band ihrem Kollegen aufhalf.

Fortuna kam zurück. „Das letzte Mal ist dieser dämliche Honk über ein Kabel gestolpert und ins Schlagzeug gefallen. Der überlebt alles." Sie drückte Benni eine kalte Flasche in die Hand. „Komm, wir gehen backstage." Sie ging hinter die Theke, als ob ihr der Laden gehörte, vorbei am Barkeeper durch eine Tür in einen schmalen Gang. Benni folgte ihr. Zweimal links, und sie kamen hinter die Bühne. Ein enger Raum, vollgestopft mit Klamotten und Requisiten; die Disco war gleichzeitig Kleinkunsttheater. Ringsherum hingen Kostüme, Bikerjacken, Mittelaltergewänder, Polizeiuniformen, Schlaghosen, Blumenkränze, Reifröcke, Napoleonhüte, Schlangenhäute, Kettenhemden, Königskronen. Neben dem Bühneneingang stand ein kunstblutbeschmierter Fleischwolf, gefüllt mit abgehackten Gummihänden.

Sie setzten sich auf Getränkekisten und fachsimpelten über giftige Pflanzen und giftige Tiere. Fortuna kaute Kaugummi, und Benni nippte an seinem Bier. Es schmeckte so bitter, dass er sich nach einem Blumenkübel umsah, in den er es heimlich hineinkippen könnte.

Beifall dröhnte vor der Bühne. Fünf Minuten später kam die Band nach hinten, alle verschwitzt und oben ohne, gefolgt von

Inka und einem Kerl, offenbar der Zwillingsbruder des Schlagzeugers, nur eben uncooler, weil er kein Schlagzeuger war.

„Hi, Baby." Matze küsste Fortuna und wandte sich zu Benni. „Du bist Benni, richtig? Ich bin Matze. Freut mich!" Benni ergriff die ausgestreckte Hand und fühlte sich wie neugeboren.

„Konzert war geil, oder?", fragte Matze und wartete die Antwort nicht ab. „Das sind Kai und Mattheus. Der Typ mit der Beule ist Slappy." Slappy lächelte gequält. Die Jungs holten sich Cola und Bier und schmissen sich auf eine rissige Ledercouch. Matze setzte sich zu Fortuna, Inka in einen Regiestuhl. Die anderen kauerten auf dem Boden.

„Dein Solo war Hammer!", sagte Slappy und drückte eine kalte Cola auf seine Stirn.

„Und deins erst!", antwortete Mattheus.

„Bis bei dir die Lichter ausgingen." Matze warf einen Kronkorken nach Slappy. Slappy betastete seine Beule. „Alles für die Show."

„Check!", sagte Matze. „Ich lass mir übrigens nächste Woche unser Logo aufs Auto kleben, auf beide Türen und die Motorhaube – gelb auf schwarz, wird Hammer aussehen!"

„Yeah!", riefen die Jungs und zeigten den Teufelsgruß. „Burning Boscage!"

Die Band witzelte noch eine Weile über Slappy, Inka erzählte von ihrem Pferd, Fortuna zog Kaugummifäden, Benni hockte auf der Bierkiste, und dann kam der Clubbesitzer mit einem Turm flacher Kartons, die nach geschmolzenem Käse dufteten. Matze reichte Benni ein Stück Pizza. „Die ganze Schule spricht über den Klassentausch. Krasse Aktion."

„Der Kleine war das?" Inka schwang ihre Beine über die Armlehne und drehte sich zu Benni. „Der sieht gar nicht so abgefuckt aus."

„Das täuscht", sagte Fortuna und schüttelte Matzes Hand von ihrem Arm. „Der hat's faustdick hinter den Ohren. Hat dem Direktor ins Auto gekotzt."

„Akt der Rebellion!", sagte Slappy.

„Ganz genau!", sagte Benni.

Die Jungs klatschten anerkennend.

„Kapiere nur nicht, wie ihr das mit den unterschiedlichen Arbeitsblättern gemacht habt", sagte Inka.

„Das war Risiko. Aber der Dausi teilt nie selbst aus, sondern gibt das Zeug einfach in die Reihen, ohne zu gucken. Ist einfach zu arrogant, um zu glauben, dass ihn jemand bescheißen könnte."

„So 'n Honk", murmelte Fortuna.

„Wie bist'n eigentlich auf diese abgefahrene Idee gekommen?", fragte Matze.

„Durch Tomek, den Trockenbauer."

„Wer is'n Tomek, der Trockenbauer?", fragte Slappy.

Benni beugte sich nach vorne. „Tomek, der Trockenbauer, sollte bei meiner Tante und meinem Onkel eine Glaswand mauern. Die Glasbausteine, gelbe und weiße, lagen auf zwei Haufen. Wir sind in den Zoo, und als wir zurückkamen, hatte Tomek die Glaswand völlig verhunzt, gelb und weiß, alles kreuz und quer. Onkel Detlef ist ausgerastet und hat rumgeschrien: Das sollte ein Schachbrettmuster werden, Sie Vollidiot! Aber Tomek, der Trockenbauer, guckt ihn ganz cool an und sagt: Woher sollte ich das wissen? Es sind doch alles Glaswürfel. Und genau das sind wir für den Dausenau: einfach nur Glaswürfel."

„Genial!", rief Slappy.

„Ja, aber wenn Fortuna nicht den Feueralarm ausgelöst hätte, als ich im Lehrerzimmer festsaß, hätten wir das nicht geschafft."

„Gern geschehen", sagte Fortuna, wischte Matzes Hand von ihrem Arm und zischte ihn an: „Du weißt, ich mag das nicht!" Was hat sie denn jetzt? War doch eigentlich alles entspannt.

Beleidigt klappte Matze den Pizzakarton zu. „Dann gib mir 'n Bier."

Fortuna griff genervt in den Kasten; sie ließ sich ungern Befehle geben. Doch bevor sie Matze das Bier geben konnte, reichte ihm Inka ihre halb volle Flasche. „Hier, können wir teilen."

Matze zögerte kurz; dann nahm er Inkas Bier. Benni sah, wie die Wut in Fortuna stieg; Matze hatte ihr gerade vor aller Augen eine Abfuhr erteilt. Als er ansetzte, schoss Fortunas Arm nach vorne. Mit der flachen Hand schlug sie gegen den Flaschenboden. Schaum schoss Matze aus der Nase.

„Verdammte Scheiße!", brüllte er und spuckte etwas in seine Hand. „Du hast mir 'n Zahn abgebrochen!"

„Gern geschehen!"

„Zeig mal", sagte Inka zu Matze.

„Fick dich!", schrie Fortuna, griff in den Fleischwolf und warf Inka einen blutigen Plastikkopf in den Schoß. Inka quiekte und kippte mit dem Stuhl rücklings in einen Haufen Kunstpelze. Slappy bekam einen Hustenanfall.

„Spinnst du?", brüllte Matze. Fortuna riss ihm die Flasche aus der Hand und warf sie gegen die Wand. Glassplitter flogen durch den Raum. Alle gingen in Deckung, und Fortuna ging hinaus, ohne sich umzusehen. Der Abend war gelaufen.

„Du bist ja total durchgeknallt!", schrie Matze ihr hinterher, während Inka den abgebrochenen Zahn untersuchte.

„Ich geh mal nach ihr gucken", sagte Benni und spurtete los, die Treppe hoch und raus. Erstaunt stellte er fest, dass es noch nicht dunkel war – hatte sich da unten ganz anders angefühlt. An der Vespa holte er Fortuna ein.

„Was willst du?" Genervt fummelte sie am Verschluss ihres Helms.

„Bleib doch."

„Ich habe keinen Bock auf die Scheiße."

„Was denn für eine Scheiße?"

„Gott ey, Benni! Wenn ich dir das erklären muss, kann ich's dir nicht erklären."

„Bist du sauer wegen Inka?"

Fortuna schleuderte ihren Helm auf den Boden. „Matze ist so ein Arsch!"

„Er hat's bestimmt nicht so gemeint."

„Da scheiß ich drauf."

„Das mit dem Bier war fies. Aber das ist doch kein Grund, so abzugehen. Ich hatte Zoff mit meiner Mutter, weil ich unbedingt herkommen wollte, und jetzt bin ich hier und du willst abhauen und alles ist irgendwie … Ich weiß auch nicht."

Bennis Enttäuschung war episch. Er wusste nicht genau, was er von diesem Abend erwartete, aber es war viel … so viel, dass er sich sogar auf einen Pakt mit Achim eingelassen hatte. Es sollte der Abend der Abende werden, die Krönung eines Schuljahrs, der Lohn einer Großtat. Stattdessen zerbröselten seine vagen Hoffnungen wie eine ausgetrocknete Sandburg. Dass Fortuna nach dem Streit abzischen wollte, verletzte ihn, weil damit eines klar war: Für sie zählte nur Matze. Benni war nicht mehr als ein Statist.

Hilflos ließ er die Arme fallen. Fortuna stemmte ihre Fäuste in die Hüfte und sah ihn an. Hinter dem Bürogebäude, das auf der anderen Seite des Parkplatzes stand, verschwand die

Sonne und warf ihre letzten Strahlen über die Kante. Fortunas Haare leuchteten wie ein Heiligenschein. Ihr Gesicht lag im Schatten, aber Benni meinte, ein Lächeln im Mundwinkel zu entdecken. Sein Herz machte einen zaghaften Hüpfer.

Fortuna trat einen Schritt auf ihn zu. Er spürte den Wunsch, sie zu umarmen, öffnete den Mund, aber noch bevor er „Dem Wasserreh wachsen zentimeterlange Vampirfangzähne" stammeln konnte, stieß ihn Fortuna weg und schrie: „Hör auf, mir hinterherzulaufen! Verpiss dich zu den anderen und leckt euch gegenseitig die Eier!" Dann schwang sie sich auf die Vespa und knatterte mit durchdrehendem Hinterrad davon.

Verdattert stand Benni in einer Staubwolke. Er schaute Fortuna hinterher, bis er sie nicht mehr sehen konnte, und noch ein wenig länger. Dann hob er den Helm auf und trottete zurück in den Folterkeller.


Die Stimmung bei der Band war wieder galaktisch, was vermutlich am Bier lag. Benni half, die Instrumente von der Bühne zu schleppen, während die Disco startete.

Benni lehnte an der Wand, an der Fortuna vorhin gelehnt hatte, und verschmolz mit der Musik, dem schummrigen Raum, den Lichtern und dem Gemurmel. Die Bandmitglieder hatten sich im Raum verteilt, feierten und ließen sich feiern. Alice Cooper sang „Poison", und die Meute sang mit. Die Luft brannte in den Augen. Durch den Zigarettenqualm sah er am anderen Ende des Raums, wie Matze an der Wand lehnte.

Von rechts glitt Inkas platinblonder Haarschopf durch die Menge. Sie trat auf Matze zu, der bierselig an der Wand lehnte, so nah, dass sich ihre Nasenspitzen berührten. Inka griff in Matzes Locken, ohne dass er eine Reaktion zeigte, und schob ihm die Zunge in den Mund. Wow!

Er wehrte sich nicht. Sie ließ von ihm ab und ging zur Theke. Benni beobachtete sie. Auf dem Weg trafen sich ihre Blicke. Inka bestellte, verlangte vom Barkeeper einen Zettel, schrieb etwas darauf, bezahlte und kam mit zwei Bieren auf ihn zu. Als sie vor ihm stand, in ihrem olivgrünen Tanktop, das sich über ihre Brust und den schweißglänzenden Schultern spannte, spürte er ein Kribbeln im Schritt. Inka war eine Sirene.

„Na, Benni", sagte sie und reichte ihm ein Bier.

„Danke."

„Netter Platz, den du dir ausgesucht hast." Sie sah sich um. „Hast hier einen guten Überblick."

„Kann schon sein."

„Hast du irgendetwas gesehen, was interessant wäre? Interessant für irgendjemanden?"

Und ob ich das habe, dachte er. Fortuna war ausgetickt, nur weil Inka und Matze aus derselben Bierflasche getrunken hatten. Sollte sie erfahren, dass Inka seinen Mund ausgeschleckt hatte wie einen Joghurtbecher, würden die Tore zur Hölle aufgestoßen. Und Benni könnte der Höllenhund sein, der davon profitiert.

„Ich bin keine Petze", sagte Benni. „Aber wenn ich gefragt werde, sage ich die Wahrheit."

„Das soll mir reichen." Inka lächelte und reichte ihm den Zettel, eine Adresse mit Telefonnummer. „Abrissparty", sagte sie. „Datum steht noch nicht, irgendwann im September. Ruf mich an." Sie zwinkerte ihm zu und verschwand auf der Tanzfläche.

# 26

Benni lag bäuchlings auf dem Bett und las in Achims Unterlagen, so wie versprochen. Erstaunlicherweise war das Zeug ganz interessant. Er hatte sich schon oft gefragt, warum es Menschen gab, denen immer alles gelang, und Menschen, die nichts auf die Kette brachten, so wie er. Und hier stand die Antwort: Elektrizität! Andere Ladung, anderer Mensch. Neue Ladung, neuer Mensch. Klang logisch.

Das Telefon klingelte. Er sprang auf und rannte in den Flur. Hoffentlich war es Tommi! Der wohnte seit drei Wochen in Wiesbaden und hatte anscheinend so viel zu tun, dass er selten anrief. Benni hätte so gern mit ihm gesprochen, ihn gefragt, wie es läuft, und ihm – vielleicht – gesagt, dass er ihn vermisste. Doch irgendwie war Benni nie schnell genug, wenn das Telefon klingelte, und seine Mutter legte jedes Mal auf, ohne den Hörer weiterzureichen. „Tommi ist halt dauergestresst", sagte sie dann mit einem entschuldigenden Schulterzucken. Ein paar Mal hatte Benni selbst versucht, in Wiesbaden anzurufen, aber erfolglos. Meistens ging keiner ran, und einmal war ein Mädchen am Telefon, das schnaufte, als sei sie gerade einen Marathon gelaufen; da hatte er schnell aufgelegt.

„Hallo?", hörte Benni aus dem Wohnzimmer. „Ja, er ist da", sagte seine Mutter, und an ihrem Tonfall merkte er, dass es nicht Tommi sein konnte. Vielleicht wollte ihn U-Boot-Yong wieder zu einer Video-Session einladen. Wie sollte er ihm absagen? Langsam gingen Benni die Ausreden aus; er hatte kein Interesse mehr an Van-Damme-und-Co.-Kinderkrempel.

„Es ist deine Freundin Fortuna." Oha! Bennis Mutter gab ihm den Telefonhörer, und er versuchte, unter ihrem Blick abzutauchen; sie war immer noch sauer, weil er letzten Freitag erst um Mitternacht nach Hause gekommen war. Hammer-

Konzert! Aber der Ärger mit Fortuna … Seit ihrem Abgang hatten sie nicht mehr miteinander gesprochen.

„Fortuna?"

„Na, du Heulsuse!"

„Selber", maulte Benni.

„Halt die Klappe, war doch ein Bombenabend! Bist kostenlos auf ein Konzert, warst backstage und hast, was ich so gehört habe, Inkas Telefonnummer abgegriffen. Du kleiner Casanova."

„Ich bin kein Casanova."

„Dohooch, das bist du", flötete sie.

Langsam wurde er sauer. „So ein Blödsinn! Die hat mir nur ihre Nummer gegeben, weil …" Durfte das Fortuna überhaupt wissen?

„… weil du auf ihre Party eingeladen bist", vollendete sie im Klugscheißertonfall.

„Gehst du auch hin?"

„Wir gehen hin."

„Wer ‚wir'?"

„Na, Matze und ich!"

Super. Matze! Sollte das ein Witz sein?! Benni stierte an die Wand, dorthin, wo Tommi letzten Sommer eine Mücke zerquetscht hatte und ein winziger Fleck mit einem abstehenden Flügel übrig geblieben war. Er dachte an Fortunas Wutausbruch, die zersplitterte Flasche, das, was sie ihm auf dem Parkplatz an den Kopf geworfen hatte. Und jetzt? Alles weggewischt mit nur drei Worten: „Matze und ich."

„Ihr habt euch also vertragen", knurrte er traurig.

„Matze hat angerufen und sich entschuldigt."

Der Stich in seinem Herzen war zu tief, um sich einzureden, dass Fortuna nur eine Freundin war, eine Kumpeline. Nein. Mit voller Wucht erkannte Benni plötzlich, dass er in Fortuna verliebt war, sie liebte, und er spürte den Drang, ihr zu erzählen, was er im Folterkeller gesehen hatte: den Kuss zwischen Matze und Inka.

Aber das konnte er nicht. Matze war nett, Inka war nett, Petzen eine Todsünde und Fortuna unberechenbar. Wie würde sie reagieren, wenn Benni ihr die Augen öffnete? Dankbar in seine Arme sinken oder ihm die Arme brechen? Die Chancen standen fifty-fifty. Außerdem wusste er nicht, ob der Kuss ein einmaliger Ausrutscher war oder ob die beiden tatsächlich eine Affäre hatten.

„Hallo, noch da?", fragte Fortuna.

„Jaja", sagte Benni.

„Ich habe ein paar Dinge gesagt, die ich nicht so gemeint habe." Sie stockte kurz, vielleicht, weil sie nach den richtigen Worten suchte, vielleicht, damit Benni etwas sagte, aber er ließ sie zappeln. Also fuhr sie fort: „Inka rafft manchmal nicht, was sie für eine Bitch ist. Die ist halt so, wie sie ist, schon im Kindergarten ist sie jedem Jungen hinterhergelaufen, der gerade nicht in die Hose geschissen hatte, scheiß drauf. Letztlich hat sie Matze nur ein Bier gegeben, richtig?"

„Und sie hat es vorher abgeleckt", sagte Benni vorsichtig. Nicht alles zu erzählen, war eine Sache. Dinge schönreden, eine andere.

„Da kann Matze ja nichts für", antwortete Fortuna.

„Im Prinzip nicht."

„Was heißt denn ‚im Prinzip'?"

Es ärgerte ihn, dass sie auf einmal alles entschuldigte, was noch vor einer Woche für einen Riesenausraster gereicht hatte. Sie wollte die Zeichen einfach nicht sehen. Also versuchte er es mit einem Beispiel. „Ich habe mal an Weihnachten mein Schnitzmesser durch die Tür gehauen, weil Tommi den letzten Keks genommen hat. Meine Mutter hat mich angeguckt, als ob sie Michael Myers großgezogen hätte, und mich gefragt, warum ich so ausraste, nur wegen einem Keks. Ich konnte ihr das nicht erklären, weil ich's mir selbst nicht erklären konnte, aber Tage später, ich stand gerade unter der Dusche, da wurde mir klar: Tommi mochte diese blöden Kekse überhaupt nicht! Er hat ihn nur genommen, damit ich ihn nicht bekomme."

„Dann hättest du früher zugreifen müssen, du Nulpe."

Offenbar war die Botschaft bei ihr nicht angekommen. Benni setzte erneut an: „Es geht doch nicht drum, wer früher zugreift, sondern ... Ach, egal."

Fortuna schnaubte in die Muschel. „Benni, du willst mir doch irgendwas sagen. Spuck's aus oder halt die Klappe!"

Ah, so ist das, Klappe halten oder ausspucken, dachte er. Das klang so einfach. Entweder ... oder, hopp oder top. Aber so einfach war es nicht.

Benni erinnerte sich an die Zeit bei Tante Erika, damals, mit Tommi zusammen. In dem staubigen Kellerregal hatten sie ein Buch mit Psychofragen gefunden – Der magische Wald –, und eine Frage darin lautete „Wie überwindest du die unüberwindbare Mauer?" Für Tommi war die Lösung einfach: in die Luft sprengen! Aber Benni kam auf die Idee, so lange an ihr entlanggehen, bis sie einfach aufhört. Eine Lösung ohne Knall.

Wenn das Ziel also war, Matzes und Inkas Affäre zu überwinden, ohne sich in die Luft zu jagen, durfte er nicht den direkten Weg nehmen, sondern musste den richtigen Umweg finden. Der Baum würde ihm dabei helfen.

„Ich habe noch deinen Helm", wechselte er das Thema.

„Kannst ihn dir gegen den Kopf schlagen", schlug Fortuna vor, charmant wie immer. „Oder du kommst Donnerstag bei mir vorbei und wir fahren zur Burg. Ich sammele ein paar Kräuter, und du wälzt dich in den Brennnesseln. Wie in den guten alten Zeiten."

# 27

Es mussten Hunderte, vielleicht sogar Tausende Birnen sein. Benni begann zu rechnen, ausgehend von den Hauptästen, wie viele Früchte der Baum wohl insgesamt trug, aber nach drei Versuchen gab er auf. Er hängte seinen Rucksack an einen Ast und kletterte in die Kronenspitze. Bevor er morgen Fortuna treffen würde, brauchte er ein wenig Ruhe.

Er hielt sich dicht am Stamm, kannte jeden Ast, an dem er sich emporzog, und jede Wulst, von der er sich abstieß. Seine Hände griffen an die richtigen Stellen, seine Füße fanden den richtigen Tritt. Er spürte, wie seine Muskeln arbeiteten, in den Armen, im Rücken, in den Beinen, ein rauschhaftes Gefühl, das ihn antrieb. Je höher er kam, desto kühler wurde es.

Auf dem vorletzten Ast machte er halt und spähte in alle Himmelsrichtungen, als sei er ein Kapitän, der das Meer nach Piraten absucht. Die Hitze flirrte über den Feldern. Ein roter Traktor zog einen weißen Sprühnebel hinter sich her, und zwei Spaziergänger mit Hunden trotteten durch die pralle Sonne. Der höchste, der letzte Ast des Baumes winkte Benni zu. Na los! Spring endlich! Lass los!

Benni ließ los, stand freihändig da wie ein Seiltänzer, ging in die Knie, wippte, testete den Absprung. Ein tiefer Ton schien aus dem Inneren des Baums zu kommen, summte durch die Knochen wie Strom durch eine Hochspannungsleitung. Ein Wolkenschleier trieb über die Sonne und warf blasse Schatten über die Felder.

Benni wurde schwindelig. Er wankte, griff nach dem Stamm, umarmte ihn. Knorrige Rinde. Ein sanftes Pumpen, irgendwo da drin, das seinen Herzschlag übernahm. Dann war es weg. Der Wolkenschleier verschwand.

Benni schüttelte sich. Er hatte das Gefühl, gerade aus einem Traum erwacht zu sein, einem dieser Träume, in denen man sich blind bewegt, unfähig, die Augen zu öffnen. Man versucht es und versucht es, aber die Lider sind wie angeklebt. Alles endet mit dem Licht. Der Träumer weiß das, und der Traum weiß es auch.

Er stieg hinab, suchte sich eine bequeme Astgabel, zog die Wasserflasche aus dem Rucksack und trank einen großen Schluck. Dann aß er ein paar getrocknete Bananenscheiben. Dachte nach. Über Fortuna und daran, wie er sie erobern könnte. Was es bedeutete, ihr die Augen zu öffnen über Matze und Inka und darüber, dass sie ungewollt eine Dreierbeziehung führte.

Auf einmal sauste etwas herab und plumpste in seinen Schoß, etwas Lebendes, ein summendes Bällchen, nicht größer als ein Fingernagel. Vor Schreck wäre Benni fast vom Ast gefallen. Eine Hummel und eine Wespe, ineinander verkeilt, kämpfend. Die Hummel wollte weg, aber die Wespe stieß ihr den Stachel in den Leib, immer und immer wieder. Es war brutal. Die Hummel erschlaffte, versuchte verzweifelt, Flügel und Beine zu bewegen. Aber die Wespe knabberte bereits an ihrer Beute.

Nie zuvor hatte Benni gesehen, wie zwei Tiere auf Leben und Tod miteinander kämpften. Er sah zu, wie die Stärkere die Schwächere, die Schnellere die Trägere, die Aggressivere die Friedlichere fraß, und obwohl es nur zwei kleine Insekten waren, kannten sie eine Wahrheit, eine, die Benni langsam auch erkannte: Gnade kann man von der Welt nicht erwarten.

# 28

Fortuna durchquerte den Kräutergarten und würdigte die Schafgarben, Eisenhüte und Wermuts keines Blicks. Alles schien verwilderter als noch vor ein paar Wochen. Der schmale Pfad war schmaler geworden und von Unkraut überwuchert, genauso wie der pilzbewachsene Baumstumpf, auf dem Benni gesessen und Fortuna seinen brennenden Unterarm bespuckt hatte. Von der Burgmauer grüßte das Edelweiß.

„Was machen wir hier?", fragte Benni, als sie vor dem Stacheldrahtzaun mit dem „Betreten verboten"-Schild stehen blieben. Es war schön, wieder mit Fortuna unterwegs zu sein, obwohl er immer noch angesäuert war. Schließlich hatte sie ihn nach dem Konzert nicht nur beschimpft, sondern Matze sogar die Rumflirterei mit Inka verziehen. Dass die beiden später am Abend ihre Zungen ineinander verknotet hatten, wusste Fortuna zwar nicht, noch nicht. Aber sie würde es herausfinden. Und Benni hatte schon eine Idee, wie.

Fortuna schnippte mit dem Finger gegen den Stacheldraht- zaun. Ein leises Sirren, wie elektrische Bienen. Dann öffnete sie den Rucksack und zog einen kleinen Bolzenschneider her- aus. Was zur Hölle hatte sie vor? Benni sah sich um. „Da steht Betreten verboten. Das hat doch einen Grund."

„Die Mauer ist an der Stelle einsturzgefährdet. Deswegen haben sie die Burg geschlossen, vorsichtshalber", sagte sie. „Ab und zu kommt ein Stein runter. Keine große Sache."

„Was ist, wenn man uns erwischt?"

„Dann gehst du für mich in den Knast, wie ein echter Gent- leman." Sie knipste ein hundeklappengroßes Loch in den Zaun und schob sich hindurch. „Na los, du Schisser!"

„Wo gehen wir hin?"

„Wir gehen nicht, wir kriechen."

„Wohin kriechen wir?"

„In die Burg!"

„In die Burg?!"

„Durch die Minengänge." Sie warf den Rucksack über die Schulter und verschwand im Dickicht. Durch die Minengänge?! Egal, jetzt nicht einen auf Schisser machen! Benni seufzte, schlüpfte durch den Zaun und folgte ihr.

An der Burgmauer lehnte ein Berg aus Stämmen, Ästen und Zweigen. „Hilf mir, das Zeug wegzuschaffen", befahl Fortuna und zog einen dünnen Stamm aus dem Haufen. Benni ging auf die andere Seite. Das Holz musste schon lange dort liegen; es war vertrocknet und hatte Moos und Pilze angesetzt. Beim kleinsten Widerstand brach das Reisig und spuckte kleine Staubwolken.

Ast für Ast zogen sie aus dem Haufen, und nach ein paar Minuten erkannte Benni ein Loch in der Mauer. Der Durchmesser war kaum größer als die Todesrutsche im Rebstockbad, nur viel, viel dunkler. Er versuchte, etwas zu erkennen. Da sollten sie rein?! Fortuna drückte ihm eine Kerze in die Hand.

„Raffe ich nicht", sagte er. „Da hätten doch Feinde reinkommen können."

„Keine Ahnung. Vielleicht wurde dieser Teil später gebuddelt. Von Schmugglern oder so." Sie ließ ein Zippo klicken; es roch nach Benzin. „Gib die Kerze her."

„Wie hast du den Tunnel entdeckt?"

„Als die Burg noch geöffnet war, waren wir mit der Klasse da. Ich bin von der Gruppe abgehauen und hab den Mineneingang entdeckt, direkt neben dem Burghof. Nur ein Geländer davor, lächerlich gesichert, hat keinen interessiert. Menschen sind echt wie dressierte Affen; alle haben Schiss vor Verboten."

„Oder davor, in einem unterirdischen Labyrinth zu sterben."

„Oder davor", sagte Fortuna, krabbelte ins Dunkel und entzündete ihre Kerze. Benni ging in die Hocke. Der flackernde Lichtschein reichte nur ein paar Meter weit. In dem Stollen gab es keine Stützen, keine Steine, nur gepresste Erde, als ob ein überdimensionaler Riesenregenwurm sich seinen Weg durch den Berg gebahnt hätte.

„Na los, komm", rief sie.

Verdammt, ausgerechnet jetzt musste er kacken! Lag wohl an der Aufregung. Bei ihren alten Nachbarn, den Knaaks, war vor ein paar Jahren eingebrochen worden, und die Einbrecher nahmen alles mit, was sie tragen konnten, sogar das Gebiss von Herrn Knaak, hinterließen aber als Andenken zwei große Haufen auf dem Perserteppich. Benni hatte das als besonders gemein empfunden, aber jetzt verstand er es.

Er kniff die Pobacken zusammen, entzündete seine Kerze und kroch Fortuna hinterher. Auf den Unterarmen, mit den Fußspitzen abstoßend, in der rechten Hand die Kerze, schob er sich Stück für Stück nach vorne. Von Fortuna sah er nur die verschlammten Stiefelsohlen und ihren Hintern, der gleichmäßig wippte. Wachs tropfte ihm auf die Hand.

Der Stollen führte leicht bergauf. Es wurde kühler, und die Luft wurde dicker. Sie krabbelten auf Händen und Knien, bogen nach rechts in einen anderen Gang, der ein bisschen größer war. Die Kerze in der Hand, humpelte Benni durch den Tunnel wie ein angeschossenes Kaninchen. Fortuna hatte sich eine elegantere Gangart zugelegt, die ihn entfernt an die Seitenbewegung einer afrikanischen Hornviper erinnerte.

„Bist du sicher, dass du den Weg kennst?", fragte er, als sie an einer weiteren Abzweigung vorbeikamen. Seine Stimme klang dumpf, eingesperrt, wie im Sarg. Plötzlich schlängelte etwas über die Tunnelwand. Benni versuchte, mit der Kerze zu folgen, doch bevor er es erkennen konnte, huschte das Ding in die Dunkelheit. Waren das vielleicht …?

„Es gibt einen Hauptstollen mit Nebenstollen", erklärte Fortuna. „Das sind aber alles Sackgassen, nur dafür da, um den Sprengstoff zu positionieren."

„Aha."

Die Kerzenflamme tanzte. Rechts bewegte sich wieder etwas.

„Warte kurz", rief Benni nach vorne. Er leuchtete mit der Kerze in eine Mulde und sah ein Knäuel aus sich windenden schwarzen Schlangenleibern mit kurzen, wuseligen Beinen.

„Das sind schwarze Schnurfüßer!", rief er begeistert.

„Was bitte?!"

„Schnurfüßer! Er ist mit einer Geschwindigkeit von bis zu vierundzwanzig Millimeter in der Sekunde der schnellste einheimische Doppelfüßer. Bei Gefahr spritzt er ein Wehrsekret ab, das total stinkt und … Oh nein!"

„Was denn?"

„Lauf!"

„Was heißt hier ‚Lauf'? Hier kann man nicht laufen."

„Der Schnurfüßer hat sekretet!", keuchte Benni. „Es stinkt! Widerlich!"

„Sagt man wirklich sekretet?"

„Jetzt beweg dich endlich!"

„Oh Scheiße, jetzt riech ich's auch!"

Sie galoppierten durch den Tunnel. Benni schrappte mit der Kerze über die Wand, und die Flamme erlosch. Fortuna bog links ab und mit ihr der Kerzenschein. Es wurde dunkel. Benni bog ab. Jetzt sah er einen schmalen Lichtpunkt, der hinter Fortunas Silhouette tanzte. Es ging steil bergauf. Der Eitergestank wurde schwächer.

„Wir sind gleich draußen", keuchte Fortuna. Der Licht-punkt wurde zur Lichtscheibe und die Lichtscheibe zum Tun-nelausgang. Sie purzelten hinaus und lagen vor einer Stein-treppe. Erschöpft setzten sie sich auf die unterste Stufe. Benni fühlte sich, als seien sie gerade einer Horde Orks entkommen. „Dass diese kleinen Viecher so stinken können!" Er öffnete den Rucksack, zog eine Wasserflasche heraus und reichte For-tuna eine Tüte getrockneter Bananenscheiben. Sie schob sich eine Handvoll in den Mund. Es krachte.

„Geil, die Dinger", schmatzte sie.

„Sind noch aus dem Coop."

„Arbeitet deine Mutter da noch? Dachte, Coop ist platt."

„Ist auch platt, die Chips hat meine Mutter als Abschieds-geschenk mitgenommen. Jetzt arbeitet sie im Horten als Ver-käuferin. Weniger Geld, und sie muss den Bus nehmen."

„Klingt stressig."

„Ja, ist es auch." Er dachte daran, wie lebenslustig seine Mutter noch vor ein paar Wochen gewesen war, aber seit Tom-mis Auszug hatte sich vieles geändert. „Wir müssen raus aus der Wohnung. Bis zum Herbst wohl."

Fortuna hörte auf zu kauen. „Und wohin zieht ihr?"

„Keine Ahnung. Vielleicht nach Kassel zu meiner Tante."

„Was für 'n Rotz!"

„Vielleicht finden wir hier was. Sieht aber schlecht aus. "

Sie aßen schweigend. Benni beobachtete zwei Schwalben, die in einem Mauervorsprung nisteten. Durch die Schieß-scharte linker Hand wehte eine kühle Brise und trocknete ihre verschwitzten Klamotten. Er hätte hier ewig sitzen können.

„Na los!" Fortuna schlug ihm auf die Schulter. „Wir müssen weiter."

„Und wohin weiter?"

„Weiter nach oben."

Der Burghof brutzelte in der Mittagssonne. Benni beschirmte seine Augen. Links war die Stelle, wo letztes Jahr drei Jugendliche abgestürzt waren, als sie besoffen von der Burgmauer pinkelten. Schräg gegenüber ragte der efeubewachsene Bergfried in den Himmel, majestätisch und einsam. Fortuna malte mit der Fußspitze ein Pentagramm in den Staub. „Was ist mit dem Typ, der jetzt bei euch wohnt?"

„Tommi hasst ihn total! Weiß nicht, warum. Achim ist ein Wichtigtuer, aber eigentlich nett. Redet viel von meinem Potenzial."

„Ob hier früher Hexen verbrannt worden sind?"

„Bestimmt", sagte Benni.

Sie gingen zu einer eisenbeschlagenen Holztür, die schief in den Angeln hing. Fortuna stemmte sie einen Spalt auf und quetschte sich hindurch. Er folgte, ohne Fragen zu stellen.

Die Turmstufen waren schmal und wanden sich spindelförmig um eine dicke Säule. Es gab kein Geländer. Halt boten einzelne Steine, die aus der Wand ragten, oder Lücken, aus denen der Mörtel gebröckelt war.

Benni zählte. Nach einhundertdreiundvierzig Stufen erreichten sie die Plattform, wankten erschöpft zur Brustwehr, lehnten sich auf die Mauer und schauten über die hügeligen Wälder bis zur Zementfabrik vor der Autobahn. Die Weite war überwältigend.

„Das ist so cool", sagte Benni. Fortuna lächelte. Ein Lächeln, das er nicht kannte, verschmitzt und irgendwie … heimtückisch. Auf einmal, schneller als er reagieren konnte, sprang sie auf die Mauer. Eine Windböe fegte durch die Zinnen. Fortuna wackelte. Hinter ihr der Abgrund. Benni sah sie in die Tiefe stürzen, ein Schreckensbild echter als jeder Albtraum.

„Komm von der Mauer runter!"

Fortuna lachte, kletterte auf eine Zinne und breitete die Arme aus. Ihr Kopf würde auf dem Burghof zerplatzen wie eine Wassermelone. Benni wurde panisch. „Komm da runter!"

Fortuna hüpfte eine halbe Drehung wie eine Ballerina. „Achtung, und jetzt blind!" Sie winkelte das linke Bein und schloss die Augen. Er traute sich nicht, eine Bewegung zu machen oder auch nur laut zu atmen. Ihr Standbein zitterte. Sie ruderte mit den Armen. Als sie das Gleichgewicht wieder hatte, führte sie ihre Handflächen vor der Brust zusammen und grollte ein tiefes „Ohmmmmmmmmmmm …".

„Hör damit auf!", flehte Benni.

Fortuna öffnete die Augen. „Langweiler."

Er streckte die Hand aus. Fortuna klatschte ab: „Fang mich!" Sie nahm zwei Schritte Anlauf und sprang auf die andere Zinne, hinter ihr der blaue Himmel, unter ihr nichts. „Na, los doch, fang mich!" Dann auf die nächste Zinne. Benni rannte neben ihr her.

„Komm runter!", rief er.

„Komm rauf!", rief sie. Nächste Zinne.

„Nein!"

„Feigling!"

„Das ist irre!"

„Das ist geil!" Fortuna blieb stehen und streckte die Hand aus. „Na, komm schon! Tu es für mich."

Benni hatte keinen Bock, in dreißig Metern Höhe auf einer windumtosten Zinne herumzuturnen, aber Angst hatte er auch nicht. Er wollte Fortuna beweisen, dass sie beide aus demselben Holz geschnitzt waren. Also ergriff er ihre ausgestreckte Hand. Fortuna zog ihn zu sich. Wieder dieses Lächeln. Wenn er jetzt losließ, oder wenn Fortuna losließ, würde sie rücklings von der Zinne kippen.

Benni wusste, was er zu tun hatte. Er verschraubstockte seinen Griff. Sie schien zu ahnen, was kommen würde, und funkelte ihn empört an. „Duuuuu …", begann sie drohend, aber bevor sie den Satz beenden konnte, stemmte er seinen Fuß gegen die Brustwehr und zog Fortuna mit einem Ruck von der Mauer. Sie flog ihm in die Arme, und beide flogen auf den Steinboden.

Fortuna rieb sich die Hüfte. „Du hirnamputierter Hosenscheißer! Ich habe mir alle Knochen gestaucht!"

„Ich wollte dich nur beschützen", bockte Benni.

„Ich scheiß auf deinen Schutz!"

Die Stimmung war dahin. Sie stiegen schweigend die Turmtreppe hinab, überquerten den Burghof, krabbelten in den Minengang, schlichen vorbei an den Schnurfüßern, schoben sich durch den Zaun und verließen den Kräutergarten. Mit jeder Minute, die sie still nebeneinandergingen, entfernten sie sich voneinander, und damit schwand das letzte bisschen Hoffnung, das Benni seit ihrer ersten Begegnung im Herzen trug. Er musste in die Offensive gehen.

„Und Matze hat heute Probe?", fragte er vorsichtig.

„Immer donnerstags."

„Ist Inka auch da?"

„Bestimmt."

„Machst du dir nicht irgendwie … Sorgen?"

„Was interessiert's dich?", sagte sie und setzte den Helm auf. „Ich hänge jedenfalls nicht bei dieser dämlichen Jamsession ab, nur weil Inka da ist. Ich habe keinen Bock, die eifersüchtige Zicke zu sein, die dem Rockstar hinterherläuft. War peinlich genug, mein Ausraster auf dem Konzert."

Fortuna sprang ums Verrecken nicht auf seine Hinweise an. Benni kam die dahingemetzelte Hummel in den Sinn. Was nützte es, wenn man ein Leben lang freundlich, goldig und harmlos war, nur um am Schluss totgestochen und verspeist zu werden? Der Nette war immer der Dumme, und Benni wollte nicht mehr Dumme sein.

„Wenn du dir unsicher bist: Ich hätte da eine Idee, wie wir rausfinden könnten, ob da was läuft zwischen Inka und Matze. Ohne Eifersucht. Ganz diskret."

Fortuna lächelte wieder, endlich. Ein normales, warmes Lächeln. „Ganz diskret? Wer sagt denn so was? Redest wie 'n Scheißprivatdetektiv."

„Nee", sagte Benni. „Wie 'n Scheißgeheimagent."

# 29

Eine Woche später war es so weit. Benni stand an Hartwigs Gartentor und schaute nervös die Straße hinunter. Der August war mit einer Kältewelle gestartet; das Thermometer zeigte dreizehn Grad. Er schloss den Reißverschluss seiner Windjacke. Hartwig kauerte im Gemüsebeet. Aus dem verbeulten Kofferradio blecherte „Don't worry, be happy".

„Ich könnte ein bisschen Hilfe gebrauchen, gell."

„Sie ist bestimmt gleich da."

„Ich bin äußerst gespannt auf deine kleine Freundin."

Benni drehte den Kopf und betrachtete Hartwig, der bußfertig vor den Sähreihen kniete, und ärgerte sich, dass er seine Gefühle für Fortuna nicht besser verbergen konnte. „Sie ist nicht meine kleine Freundin. Kann ein Junge nicht einem Mädchen helfen, herauszufinden, ob ihr Freund sie betrügt? Ohne Hintergedanken?"

Hartwig schüttelte belustigt den Kopf und stach die Harke in den Boden. Die Wolken verdichteten sich.

„Hast du ihr von dem Baum erzählt?" Hartwig stellte die Frage beiläufig, aber seine Stimme klang höher als sonst. Benni spürte auf einmal diesen Sog, der aus dem Stamm kam, an das Pumpen unter der Rinde, an den höchsten Ast, der ihn lockte. Spring!

„Hartwig, ich hab das Gefühl, der Baum lebt."

Hartwig nahm seine Mütze ab und kratzte sich am Kopf. „Natürlich tut er das, genau wie du. Ihr interagiert, Grenzen verschwimmen. Du wirst dich verändern. Das habe ich dir gesagt, gell."

„Manchmal, wenn ich dort klettere, dann vergesse ich, dass ich dort bin und klettere. Nee, anders: Ich fühle das Klettern – ist ja klar –, weil ich ja gerade klettere, aber gleichzeitig sehe ich mich klettern. Als ob es keinen Unterschied gibt zwischen innen und außen. Wie im Traum, wenn man weiß, dass man träumt. Man sieht einfach alles! Der Baum sieht alles! Ich hab ihm einen Namen gegeben: Der Baum der tausend Augen. Cool, ne?"

„Der Baum der tausend Augen?" Hartwig verzog das Gesicht und wollte etwas sagen, doch Benni hatte sich bereits abgewendet; von rechts kam ein leises Knattern. Eine Vespa.

„Da ist sie!"

Er trat auf den Bürgersteig. Fortuna fuhr quer über die Straße, rumpelte über die Bordsteinkante und hielt auf ihn zu. Benni winkte fröhlich und sprang zur Seite, bevor er überfahren werden konnte. Fortuna würgte den Motor ab. Eine Abgaswolke poppte aus dem Auspuff.

Hartwig humpelte zu ihnen. „Guten Tag, die Dame!"

Fortuna schwang sich von der Vespa und nahm den Helm ab; ihre schwarzen Haare wallten wie in der Drei-Wetter-Taft-Werbung.

„Guten Tag, der Herr!"

Hartwig wischte seine Erdfinger an der Latzhose ab und verbeugte sich leicht. Fortuna machte einen Knicks.

„Ich habe Ihnen ein Gastgeschenk mitgebracht!" Sie kramte im Rucksack und zog einen Gefrierbeutel heraus, der mit einer silbernen Geschenkbandschleife verschlossen war. „Selbst gebackene Haschkekse!", verkündete sie und überreichte das Päckchen.

„Hauptsache, süß", sagte Hartwig. „Vielen Dank!"

„War ein Scherz", beruhigte Fortuna, als Benni entsetzt im Boden versinken wollte. „Sind normale Kekse. Mit Hafer."

Benni hoffte, dass sie die Wahrheit sagte, denn Hartwig hatte sich den ersten Keks schon in den Mund geschoben.

„Geht's hier lang?" Fortuna ging durchs Gartentor.

„Sie ist amüsant", nuschelte Hartwig.

„Du glaubst gar nicht, wie amüsant", sagte Benni.

Sie folgten Fortuna in den Garten. Der Himmel wurde dunkler.

„Ich habe gehört, Sie besitzen eine Gans." Fortunas Höflichkeit war verblüffend; sie hatte noch kein einziges Mal „Scheiße", „verdammt" oder „Fick dich" gesagt.

„Wahrscheinlich badet Friederike im Teich, da hinter der Villa. Später könnt ihr sie füttern."

„Das wäre nett."

Hartwig hielt seine Nase in den Wind. „Es riecht nach Regen. Wollen wir reingehen und beginnen mit Eurer Operation … Wie war das? … Operation Krampenpfanne?"

„Operation Schlangenzange", korrigierte Benni.

„Ich war für Schlampenschlange", ergänzte Fortuna.

„Entschuldigen sie!", rief jemand von der Straße. Benni, Hartwig und Fortuna schauten sich um. Zwei Typen standen am Gartentor. Der Kleine trug eine goldene Brille und sah aus wie ein Zuhälter aus Miami Vice, der andere hatte einen

Bürstenhaarschnitt und sah aus wie ein Türsteher … auch aus Miami Vice.

„Sind Sie der Besitzer dieser Laube?"

„Ihr wartet hier", sagte Hartwig zu Benni und Fortuna, humpelte ans Gartentor und begann mit gedämpfter Stimme zu diskutieren. Er schien wütend zu werden. Benni und Fortuna spitzten die Ohren. Aus dem Unterhaltungsbrei blubberten einzelne Wörter wie „Parzelle", „Genehmigung" und „Bundeskleingartengesetz". Hartwig gestikulierte mit den Armen, zeigte auf die Gartenlaube, zeigte auf die Nachbarsvilla, zog ein Büchlein aus der Bauchtasche, vielleicht ein Personalausweis, und reichte es dem Türsteher, während der Zuhälter sich Notizen machte. Dann verabschiedeten sie sich. Hartwig kam zurück.

„War das die Polizei?", fragte Fortuna.

„Das Ordnungsamt", riet Benni.

„Benehmen sich wie eine Drückerkolonne, gell", schimpfte Hartwig und schleuderte die Handhacke in den Boden wie ein Wurfmesser. „Egal, lasst uns reingehen."

In der Hütte schaltete Hartwig das Licht an und setzte den Wasserkocher auf die Herdplatte. „Mögt ihr Pfefferminztee?" Regen trommelte aufs Dach. Fortuna zeigte auf den Sandsack in der Ecke. „Boxen Sie?"

„Habe ich vom Flohmarkt, für Benni. Wir trainieren ein bisschen. Er hat Talent!"

„Hartwig hat in der Schule geboxt."

„Irre", sagte Fortuna, machte eine Faust und schlug ein paar Mal auf das rissige Leder. Benni sah, dass sie es falsch machte, sagte aber nichts. Hartwig holte drei Tassen aus dem Regal. Benni kauerte sich vor das ISDN-Telefon und blätterte in der Gebrauchsanweisung. Hartwig suchte drei saubere

Tassen. „Ich habe immer noch keine Vorstellung, was ihr genau vorhabt."

„Ich auch nicht so richtig", sagte Fortuna.

„Also", begann Benni, „wir werden ein Telefongespräch zwischen Matze und Inka abhören, mit diesem ISDN-Telefon!" Er zeigte auf Hartwigs ISDN-Telefon.

„Was ist ein ISDN-Telefon?", fragte Fortuna.

„Die Zukunft des Telefonierens!", rief Hartwig.

„Der neueste heiße Scheiß!", sagte Benni. „Mit ISDN kannst du Telefonkonferenzen machen. Drei Leute können sich verbinden und miteinander reden. Aber in unserem Fall reden nur zwei miteinander, und einer hört zu. Und dieser eine sind wir. Kapiert?"

„Aha", sagte Fortuna. „Nee, kapier ich nicht."

„Wir rufen erst Matze an, legen ihn in die Warteschleife, und dann Inka, und dann reden beide miteinander, und wir sind mucksmäuschenstill und hören einfach zu."

„Okay. Aber die checken doch, dass keiner von beiden angerufen hat?"

Hartwig schaltete sich ein: „Ich wollte euch noch darauf hinweisen, dass euer Vorhaben ethisch gesehen nicht unproblematisch ist. Feind hört mit, so hieß es früher, damals bei Hitler, aber noch schlimmer waren die Freunde! Alle haben sich gegenseitig angezeigt. Es macht eine Gesellschaft kaputt, wenn irgendwann nur noch Misstrauen …"

„Okay, verstanden", unterbrach Benni. „Wir machen es nur dieses eine Mal."

Der Wasserkocher pfiff. Hartwig humpelte an die Spüle, goss die Tassen auf, stellte sie auf ein Tablett, kam rüber und verteilte den Tee. Dann hielt er sich an der Couchlehne fest und ließ sich langsam hinabgleiten. Zu dritt saßen sie auf dem

Boden, in der Mitte das Telefon. Benni nahm den Hörer ab.

„Gib mir die Nummern."

Fortuna reichte ihm einen Zettel.

„Und jetzt ganz leise." Er wählte. Es knackte.

„Hallo?", sagte Matze.

Benni drückte den Warteschleifenknopf und wählte die zweite Nummer. Es knackte.

„Hallo?", sagte Inka.

Benni drückte erneut den Knopf.

„Hallo?"

„Hallo?"

„Matze?"

„Inka?"

Benni schaltete den Lautsprecher ein.

„Alles klar bei dir?", fragte Matze.

„Ja. Hast du mich angerufen?"

„Nein, du hast angerufen!"

„Ich habe nicht angerufen."

„Ich auch nicht."

„Komisch."

Pause. Der gefährlichste Moment. Wenn sie spitzkriegten, dass etwas nicht stimmte, würden sie auflegen. Das wär's dann gewesen mit der tollen Abhöraktion. Aber vielleicht würden sie den Moment ignorieren, so geil, wie sie aufeinander ...

„Kommst du zur Probe?", fragte Matze.

„Na klar."

„Slappy hat 'ne neue Bassline. Klingt gut."

„Bin gespannt."

Beide schwiegen, und man hörte, wie sie in den Hörer atmeten.

„Hast du danach Zeit?", fragte Matze. Jackpot.

Inka dehnte die Antwort wie ein weichgekautes Kaugummi. „Kommt drauf an."

„Auf was?"

„Na, du weißt schon."

„Fortuna kommt nicht."

„Okay."

„Okay."

Fortuna strich mit dem Daumen über das Display, als wolle sie Matzes Nummer – und ihn vermutlich gleich mit – wegwischen. Benni ahnte, wie sie sich fühlte. Schlimm genug, dass sich die beiden hinter ihrem Rücken trafen. Aber noch schlimmer war dieser respektlose Plauderton. Todsünde.

Ihre Nasenflügel bebten. Fortuna nahm den Hörer und starrte ihn wütend an. Sie war kurz davor, hineinzubrüllen. Dann wäre alles aus! Benni wollte auf keinen Fall in die Schlammschlacht hineingezogen werden, das war ja gerade der Sinn der ganzen Aktion gewesen – die Mauer umrunden, anstatt sie zu sprengen. Wenn die Sache aufflog und sich nach den Ferien rumsprechen würde, dass er den Sänger von Burning Boscage ausspioniert hatte, um ihm seine Freundin auszuspannen, dann wäre ein Umzug nach Kassel keine Katastrophe mehr, sondern eine hochwillkommene Flucht in die Verbannung.

Fortunas Gesicht wurde tiefrot. Hörer. Mund. Stopp! Benni riss die Augen auf, schüttelte panisch den Kopf und formte mit den Lippen ein stummes „Neiiiin!" Hartwig knetete gebannt seine Ferrari-Mütze. Fortuna begann zu schnaufen. Die mussten das doch hören! Benni fuchtelte mit den Armen, als wolle er einen Geisterfahrer stoppen.

Fortuna holte tief Luft, Benni kniff die Augen zu, und dann knallte sie den Hörer aufs Telefon, so fest, dass Hartwig vor Schreck seinen Tee verschüttete, und dann noch einmal und noch einmal, pockpockpock, schneller und schneller, immer wieder, und dann warf sie den Hörer weg.

„Aaaaaaaaaaaarschloch!" Fortuna schüttelte sich kurz, atmete tief durch, stand auf, klopfte sich den Staub vom Hintern und sah Hartwig freundlich an. „Entschuldigung, verdammte Scheiße, das musste sein!"

Hartwig nickte verständnisvoll und bat die beiden, ihm aufzuhelfen. Dann standen sie voreinander. Niemand fand die richtigen Worte. Schließlich sagte Fortuna, wieder gefasst: „Es war mir eine Freude, Sie kennengelernt zu haben."

„Auch mir war es eine Freude", sagte Hartwig förmlich. „Sehr bedauerlich, dass unser erstes Treffen so schwermütig endet. Wenn ihr möchtet, bestelle ich uns eine Pizza."

„Nein danke", sagte Fortuna. „Ich will nach Hause."

„Ja, natürlich. Das verstehe ich", sagte Hartwig.

„Und du", sagte Fortuna zu Benni in einem Tonfall, der keinen Widerspruch zuließ, „du kommst mit!"

30 Durch das Loch in der Papierlampe fiel eine schmale Lichtsäule auf den Boden und markierte den einzigen Punkt, der nicht von Klamotten, Schulbüchern, Heften, Stiften, leeren Flaschen oder verschmierten Tellern bedeckt war. Benni stakste vorsichtig durch das Chaos, sorgsam darauf bedacht, nichts aus Versehen zu zertreten, während Fortuna zum Bett pflügte. Sie wuchtete einen Haufen Dreckwäsche zur Seite und befahl: „Setz dich hier hin."

Benni folgte der Schneise, setzte sich und sah sich um. An der Wand stand ein schmaler Schreibtisch, davor einer dieser neumodischen Kniestühle, gegenüber ein Ikea-Regal, vollgestopft mit Büchern und Platten, und rechts ein Klamottenständer, auf dem Longsleeves und Röcke hingen. Die Wände waren tapeziert mit Postern von Black Sabbath, Led Zeppelin und Metallica. Dazwischen hing ein selbstgemaltes Bild.

„Ist das ein Gänseblümchen?", fragte er.

„Ein Edelweiß, du Honk."

„Die Blätter sehen ein bisschen so aus wie Birnenstücke."

„Du bist auch so 'n Birnenstück." Sie gab ihm einen Klaps auf den Hinterkopf, ging zur Anlage und schaltete den Schallplattenspieler ein. „Ist Stairway to Heaven okay?"

„Klar." Benni fühlte sich klein in diesem Teenagerzimmer. Fortuna hatte nichts, was darauf hindeutete, dass sie früher ein Kind gewesen war: keine Puppen, keine Kuscheltiere, kein Lego, kein Rosa. Nur schwarzes Chaos.

Sie legte eine Schallplatte auf. „Weißt du, was abgeht, wenn du Stairway to Heaven rückwärts abspielst?"

„Nee."

„Der Teufel erscheint!" Fortuna formte ihre Finger zu Krallen und grinste psychopathisch.

„Ich glaub nicht an Himmel und Hölle und diesen ganzen Krempel", sagte Benni. „Aber so 'ne Unterhaltung mit dem Teufel wäre bestimmt ganz cool. Achim meint, dass Gott eine Art Diktator ist, der die Menschen im Paradies eingesperrt hat. Aber wir dummen Schafe haben's nicht gemerkt, weil alles so verdammt angenehm war. Der Teufel hat uns befreit. Meint Achim."

„Ist der Typ Satanist?"

„Nee, Lebensberater. Keine Ahnung, was das genau ist."

Die Schallplatte knisterte, und das Lied begann mit einem Gitarrenriff, so langsam und zart, als würde man gerade aufwachen.

„Warum benutzt du eigentlich keine Kassetten?", fragte Benni. „Ist doch praktischer."

„Die Platten sind von meinem Vater, und für den Walkman überspiele ich sie dann auf Kassette." Fortuna entzündete ein Räucherstäbchen und setzte sich neben ihn. Sein Herz schlug schneller.

„Willst du ein Kissen? Die Wand is' kalt im Rücken." Fortuna stopfte ihm ein Kissen in den Nacken. Zu der Gitarre gesellten sich Blockflöte und Weltschmerzgesang. „Traurig, das Lied", sagte Benni.

Fortuna drehte sich zu ihm und wickelte einen Kaugummifaden um den Finger. Erdbeerduft. „Ist doch gut! Wenn du traurig bist, fühlst du was. Und wenn du was fühlst, lebst du." Sie rutschte tiefer in die Matratze. „Was magst du? Lass mich raten! Queen? Phil Collins? Kool and the Gang? "

„David Hasselhoff."

Fortuna brüllte vor Lachen und schlug Benni auf den Oberschenkel. „Ach du Kacke, David Hasselhoff? Peinlicher geht's ja nicht! Oberpeinlich! David Hasselhoff! In einem halben Jahr ist der weg vom Fenster." Sie schwenkte ein unsichtbares Feuerzeug und krächzte „Looking for Freedom".

„Bisschen Gute-Laune-Musik würde dir auch guttun", brummte Benni beleidigt. „Aber dazu bist du ja zu cool."

„Achtung, jetzt kommt das Schlagzeug!" Sie nahm das Kaugummi aus dem Mund und klebte es unters Bett, rückte näher. Bennis Haut prickelte wie Ahoi-Brause. Er war wieder versöhnt. „Warum wolltest du das Biologie-Projekt ausgerechnet mit mir machen?"

„Weil du der am wenigsten Bekloppteste bist unter all den Deppen."

„Ich habe aus dem Fenster gekotzt …", warf er ein.

„Deine Geschichte war geil. Die beste."

„Ödipus? Echt?"

„Klaro!"

„Die anderen fanden es scheiße."

„Die anderen haben es nicht gerafft."

Was nicht gerafft?, dachte Benni. Lieber nicht fragen, lief gerade gut. Er starrte ins Leere, überlegte. Hatte Fortuna das Kaugummi unters Bett gepappt, um ihn zu küssen? Im Film war das so.

Benni linste zur Seite. Fortuna schob sich näher an ihn heran. Oha! Sein Blick strich über ihren Nasenrücken zu den Augen, groß und schwarz und tief. So schön. Fortunas Ohrringe klimperten, als sie den Kopf neigte und die Lippen leicht öffnete. Jetzt ging's los! Prickeln, überall, schäumend, überschäumend. Er beugte sich zu ihr, langsam, vorsichtig. Spürte warmen Atem. Schloss die Augen. Gleich …!

„Halloooo!" Fortunas Mutter platzte ins Zimmer, flötend wie eine aufgescheuchte Amsel. Benni und Fortuna stoben auseinander.

„Mensch, Mama, anklopfen!"

„Ach du meine Güte, ja, tut mir leid. Ich wollte euch nur ein paar Kekse und Milch bringen." Verschämt stellte Fortunas Mutter das Tablett ab. Sie war klein, und ihre Schürze, die Kurzhaarfrisur und die dicken Brillengläser verliehen ihr das Aussehen einer liebenswerten Eule. „Wenn ihr noch etwas braucht, ruft ihr einfach."

Benni lächelte verlegen. „Vielen Dank."

„Sag Papa, wenn er die Stairway to Heaven sucht, die hab ich."

„Wird gemacht, mein Schatz", versprach ihre Mutter, sammelte ein paar Wäschestücke vom Boden auf, verabschiedete sich mit einem Augenzwinkern und zog die Tür zu.

Benni schaute prüfend zu Fortuna. Ihr verschlossener Gesichtsausdruck war wieder da. Der Moment der Momente war vorbei. Benni seufzte. „Deine Mutter ist sehr lieb."

„Du klingst überrascht."

„Na ja, wenn man euch beide so nebeneinander sieht …"

„Vielen Dank, du Honk! Ich bin die Freundlichkeit in Person!" Fortuna schnappte Benni am Halsausschnitt und zog ihn zu sich. Es ging so schnell, dass er keine Möglichkeit hatte, durch eine sinnlose Frage alles kaputt zu machen.

Ihre Lippen waren weich und warm. Ein langer Kuss. Oberlippe, Unterlippe. Dann trafen sich ihre Zungen. Sie kippten aufs Bett. Fortuna rollte über ihn, während die Musik anschwoll. Benni wurde mutiger, ließ seine Hände über ihren Rücken wandern, über die Schultern, die Arme. Fortuna stieß ihn sanft zurück, richtete sich auf. „Eines musst du dir merken: Ich mag es nicht, wenn man mich da anpackt. Kapiert?"

„Wo?"

„An den Armen."

„Aha. Wieso?"

„Weil ich es nicht mag!", sagte Fortuna gereizt.

„Okay, okay."

Benni wartete auf den nächsten Kuss, aber der kam nicht. Fortuna rückte ab, setzte sich in den Schneidersitz. Die Stimmung hatte einen Knacks bekommen. Das war vielleicht die letzte, die einzige Chance gewesen. Bennis Herz fühlte sich an, als ob es in einem Schraubstock stecken würde. Pech war sein Schicksal.

Stumm hörten sie das Album fertig. Als die Plattennadel knackend stoppte, fragte er: „Du hast vorhin gesagt, die anderen hätten Ödipus nicht gerafft. Was hast du damit gemeint?"

„Ach ja, diese idiotischen Hornochsen! Rasten aus wegen dem    Ich-ficke-meine-Mutter-und-töte-meinen-Vater-Scheiß, sind aber zu doof, um die Botschaft zu verstehen."

Botschaft? Welche Botschaft? Dass man sich seine Eltern gut aussuchen sollte? „Was meinst du genau mit Botschaft?", fragte Benni vorsichtig.

Fortuna sah ihn überrascht an. „Dir ist schon klar, dass Ödipus eine Parabel ist?"

Was zum Geier war eine Parabel? Hatten sie das in Deutsch gehabt? „Weiß nicht. Der Typ ist halt ein Pechvogel. Ich fand es krass, dass er vor der Prophezeiung flieht und genau deswegen die Prophezeiung wahr wird. Das muss man im Kopf erst einmal zusammenkriegen."

„Also …?", fragte Fortuna wie eine Lehrerin, die spürt, dass der Schüler auf der richtigen Fährte ist. Benni zögerte; er wollte auf keinen Fall etwas Bescheuertes sagen. Zum Glück erlöste ihn Fortuna: „Oh Mann, es geht bei Ödipus nicht um den Vater oder die Mutter oder das Orakel, nicht einmal um Ödipus selbst. Es geht um Schicksal. Dem Schicksal kannst du nicht entfliehen."

# 31

„Diese Öko-Steuer wird Tausende Jobs kosten", schimpfte Achim. „Fünfzig Pfennig für einen Liter Benzin, der Lafontaine spinnt doch! Die SPD hat jetzt schon verloren!"

„Bestimmt", stimmte Benni zu. Er hatte keine Ahnung von der SPD oder von Lafontaine, ahnte aber, dass es Achim weniger um die „Tausende Jobs" ging, sondern mehr um seinen altersschwachen Opel, der zweiundzwanzig Liter auf hundert Kilometer schluckte, weshalb ihm Bennis Mutter alle drei Tage zehn Mark für Benzin auf den Küchentisch legte. Schon witzig, dachte Benni: Taschengeld für einen Erwachsenen.

Über der Leinwand wölbte sich der violette Abendhimmel. Mückenschwärme tanzten umeinander. Es war Freitagabend. Fortuna feierte irgendwo mit Freundinnen.

Drei Wochen waren vergangen, seit sie ihn geküsst hatte, und Bennis Hoffnung auf eine richtige Beziehung wartete noch darauf, erfüllt zu werden. Wenn sie sich trafen, küssten sie und berührten sich, aber immer nur zu Hause, dort, wo sie niemand sah.

Benni versuchte öfters, auf der Straße ihre Hand zu halten, aber jedes Mal entwand sie sich und machte irgendeinen Blödsinn: kniff ihm in die Nase, schnickte an sein Ohr oder nannte ihn Casanova, allerdings mehr im dissigen Tonfall einer Kumpeline und nicht einer Geliebten.

Unbeobachtet zeigte sich Fortuna offener, ergriff die Initiative, aber auch nicht immer, je nach Lust und Laune. In Benni brannte der Wunsch, sie jeden Tag zu sehen oder zumindest mit ihr zu telefonieren; selbst den Baum vernachlässigte er in jener Zeit.

Fortuna dagegen blieb so unabhängig wie eh und je. Zumindest, was ihn anging. Das verstärkte die Qual, vor allem, wenn sie unterwegs war und er nichts zu tun hatte.

Auch deswegen war Benni dankbar, dass Achim mit ihm ins Autokino fuhr. Überpünktlich waren sie angekommen und warteten nun auf dem großen Parkplatz, der sich langsam füllte.

„Hast du die ersten beiden Teile gesehen?", fragte Benni.

„Ja, im Kino."

„Welchen fandest du besser?"

„Ich glaube, den mit der Bundeslade. Und du?"

„Habe beide nicht gesehen", log Benni. „Sind doch ab sechzehn."

Eine Kinomitarbeiterin klopfte an die Fahrertür. Achim kurbelte die Scheibe runter, und das Mädchen hängte einen Lautsprecher hinein. „Kann ich euch noch was bringen?", fragte sie und zog einen Block aus der Gesäßtasche. Achim bestellte eine Jumbo-Tüte gesalzenes Popcorn und zwei Colas.

„Darf ich dich was fragen?", fragte Benni.

„Jederzeit."

„Ich habe doch eine Freundin, Fortuna, beziehungsweise weiß ich nicht, ob sie meine Freundin ist. Oft hat sie keine Zeit, obwohl sie Zeit hat, oder sagt auf einmal ab, und dann ruft sie wieder an und ist traurig und will mich treffen. Ich weiß nicht, was ich davon halten soll."

Die Kellnerin kam mit dem Popcorn und den Colas.

„Danke, vielen lieben Dank!", bedankte sich Achim so mitfühlend, als sei das Autokino bereits der Öko-Steuer zum Opfer gefallen. Er reichte Benni den Becher und stellte die butterdurchweichte Tüte auf die Mittelkonsole. „Bedien dich."

Benni bediente sich.

„Du willst also wissen, was du davon halten sollst, dass deine Freundin sich, sagen wir mal, unberechenbar verhält." Eines musste man Achim lassen: Er brachte die Sache gut auf den Punkt. „Ich stelle dir jetzt ein paar Fragen, und du antwortest ganz spontan einfach nur mit Ja oder Nein. Ist eine Art Test. Verstanden?"

„Verstanden."

Die Werbung begann, und auf der Leinwand trugen fröhliche junge Menschen surfbrettlange Kaugummipackungen durch die Gegend. Achim fegte ein paar Popcornbrocken von seinem Schoß und fragte beiläufig: „Bist du nervös, wenn du mit Fortuna sprichst?"

„Manchmal."

„Nur Ja oder Nein."

„Ja."

„Überlässt du ihr, über was ihr redet?"

„Meistens … also, ja."

„Entscheidet sie, was ihr macht?"

„Ja."

„Macht ihr manchmal Sachen, von denen du weißt, dass sie falsch sind? Die dem gesunden Menschenverstand widersprechen?"

Vespa-Fahren ohne Führerschein, giftige Beeren essen und in baufällige Burgen einbrechen – das war ein klares Ja.

„Ja", sagte Benni.

Achim drehte sich zu ihm. „Denkst du oft über deine Unterlegenheit nach?"

Seine Augen bekamen etwas Stechendes.

Benni zögerte mit der Antwort. Was sollte das denn heißen? Unterlegen! Weshalb war er unterlegen?! Klar fand er Fortuna toll und hätte alles für sie getan; aber war er deswegen gleich unterlegen? „Unterlegenheit, keine Ahnung. Für mich ist alles irgendwie okay. Besser, als zu streiten."

„Das glaubst du? Unterordnung ist besser als zu streiten?"

Unterordnung. Volltreffer. Achim hatte das Offensichtliche erkannt, und jetzt erkannte es auch Benni. Unterlegen, na klar! Er war Fortunas Spielball, den sie trat, wenn es ihr gefiel, oder in der Ecke liegen ließ, wenn sie keinen Bock hatte. Benni spürte, wie Wut in ihm aufstieg. Vor allem auf sich selbst.

„Benni, das hört sich hart an, aber dein Glück ist in einem inakzeptablen Zustand", stellte Achim fest und warf sich eine Ladung Popcorn in den Mund. „Ich habe noch eine letzte Frage, eine sehr wichtige Frage: Bekommst du manchmal ein komisches Gefühl? So, als ob alles ein Traum wäre?"

Gott, ja. Dieses eine verfluchte Jahr, als seine Mutter im Krankenhaus lag, sein Vater starb und er gemeinsam mit Tommi bei Tante Erika und Onkel Detlef wohnte. Niemand in der Familie sprach über diese Zeit, und Bennis Erinnerung war zu schwach, um allein zu überleben. Also starb die Erinnerung, und zurück blieb nur ein dumpfer Traum, unwirklich und schmerzhaft.

„Manchmal weiß ich einfach nicht, was ist", sagte Benni. „Ich kann mich nicht an Papa erinnern, nicht einmal an seine Beerdigung. Als ob das alles nie passiert wäre."

Achim strich nachdenklich über sein Kinn. „Benni, ich habe mich darüber lange mit deiner Mutter unterhalten; das war ein schwerer Schock für euch alle. Und weißt du, was dann passiert, nach einem schweren Schock? Dein reaktiver Verstand übernimmt die Kontrolle. Dann bist du nicht mehr Herr deiner selbst. Nur noch ein Roboter, gesteuert durch Schmerz. Verstehst du?"

Benni nickte.

„Aber du kannst die Kontrolle zurückholen! Und weißt du, was dann geschieht? Dann erreichst du alles, was du willst. Im Leben, im Beruf, in der Liebe. Man muss es nur wollen. Die Frage ist nur: Willst du das? Willst du die totale Kontrolle?"

„Ey, na klar!", antwortete Benni ohne Zögern. Wer würde das nicht wollen, die totale Kontrolle? Vorbei wäre die Angst, in der Schule zu versagen, vorbei der Kummer, dass Tommi ihn ablehnte, vorbei der Drang, Fortuna zu gefallen, vorbei der Schmerz, ohne Vater aufzuwachsen, vorbei die Leere und der Nebel und der Zweifel.

„Bist du dir wirklich sicher?", fragte Achim erneut, eindringlich. „Das ist eine Reise, von der es kein Zurück gibt."

„Logo!"

„Hundertprozentig?!"

„Ja!"

„Egal was es kostet."

„Ja!"

„Du musst mir vertrauen."

„Okay!"

Achim schlug ihm zufrieden auf die Schulter. „Beschlossen und verkündet! Dann kann's losgehen, du bist bereit fürs E-Meter! Wir werden deine schädlichen Erinnerungen aufspüren und löschen. Du wirst frei sein. Und Herr deines eigenen Lebens."


**32** Benni war nicht gerade Feuer und Flamme gewesen, den Stechapfeltee zu trinken, nachdem Fortuna ausführlich erklärt hatte, dass eine falsche Dosierung tödlich sein könnte. „Du kriegst Krämpfe, die Sauerstoffzufuhr zum Gehirn wird abgeschnitten, deine Lungen sind gelähmt, und dann wirst du bescheuert und stirbst!"

„Ich vermute, bescheuert bin ich schon jetzt", sagte er und lugte misstrauisch in den Wassersud. Die aufgebrochenen Früchte mit den schwarzen Samen, den behaarten Blätter und den trompetenförmigen weißen Blüten sahen alles andere als genießbar aus. Er fragte sich, ob Fortunas Eltern wussten, was ihre Tochter in der heimischen Küche zusammenbraute.

„Und du bist dir sicher, dass du die richtige Dosierung kennst?" Er dachte an das Gespräch mit Achim und daran, dass die Liste mit Dingen, die dem gesunden Menschenverstand widersprechen, gerade um einen Punkt länger wurde.

„Früher haben Hexen daraus Liebestränke gebraut", sagte Fortuna und zwinkerte ihm zu. Dann schöpfte sie eine Tasse Tee aus dem Topf; es roch scharf und bitter.

„Also gut." Benni nahm die Tasse. Eigentlich wollte er nicht trinken, aber Fortuna wollte es, und so beugte er sich ihrem Willen. Widerstrebend erkannte Benni, dass er sich erneut unterordnete, anstatt einfach Nein zu sagen. Doch die Angst, vor Fortuna als Lulli dazustehen, war größer als die Angst, vor sich selbst als Lulli dazustehen. Achim hatte recht gehabt: Es ging um Kontrolle. Um Freiheit. Egal.

Fortuna prostete ihm zu. Benni trank. Fortuna trank. Dann legten sie sich aufs Bett, aßen Blätterteigteilchen und warteten.

Nach zwei Stunden fragte Benni: „Merkst du schon was?"

„Nee."

„Ich auch nicht."

„Müsste gleich losgehen."

Aus der Schreibtischschublade holte Fortuna einen Aschenbecher, stellte ihn kopfüber auf den Plattenteller, legte die Schallplatte darauf und beschwerte die Konstruktion mit einer fetten Rolle Klebeband.

„Was wird das?", fragte Benni.

„Stairway to Heaven rückwärts. Heute treffen wir den Teufel." Sie drehte die Nadel nach oben. Benni rieb sich unsicher den Nacken. „Meine Patentante Sladja hat mir erzählt, dass ihr Cousin in Jugoslawien eine Nachbarin gehabt hat, deren Schwester immer nachts den Müll rausbrachte und eines Tages verrückt wurde. Es war einfach unerklärlich, ein großes Unglück, aber seitdem bringt dort niemand mehr den Müll nachts raus, und seitdem ist auch niemand mehr beim Müllrausbringen verrückt geworden."

„Der Teufel kann dich mit nichts verführen, was du nicht schon hast", dozierte Fortuna. Dann streckte sie den Zeigefinger in die Luft, als wolle sie ein unsichtbares Orchester dirigieren. „Merkst du was?"

„Nee. Du?"

„Ich auch nicht." Enttäuscht ließ sie den Finger sinken und schob den Tonarm unter die Platte. „War vielleicht zu wenig Tee. Wollen wir noch eine Tasse nehmen?"

„Auf keinen Fall!"

„Sei kein Schisser."

„Bin kein Schisser!"

Fortuna kniff die Augen zusammen. „Da hockt was auf deiner Schulter."

„Haha." So 'n Quatsch. Vorsichtshalber wischte er über seine Schulter.

„Achtung!", sagte Fortuna.

„Achtung?"

„Jetzt!" Sie grinste. „Ich merke was!"

„Ich merke auch was!"

Benni spürte ein furchtbares Hochgefühl aufwallen, das ihn nach oben trug wie einen Luftballon. Fortuna richtete die Nadel aus, stellte den Plattenteller an und drehte am Lautstärkeregler. Flappflappflapp. Dämonenkreischen, schlagverzögert, brechend. Schwarze Wellen. Das Zimmer leuchtete. Überall Ascheflöckchen. Es ging los!

„So … bunt!", jauchzte Fortuna.

„Regenbogenfurz!", jauchzte Benni.

„Hä?"

„Regenbogen …"

„Riechst du das?"

„… furz."

„Hier brennt was."

„Was?"

„Streichhölzer."

„Wo?"

„Brennt's?"

„Wo?" Er sah sich um.

„Eben ist's weg", sagte sie.

„Die Streichhölzer?"

„Der Geruch!"

„Jetzt ist's wieder da!"

„Regenbogen. So trocken, alles."

„Oh mein Gott!", sagte Fortuna.

„Was?"

„Deine Worte! Deine Worte brennen!", rief sie und klatschte Benni die Hand auf den Mund. Zwei grelle Sternfontänen sprühten aus seinen Ohren, ergossen sich über das Bett, den Schreibtisch, die Regale. Er schloss geblendet die Augen und sah sich geblendet die Augen schließen und als er geblendet die Augen schloss, sah er Fortuna geblendet die Augen schließen.

„Hörst du die Wände? Die Wände pflücken Pilze!" Fortunas schwarze Pupillen wurden groß wie Frisbee-Scheiben. Benni löste sich auf, tropfte in einen See stinkender Knochenküken. Brennende Haut. „Ich bin der Truthahn Gottes!", schrie er.

Sie fielen aufs Bett, rollten und purzelten und dampften ineinander. Freiheit! Er schob seine Hand unter ihr Shirt, ertastete ihre harten Brustwarzen, drückte seine Hüfte an ihre, öffnete den Mund, spürte ihre Zunge hineinwandern und lauschte dem flirrenden Schweiß, der sie umkreiste, bis Fortuna unter ihm schwebte und er über ihr, den Bauchnabel erkundend, den Hals, den Nacken, die Schultern, die Arme – Stopp! –, weggewischt, und dann wieder – Lass das! –, in einer schleimigen Federwolke, eine Bestimmung, dazu da, ihn zu unterjochen, ihn zu kontrollieren, und er ergriff ihre Arme – Hör auf, hab ich gesagt! –, fester und fester, und erschauderte, als ihr Rücken aufbrach und Säbelhörner herausschossen, brüllende Lava spuckend. Satan!

Fortuna erhob sich, die Arme ausgebreitet, die Hände zu Fäusten geballt. Blut strömte über ihre Unterarme, sprühte aus Tausenden kleinen Schnitten, offenes Fleisch, in seine Augen. Er schrie, bekam einen Hieb, Fingernägel, die in seine Stirn schlugen, über seine Wange kratzten.

„Verpiss dich!", schrie Fortuna, und die Wucht der Worte trieb Benni aus dem Zimmer. Er stolperte die Treppe hinunter auf die Straße, fiel über die Vespa in der Einfahrt, hörte Autoreifen quietschen, sah rote Lichtkegel über raue Hauswände schrammen. Er lief weiter, die Straße entlang, irgendwohin, lief und flog und floh, Kreischen hinter ihm, Verzweiflung in ihm, Dunkelheit vor ihm.

**33** Das Erste, was er wahrnahm, war dieser säuerliche, beißende Geruch. Benni öffnete die Augen. Vor ihm breitete sich das Bettlaken aus wie die Wüstenfläche eines fremden Planeten, am Horizont die Raufasertapete.

Er setzte sich auf. Was war gestern Abend geschehen? Jetzt sah er den blassbraunen Fleck auf dem Laken. Kotze. Aber wo war sie? Eine Schleifspur führte zur Wand. Benni lugte unters Bett. Anscheinend hatte er nachts gebrochen und die Sauerei mit der Hand über die Bettkante geschoben – aus den Augen, aus dem Sinn.

Er ging ins Bad, um sich die Zähne zu putzen, schaute in den Spiegel, erschrak. Auf seiner Stirn prangten zwei riesige Kratzer, auf der Wange drei, blutverkrustet. Al Capone hatte bestimmt nicht schlimmer ausgesehen. Bruchstückhaft kam die Erinnerung: an den Abend, die Halluzinationen, die Liebe,

den Hass, an das, was geschehen war, was mit Fortuna geschehen war. Hunger. Großer Hunger.

In der Küche saß seine Mutter, trank Tee und brütete über
einem Schreiben. Das Radio lief: „Nach der jahrzehntelangen
Bilanzfälschung strebt die Handelskette Coop einen Vergleich
an. Dem Konzern droht die Zerschlagung. Bis Ende des Jahres
will Coop über zweihundert Filialen schließen. Zweitausendfünfhundert Angestellte verlieren ihre Arbeit." Zu diesen
Zweitausendfünfhundert gehörte auch seine Mutter. Aber das
war nicht das einzige Problem. Auf dem Schreiben, das sie in
den Händen hielt, erkannte Benni den Briefkopf der Hausver-
waltung.

„Was ist das?", fragte er.

„Jetzt haben wir es schwarz auf weiß; Ende des Jahres müssen wir raus", sagte seine Mutter leise, ohne aufzublicken. Ihre
Hände zitterten. Dann sah sie ihn an. „Meine Güte, hast du
dich geschlagen?"

„Ich bin in einen Busch gefallen", log Benni. Die Geschichte
mit Fortuna, den Drogen und der Teufelsbeschwörung behielt
er lieber für sich.

„Wie ist das denn passiert? Ich hoffe, du hattest nichts getrunken!"

„Nein, nein, ich habe nichts getrunken, keinen Alkohol. Bin
nur umgeknickt."

„Und ich sage dir doch immer, pass auf! Du bist so ein Dus-
selchen." Sie befühlte vorsichtig den Schorf. „Da muss Salbe
drauf."

Benni machte sich weniger Sorgen um die Wunde, sondern
mehr um das vollgekotzte Bett; dafür eine gute Ausrede zu finden, war fast unmöglich. „Ich will heute meine Bettwäsche
waschen, die müffelt irgendwie."

„Ach, Benni, das ist lieb von dir, aber ich wollte heute sowieso die Laken abziehen."

„Ich mache das für dich."

„Das musst du nicht."

„Ich will aber."

Seine Mutter nahm einen Schluck Tee und sah ihn erstaunt an. „Seit wann bist du so wild auf Hausarbeit?"

Achim kam in die Küche geschlurft, noch im Bademantel. Obwohl er seit ein paar Wochen bei ihnen wohnte, wusste Benni immer noch nicht, was er von dem Typen halten sollte. Seine Mutter bewunderte ihn wie einen Guru, weil er bereit war, Benni aus seinem geistigen Gefängnis zu befreien. Aber dieser Bademantel, den ganzen Tag – das machten doch eigentlich nur Loser oder Rockstars.

„Wer will frühstücken?", gähnte Achim. Er kratzte sich im Schritt, riss den 2. September vom Kalender, holte eine Packung Eier aus dem Kühlschrank, stellte die Pfanne auf den Herd, warf ein Stück Butter hinein und stellte das Radio lauter: „Erstmals seit Bestehen der Bundesrepublik werden in West-Berlin leerstehende Wohnungen beschlagnahmt. Darin sollen DDR-Flüchtlinge untergebracht werden. Auch Bayern bereitet sich auf die bevorstehende Massenausreise vor. Das Deutsche Rote Kreuz richtete Zeltstädte bei Passau, Reichenhall und Freilassing ein. Man müsse auf alles vorbereitet sein, ohne ein falsches Zeichen der Hoffnung zu setzen, sagte Regierungssprecher Hans Klein."

„Super!", schimpfte Achim, während er die zerlaufende Butter beobachtete. „Die Zonis bekommen Wohnungen gestellt, und wir Deutsche sitzen bald auf der Straße!" Empört schlug er Eier in eine Schüssel, kippte Sahne dazu, würzte mit Salz und Pfeffer und goss die zähflüssige Masse in die Pfanne. Es zischte.

„Hast du mit Tommi gesprochen?", fragte Benni seine Mutter. Sie zögerte. „Tommi muss sich auf seinen Job konzentrieren. Wir finden schon eine Lösung. Vielleicht ziehen wir wieder nach Kassel."

„Nein!", rief Benni. „Ich will da nicht hin!"

Sie lächelte gequält. „Manchmal hat man keine Wahl."

„Ich will da nicht hin." Er war wirklich ein Pechvogel. Andererseits: Was hielt ihn hier noch? Fortuna.

„Wie war's denn eigentlich bei Fortuna?"

„Ganz okay", log er und wünschte, das wäre wahr. Bitte keine weitere Nachfrage, das würde er nicht aushalten. Benni schmierte stumm sein Butterbrot. Achim verteilte das Rührei. Als Benni aufgegessen hatte, durfte er aufstehen.

Den Abend bei Fortuna hatte er immer noch nicht verdaut. Nicht wegen ihres Ausrasters oder der Halluzinationen. Sondern wegen dem, was er tatsächlich gesehen hatte, an ihr gesehen hatte. Darüber musste er mit jemandem reden, aber nicht mit seiner Mutter, die war sowieso mit den Nerven fertig, und auch nicht mit Hartwig, der Walzertanzen als Allheilmittel betrachtete. Achim vielleicht? Dank seines Ratschlags war Benni erst in den Schlamassel geraten. Kontrolle übernehmen, ja, das hatte er gemacht, und jetzt stand er vor einem Scherbenhaufen.

Benni ging ins Wohnzimmer und fingerte den zerknitterten Zettel mit Tommis Telefonnummer aus dem Portemonnaie. Benni wählte. Es knackte, tutete. Sechsmal. Siebenmal. Dann ging Tommi ran. Er klang gehetzt.

„Hallo?"

„Hi, Tommi, ich bin's."

„Benni! Wie geht's dir? Hab wenig Zeit. Drehen gleich, irgendwo in Mainz. Wenn das Wohnmobil nich' rechtzeitig da ist, rastet der Produktionsfuzzi aus."

„Soll ich heute Abend noch mal anrufen?"

„Nee, das is' schlecht. Dann sag schnell."

Benni wusste nicht, wo er anfangen sollte; also kam er gleich zur Sache. „Fortuna hat mich angeschrien und gekratzt, und dann hat sie sich das Shirt ausgezogen."

„Glückwunsch", sagte Tommi.

„Nee, Tommi, kein Glückwunsch. Sie hat sich das Shirt ausgezogen, um mir ihre Arme zu zeigen. Du … du kannst dir das nicht vorstellen. Ich habe so etwas noch nie gesehen." Er hielt inne und versuchte, in seinem Kopf zu sortieren, was er gesehen und was er fantasiert hatte, was Wahrheit und was Albtraum war. „An ihren Armen waren überall Narben, Tommi, überall Narben! Da war keine normale Haut mehr."

Tommi schwieg. Benni schwieg. Sollte er ihm alles erzählen? Dass er Fortunas Arme festgehalten hatte, gegen ihren Willen, obwohl er wusste, wie sehr sie das hasste und ihm vielleicht nie verzeihen würde? Die zerschnittenen Arme, ihr Geheimnis, mit Gewalt entrissen. Er schämte sich.

„Scheiße, Benni", sagte Tommi.

„Was soll ich denn jetzt machen?"

„Gibt nur eine Lösung."

„Am besten rufe ich sie an. Oder schreibe ihr einen Brief. Aber was schreibe ich da rein? Ich muss ihr helfen, irgendwie! Etwas für sie machen, etwas Besonderes. Und mich entschuldigen!"

„Vergiss sie. Tschüs und auf Nimmerwiedersehen."

„Waaas?"

Meinte Tommi das ernst? Fortuna vergessen? Mit ihr Schluss machen? Konnte man mit jemandem Schluss machen, mit dem man nicht zusammen war? Oder nur so halb? Fortuna war sprunghaft, verhielt sich manchmal wie seine Freundin und dann – na ja – manchmal nur wie eine Freundin. Mal trafen sie sich jeden Tag, mal eine Woche nicht. Mal rief sie an, mal nicht. Mal küsste sie ihn, mal nicht. Sicher war nur, dass Fortuna entschied, was gemacht wurde, und dass Benni sich ihren Launen und Wünschen unterordnete.

„Eigentlich läuft's zwischen uns super."

„Triff sie nicht mehr", bekräftigte Tommi. „Ist das Beste. Glaub mir."

„Aber ... ich liebe sie!"

„Benni, ich kenn das. Fortuna is'ne Ritzerin. Diese Narben auf ihren Armen, das macht sie selbst. Die tickt nich' sauber. Die tut sich weh, um was zu fühlen. 'ner Ritzerin kannste nicht helfen, für die gibts keinen strahlenden Ritter auf'm weißen Pferd. An einem Tag ist sie scheißlieb und am anderen Tag nur scheiße. Da wirste verrückt. Solche Mädchen ziehen dich runter."

Benni ringelte angespannt den Zeigefinger ins Telefonkabel. Sich selbst verletzen? Er dachte daran, wie Fortuna auf dem Burgturm von Zinne zu Zinne gehüpft war, selbstmörderisch. Dass sie lange Ärmel trug, unter denen Pflaster hervorlugten. An ihren Hang zu Hexen, Traurigkeit und Wut.

„Vielleicht ist es bei ihr anders."

„Nee, Benni. Hör auf mich. Belass es dabei."

Er seufzte. „Okay. Wie du meinst."

Sie legten auf.

Nachdenklich trottete Benni ins Bad, holte einen Waschkorb und zog sein Bett ab. Die Kotze war durchs Laken auf die Matratze gesuppt. Auf den Fleck sprühte er drei Stöße von Tommis altem Parfüm, das seit Jahren unbenutzt im Regal stand, und wendete die Matratze.

Fortuna aufgeben, das kam für ihn nicht infrage. Klar war sie schwierig, aber auch er hatte Fehler gemacht, war diese ganze Sache falsch angegangen. Wenn er sich änderte, würde sich auch Fortuna ändern. Tommi verstand das nicht. Aber wer verstand das schon?

Am Ende – das musste sich Benni eingestehen – blieb doch nur eine Person, die ihm helfen würde, helfen könnte: Achim, der Guru im Bademantel, mit seinem E-Meter. Schädliche Erinnerungen aufspüren, quälende Vergangenheit löschen, Geist reinigen. Volle Kontrolle übers Schicksal. Ein großes Versprechen.

Doch vorher wollte sich Benni bei Fortuna entschuldigen, seinen übergriffigen Stechapfelrausch wiedergutmachen, irgendwie. Nicht nur mit Worten, sondern mit Taten! Es musste übermenschlich sein, romantisch, nur für sie, und unglaublich gefährlich.

# 34

Vorsichtig begann Benni mit dem Aufstieg. Seine Hände tasteten nach Ritzen, um sich hochzuziehen; die Füße suchten Vorsprünge, um sich abzustoßen. Sein Gesicht war nur wenige Zentimeter von der Felswand entfernt. Die Steine glänzten feucht und rochen nach kaltem Ton. Heute Morgen hatte es geregnet.

Er klebte an der Burgmauer, schaute hinauf. Sie schoss in den dunklen Himmel, aus dem vereinzelte Regentropfen fielen, jeder eine kleine Warnung. In der Ferne wartete das Edelweiß. Wie viele Meter mochten es sein? Sechs? Acht? Zehn?

Benni hatte keine Ahnung, wie weit er schon war, schaute nur nach oben, nicht nach unten. Er dachte, vorbereitet zu sein. Aber ein Baum war etwas anderes als eine Mauer, nämlich offen, einladend, umarmend. Nicht spröde, flach und herzlos.

Der Aufstieg zum Edelweiß würde sein Meisterstück werden. Das hatte er gedacht. Doch jetzt musste Benni feststellen, dass die Felsspalten und Vorsprünge, die er sich ausgeguckt hatte, zwar in unmittelbarer Nähe lagen, aber unerreichbar schienen. Seine Arme und Beine waren auf einmal kürzer, der Körper schwerer, die Muskeln schwächer. Er musste einen anderen Weg finden.

Mit dem linken Fuß streifte er an der Wand entlang auf der Suche nach einem neuen Tritt. Etwas weiter. Etwas höher. Über ihm wartete ein Felsstachel, fast zum Greifen nah. Seine Handflächen schwitzten. Er spürte, wie er langsam abrutschte.

Dann fand er Halt, drückte sich ab, warf den Arm nach oben, griff zu. Seine Beine baumelten in der Luft. Wo war die nächste Spalte, der nächste Vorsprung? Er hatte sich in eine ausweglose Situation gebracht. Nirgendwo ein Weg. Unter ihm der Abgrund. Seine Arme krampften.

Benni hing hilflos an der Mauer und wusste: Jetzt ist es vorbei. Seine Finger rutschten ab. Panik.

Der Atem wurde flacher.

Das Herz klopfte.

Er schloss die Augen.

Und fiel.


Frieden für einen kurzen Moment, Wind und Stille. Dann schlug Benni auf dem Boden auf. Er hörte seinen Rücken knacken; das Geräusch schoss durch den ganzen Körper.

Benni rollte den Abhang hinab durch den Kräutergarten, merkte, wie er die armseligen Schildchen mitriss und die stolzen Schafgarben, Eisenhüte und Spitzwegeriche plattwalzte. Ab und zu ein Stein, aua, Himmelbodenhimmelboden, feuchtes Gras, Stock, aua, Weg, Stein, aua, rumms, stopp.

Auf dem Rücken blieb er liegen. Dann öffnete er die Augen. Über ihm rauschende Wipfel, links Bretter, kreuzweise zusammengenagelt. Der Zaun des Kräutergartens hatte ihn aufgehalten. Wer weiß, wie weit er bei freier Bahn gekullert wäre.

Seine Haut brannte, und erst jetzt merkte Benni, dass er in einem Brennnesselbusch gelandet war. Großartig. Wäre Fortuna hier, sie könnte ihn wieder mit Pflanzenschleim bespucken und die Schmerzen lindern. Aber Fortuna war nicht hier. Niemand war hier, nur er. Ganz allein.

Benni traute sich kaum, aufzustehen. Hoffentlich war er nicht gelähmt. Sein Rücken hatte beim Aufprall so laut geknackt, als würde man einen Stock durchbrechen. Er schob den Gedanken schnell beiseite.

Solange er still liegen blieb, war die Pausentaste des Lebens gedrückt. Ein bisschen fühlte er sich wie zwischen Abgabe und Rückgabe einer Arbeit. Man weiß, dass die Katastrophe passiert ist, aber solange man die Note nicht hat, ist die Katastrophe nicht passiert.

Ein Rätsel schoss ihm durch den Kopf: Wenn im Wald ein Baum umfällt und keiner es hört, macht er dann ein Geräusch? Hatten sie bei Frau Stohwasser besprochen. Ging wohl darum, was Wirklichkeit ist, ob es eine wahre Welt gibt, oder ob jeder in seiner eigenen Welt lebt.

Benni hätte gern seine eigene Welt gehabt. Sein Universum. Herrscher seines Universums. Master of his Universe.

Das Gedankenspiel half kurz, aber ihm war klar, dass er Zeit schindete. Wäre sein Rücken wirklich gebrochen, würde er hier auf dem Waldboden krepieren. So verwildert wie der Kräutergarten war, kamen hier nicht oft Menschen vorbei, erst recht nicht bei schlechtem Wetter. Und im Moment war das Wetter schlecht. Seine Augen wurden heiß, und dann spürte er eine Träne über die Wange laufen. Er musste wieder die Starttaste drücken.

Vorsichtig bewegte er die Fingerspitzen. Okay. Streckte die Arme aus. Okay. Hob den Kopf, drehte ihn von links nach rechts. Okay.

Jetzt die Beine. Benni winkelte das rechte an, dann das linke, spürte hinein, spannte die Oberschenkelmuskeln. Schien alles normal zu sein. Die Erleichterung umspülte ihn wie eine warme Welle. Gelähmt war er nicht.

Verletzt aber vielleicht schon. Langsam drehte er sich zur Seite, drückte den Oberkörper in die Senkrechte, setzte sich auf, ging in die Hocke und dann … dann stand er.

Stand einfach nur da, atmete tief, spürte nach Schmerzen, aber außer den Schürfwunden und Prellungen gab es keine Signale, dass innendrin etwas kaputt gegangen wäre. Im Gegenteil: Er fühlte sich, als hätte ihn ein Chiropraktiker eingerenkt.

Benni streckte und dehnte sich. Alles bestens. Gott sei Dank!

Dann sah er zur Burgmauer, die unerschütterlich, geradezu höhnisch, über dem Kräutergarten thronte. Eigentlich sollte er nach Hause gehen, aber uneigentlich hatte er einfach die erste Runde verloren und war bereit für die zweite.

Benni versuchte nachzuvollziehen, welchen Weg er genommen und in welche Sackgasse er geklettert war. Sein Blick flog über die Mauer, prüfte alle Möglichkeiten. Nach einer Viertelstunde hatte er die Lösung: weiter links starten, leicht schräg nach rechts klettern, dann gerade hoch und ungefähr auf Höhe des Edelweißes quer rüber.

Aber er durfte nicht noch einmal abrutschen; seine Schweißhände hätten ihm fast das Genick gebrochen. Letztes Jahr bei den Olympischen Spielen hatte Benni im Fernsehen gesehen, dass Gewichtheber ihre Handinnenflächen einmehlten. Und die Mauerritzen waren voller Steinstaub. Das müsste funktionieren.

Er suchte eine Bruchstelle, griff hinein und rieb über den rauen Stein. Als er seine Hand wieder herauszog, hockte auf dem Daumen ein schwarzer Totenkopfkäfer und fühlerte verwirrt in der Luft herum. „Na, hab ich dich beim Mittagsschlaf gestört?", fragte Benni und setzte den sechsbeinigen Gesellen vorsichtig vor der Ritze ab, in die er umgehend verschwand. Dann betrachtete Benni prüfend seine Handinnenflächen, die nun mit einer grauen, pulverigen Schicht überzogen waren, und nickte zufrieden. Es konnte losgehen.

Schon nach zwei Metern fühlte er sich wohl, kletterte geschmeidig empor, ohne Zweifel, ohne Schmerzen, war eins mit der Mauer. Schnell kam er auf die Höhe des Edelweißes, schob sich Stück für Stück, Tritt für Tritt heran.

Als er ankam, stieg Triumph in ihm auf; direkt vor seinem Gesicht wackelte die kleine, filzige Blume im Wind. Sie wuchs auf einem Erdhäufchen, das wahrscheinlich im Laufe von Jahrhunderten auf den Mauervorsprung geweht worden war.

Jetzt galt es, das verdammte Ding zu pflücken. Aber wie? Plötzlich merkte Benni, dass er zwar den Weg geplant hatte, aber nicht den Transport. Er brauchte beide Hände zum Festhalten. Wie ein großes X hing er in der Wand, die Füße auf kleinen Vorsprüngen, jeweils zwei Finger in schmalen Mauerritzen. Ziemlich wackelig. Vielleicht könnte er riskieren, eine Hand von der Wand zu lösen und das Edelweiß in die Hosentasche zu stecken. Aber nach dem Abstieg wäre die Blume zerknickt. Doch was blieb ihm übrig? Besser ein demolierter Liebesbeweis als gar keiner.

Testweise lockerte Benni den Griff, verlor aber sofort das Gleichgewicht. Sein Blick fiel nach unten. Ihm wurde schwindelig. Schnell drückte er sich zurück an die Mauer. Er brauchte mehr Stabilität unter den Füßen, einen anderen Tritt, aber dann würde er sich vom Edelweiß entfernen.

Benni musste auflachen, fassungslos. Das durfte doch nicht wahr sein! Diese blöde Bergblume, Schlüssel zu Fortunas Herzen, war direkt vor ihm und trotzdem so weit weg. Dann kam ihm die rettende Idee.

Er fixierte das Erdhäufchen, in dem der Blumenstängel steckte, legte den Kopf schräg und biss zu. Seine Zähne kratzten hässlich über den Felsen und schabten den Aufwurf herunter. Die zähe Masse schmeckte so moorig, dass er sie am liebsten ausgespuckt hätte.

Benni unterdrückte den Würgereiz, atmete ruhig durch die Nase. Er hatte es geschafft! Aus seinem Mund ragte das Edelweiß, unbeschädigt und sicher. Fortuna würde ihn dafür lieben. Der Abstieg konnte beginnen.

# 35

Am nächsten Tag stand Benni vor Fortunas Haustür. Morgens in der Schule hatte sie kein Wort mit ihm geredet, ihn kaum angesehen, was schlimm war, denn Benni merkte, dass er sich einsam fühlte ohne sie.

Sein Leben steckte in einer Sackgasse. Zwar hatte er die Versetzung geschafft, konnte aber nicht behaupten, dass damit alle Probleme gelöst wären; seine Lücken in Mathe waren weiterhin so groß, dass ein ganzes Schuljahr hineinpasste. Wenigstens hatte er – dank Fortuna und Heldenstatus – während der Sommerferien viel erlebt: das erste Konzert, der erste Kuss, der erste Trip. Aber davon war nichts übriggeblieben.

Er war wieder nur ein Normalo, für alle unsichtbar, die Augenbrauen nachgewachsen, der Klassentauschruhm verblasst.

Fortuna ignorierte ihn, Nico übersah ihn, und U-Boot-Yong und Martin hatten sich, nachdem Benni ihre Video-Sessions beharrlich missachtete, einen neuen dritten Mann für die Skat-Runde gesucht, irgendeinen Honk aus der Parallelklasse. Und jetzt hockte er auch noch in der ersten Reihe, direkt vor dem hörsturzgeheilten Schindler mit seinen Schinkenstullen, während Julia auf seinem Platz saß und die Aussicht auf den Schulhof genoss. Das war der Preis für die Abschreibaktion gewesen. Deal ist Deal.

Benni war das egal. Ihm war eigentlich alles egal, außer Fortuna natürlich. Jetzt war es Abend, und er war hier, vor ihrer Haustür, unangemeldet. Großes hatte er vor. Sie würde keine andere Möglichkeit haben, als ihm zu verzeihen. Denn er hatte etwas getan, was kein anderer Junge – da war er sich sicher – je für Fortuna getan hatte. Oder jemals tun würde.

Er klingelte. Die Tür wurde geöffnet.

„Benni!", sagte Fortunas Mutter erstaunt, und ihre Eulenaugen funkelten freundlich hinter den Brillengläsern. „Das ist aber eine Überraschung! Wie geht es dir? Habt ihr euch wieder vertragen? Fortuna erzählt mir ja nie was, aber euren Streit letzte Woche haben sogar die Nachbarn gehört, hihi. Der eine hätte dich fast überfahren, als du aus dem Haus gerannt bist. Was war denn da los?"

Fortunas Mutter durfte unter keinen Umständen herausfinden, dass ihr Lieblingstopf, in dem sie jeden Montag Spaghetti zubereitete, als Drogenkocher missbraucht worden war. Dann könnte er sich die Versöhnung mit Fortuna in die Haare schmieren. Um sich nicht zu verplappern, kürzte er das Gespräch ab. „Tut mir leid, das war ein echt doofer Abend, wird nicht wieder vorkommen. Ist Fortuna da?"

„Hach Gott, natürlich, wie unhöflich von mir! Komm rein."

Er streifte sich die Schuhsohlen an der Fußmatte ab und trat in den Flur. Es roch nach Tomatensauce.

„Warte kurz, ich hole sie", sagte Fortunas Mutter.

Benni lugte ins Wohnzimmer. Der Fernseher lief, und davor, halb vom Türrahmen verdeckt, ruhten zwei plüschpantoffelte Füße auf einem Sitzpuff. „Hossa, Benni!", rief Fortunas Vater und streckte ein Bier zum Gruß in die Höhe.

„Hossa", sagte Benni. Acht Uhr, Tagesschau in goldenen Lettern, dazu bombastische Musik. Der Sprecher ordnete wichtigtuerisch seine Papiere. „In Leipzig ist es heute Abend zu einer Demonstration von mehreren hundert DDR-Bürgern gekommen." Die Kamera zeigte den Menschenstrom, der durch eine Häuserschlucht floss, angeführt von zwei Frauen, die ein Plakat trugen, auf dem stand: „Für ein offenes Land mit freien Menschen" oder so ähnlich. Schnitt auf Stiefelreihen, Polizei, Gerangel. Die Menge brüllt: „Wir wollen raus! Wir wollen raus!", und Benni fragte sich, ob nicht jeder, der raus will, auch irgendwo rein will.

Kaugummiplatzen. „Was machst 'n du hier?" Fortuna klang genervt. Eigentlich wie immer.

„Können wir reden?"

Ihr Vater nickte Fortuna aufmunternd zu. „Na los." Sie rollte mit den Augen und bugsierte Benni nach draußen. Dann standen sie vor der Tür, nah genug, um einen Kuss oder eine Ohrfeige zu kassieren.

„Wegen neulich", begann Benni zögernd. „Es tut mir leid."

„Was tut dir leid?"

„Das mit den Armen. Dass ich dich da angefasst habe. Ich weiß, du hattest mir gesagt, ich soll das nicht, aber der blöde Stechapfel … Wenn ich gewusst hätte, dass du dich … Na, du weißt schon."

Fortuna wich seinem Blick aus. Sie standen direkt vor dem Küchenfenster. Fortunas Mutter räumte die Spülmaschine ein und versuchte, nicht durch die Scheibe zu gucken.

„Warum machst du das?", fragte Benni. „Dieses Ritzen."

„Sei leise!", zischte Fortuna. „Braucht alles einen Grund?! Ich hatte dir gesagt, dass du dir eine Sache merken musst, nur eine, nämlich, dass du mich nicht da anpackst. Und du hast nicht zugehört, oder es war dir scheißegal. Das Vertrauen ist im Arsch. Wie soll's denn weitergehen? Was ist, wenn du mal meine Katze versorgen musst? Oder mich im Gefängnis besuchen?"

„Warum kommst du ins Gefängnis?"

„Weiß ich doch jetzt noch nicht, du Blödmann! Ist auch scheißegal. Der Punkt ist: Auf dich kann ich nicht zählen!"

„Du kannst auf mich zählen, ich besuche deine Katze im Gefängnis! Das war dein blöder Drogentee, ich wusste nicht, was ich mache. Ich würde alles für dich tun, versprochen."

Fortunas Pupillen weiteten sich, zwei schwarze Tintentropfen auf weißem Papier. Ihre Miene bekam einen neugierigen Ausdruck, und ihr kaugummikauender Kiefer legte eine Pause ein. Sie wirkte nicht mehr ganz so wütend. Jetzt oder nie! Benni trat einen halben Schritt auf sie zu. „Gib mir noch eine Chance, bitte. Die hat doch jeder verdient." Er seufzte unsicher. „Einmal ist keinmal, zweimal ist zweimal, oder?"

„Einmal ist keinmal, zweimal ist zweimal?", äffte sie ihn nach. „Das ist dein Plan? Mich mit einem beknackten Spruch vom Schindler zu bezirzen?" Benni spürte, dass Fortunas Frotzelei ein Friedensangebot war; sie brauchte nur noch einen kleinen Schubs in die richtige Richtung. Vorsichtig griff er in die Seitentasche seines grünen Anoraks und zog das Edelweiß heraus.

„Ich habe es gepflückt, extra für dich!" Seine Stimme überschlug sich vor Begeisterung; mit so einem Liebesbeweis hatte sie bestimmt nicht gerechnet. „Ich bin die Burgmauer hochgeklettert, war saugefährlich! Ich bin sogar einmal abgestürzt. Aber ich wusste, dass ich es schaffe! Ich wollte es für dich schaffen!"

Fortuna nahm das Edelweiß und berührte das zarte, schlanke Köpfchen. Still dankte Benni dem Baum für das entscheidende Zeichen, das er ihm gegeben hatte. Ohne jene reife Birne, die er mit dem Taschenmesser gehälftet, entkernt, in Spalten geschnitten und wie von Zauberhand zu einer Blumenblüte gefächert hatte, wäre er nie auf die Idee gekommen, das Edelweiß zu pflücken, als Versöhnungsgeschenk und Liebesbeweis.

Eine Träne kullerte über Fortunas Wange, zitterte kurz an der Kinnspitze und platschte auf die Blüte. Sie drehte das Edelweiß zwischen den Fingerspitzen. Eingetaucht ins Dämmerlicht sah sie noch schöner aus als sonst, ohne Worte, ohne Ausdruck, weich und friedlich. Fortuna hob den Blick, öffnete die Lippen. Der Moment war gekommen, der entscheidende Moment für die drei entscheidenden Worte.

„Besser, du gehst", sagte Fortuna.

„Ich dich auch!", platzte Benni heraus, merkte aber, dass etwas nicht stimmte. Was hatte sie gerade gesagt?

„Äh, was hast du gerade gesagt?"

„Du bist ein guter Kerl, aber das hier" – Fortuna kreiselte den Zeigefinger zwischen ihnen – „funktioniert nicht. Geh nach Hause oder in deinen Baum oder sonst wohin, aber komm nicht wieder."

Was war denn jetzt los? Kalt kroch die Abendluft unter sein T-Shirt. Benni verstand nichts, außer dass er zum ersten Mal im Leben seine Karten ausgereizt, das Spiel an sich gezogen und verloren hatte. Alles war zum Teufel.

„Was habe ich denn falsch gemacht?", fragte er verdutzt.

„Benni, genau das ist das Problem: Du hörst nicht zu. Ein Edelweiß ist keine beschissene Schnittblume, sondern wächst nur dort, wo der Wind am rauesten weht, wild und schön. Du hast das einzige Exemplar gepflückt, was ich je in unserer Gegend gesehen habe. Jetzt wird es sterben."

Fortuna lächelte matt und strich ihm mit den Fingerspitzen über die Wange. Es war die erste sanfte Berührung, die sie ihm schenkte. Dann drehte sie sich um, ging ins Haus und schloss die Tür.

Benni starrte die Tür an. Fortunas Mutter starrte Benni an. Benni starrte Fortunas Mutter an. Zum Glück war die Scheibe zwischen ihnen, sonst hätte einer von beiden etwas sagen müssen. Sie lächelte entschuldigend, warf das Geschirrtuch über die Schulter und verschwand.

Er trottete nach Hause, vorbei an drei Bushaltestellen, ohne auf den Fahrplan zu gucken. Auf fremde Gesichter hatte er keine Lust. Sein Kummer war ihm Gesellschaft genug.

Nach einer Stunde erreichte Benni die Hans-Böckler-Straße. Die Straßenlaternen brannten. Fast wäre er auf einen Regenwurm getreten, der sich auf dem Asphalt wand, halb ausgetrocknet. Er ging in die Knie und berührte das hilflose Tier. Dann sah er in den Himmel. Blau wurde zu Schwarz, Schmerz zu Wut. Benni stiefelte über den Wurm. Die Zeit der Schwäche war vorbei.

# 36

Am Busbahnhof hockten Nico und seine Gang und bliesen Zigarettenrauch in die warme Spätsommerluft. Nico hob grüßend die Hand, als er Benni sah, und Benni schlenderte hinüber.

„Was geht?"

„Läuft", sagte Nico. Wiesel nickte bestätigend. „Was treibst'n hier?"

„Jacke kaufen."

„Was hast'n mit dem schicken grünen Müllsack gemacht, den dir deine Mama geschenkt hat?", giftete Wiesel.

„Den Arsch abgewischt und dir zu Weihnachten verpackt", konterte Benni. Tatsächlich hatte er das furchtbare Ding endlich in die Mülltonne gestopft, natürlich ohne es seiner Mutter zu sagen, und von Achim heimlich siebzig Mark bekommen, um sich eine neue zu kaufen. Das war großzügig, auch wenn Benni wusste, dass das Geld eigentlich von seiner Mutter war.

Wiesel spuckte verlegen eine Schleimkugel auf den Boden. Die Handlanger grinsten.

„Vorhin hab ich Fortuna gesehen", sagte Nico beiläufig. Wie alle anderen hatte er mitbekommen, dass zwischen ihr und Benni dicke Luft herrschte.

„Ach ja, Fortuna?", antwortete Benni, genauso beiläufig. „Wo denn?" Er musste die Aufregung überwinden und seinen, wie Achim gern sagte, reaktiven Verstand besiegen, Kontrolle übernehmen. Doch es war schwierig. Benni war gewöhnt, sich Druck zu beugen – von Tommi, von den Lehrern, von Fortuna – oder auszuweichen, aber keinesfalls dagegenzuhalten. Trotzdem war die Lösung denkbar einfach: Was nicht ins Leben passt, muss raus. Oder geformt werden, bis es passt.

„Vorhin hat sie beim Brunnen gehockt." Nico schnippte die Asche von der Zigarette. „Wenn du dich beeilst, erwischst du sie noch."

„Die kann warten", großkotzte Benni, scharrte aber innerlich mit den Hufen. Fortuna war hier! Das war die Gelegenheit, reinen Tisch zu machen. Mit dem Edelweiß hatte er echt Mist gebaut, genauso wie mit dem Stechapfeltee, beziehungsweise dem Ausraster danach. Aber dazu wäre es nicht gekommen, wenn Fortuna sich klar zu ihm bekannt hätte, anstatt ihn zu behandeln wie ein Spielzeug, das man in die Ecke wirft, wenn man keinen Bock mehr hat, und wieder hervorkramt, wenn einem langweilig ist. *Ein* Freund oder *der* Freund, das wollte sie offenbar nicht entscheiden, und Benni hatte diese Entscheidung nie eingefordert, sondern gekuscht. Aber das ließ sich korrigieren. Auf Stärke reagiert Liebe anders als auf Schwäche, hatte Achim gesagt. Krachen musste es!

Das Einkaufscenter war genial dafür. Ein neutraler Ort. Ein zufälliges Treffen. Alles auf Augenhöhe. Carpe diem.

Benni verabschiedete sich und schlenderte lässig davon. Es war anstrengend, so langsam zu gehen. Noch spürte er Nicos Blick im Nacken und wollte cool bleiben. Als er um die Ecke bog, rannte er los. Bis zum Brunnen brauchte man fünf Minuten. Hoffentlich war Fortuna noch da.

Fortuna war noch da. Sie saß auf dem Brunnenrand vor der lichtdurchfluteten Wasserfontäne, die Beine übereinandergeschlagen, Kopfhörer auf den Ohren, abgeschottet vom Stimmengewirr, und trug ihren karierten Rock, den er so mochte, einen Aerosmith-Hoodie, der ihre geschundenen Arme verdeckte, und giftgrüne Stiefel.

Benni versteckte sich hinter einer Säule. Reaktiver Verstand, Klarheit, Kontrolle. Er war ein Krieger auf einer Mission! Vor seinem geistigen Auge sah er sich zu Fortuna gehen und ihr sagen, was Sache war: „Schluss mit dem Scheiß! Ich liebe dich und du liebst mich. Wir gehören zusammen. Komm her, Baby!" Dann würde er die Hand ausstrecken, und sie würde dankbar in seine Arme sinken. Ganz einfach.

Das musste jetzt nur noch in die Tat umgesetzt werden. Benni trat aus dem Schutz der Säule, mit gestrafftem Rücken und erhobenem Haupt.

Fortuna bemerkte ihn nicht. Verträumt ließ sie eine Münze über ihre Knöchel wandern. Der Brunnen rauschte. Wassertropfen glitzerten. Ein Kind heulte.

Benni verteilte sein Gewicht auf beide Beine wie ein Cowboy vorm Duell – auch das hatte ihm Achim beigebracht –, atmete Mut ein, Furcht aus, lockerte die Schultern und zählte innerlich: „Drei, zwei …"

Noch vor der Eins schnippte Fortuna das Geldstück über ihre Schulter, stand auf und ging. Benni war baff, so war das nicht geplant. Wo wollte sie auf einmal hin? Er nahm die Verfolgung auf.

Fortuna lief Richtung WOM, wahrscheinlich, um ein paar neue Platten zu kaufen. Das war perfekt, noch viel besser als der Brunnen. Wenn sie am Regal stand, könnte er vorbeischlendern und sie ansprechen.

Aber Fortuna wollte nicht in den WOM, sondern bog hinter dem Salamander-Geschäft ab zum Parkplatz. Vielleicht war sie mit ihren Eltern verabredet. Ihr Auto sah er aber nicht. Stattdessen, direkt gegenüber auf dem Halteverbotsstreifen, einen schwarzen Golf mit laufendem Motor und angeklebten Außenspiegeln.

Fortuna überquerte die Straße und ging schnurstracks auf die Schrottkiste zu. Sie stieg ein. Dann fuhr der Golf los.

Benni duckte sich hinter einen Käfer. Der Golf zischte an ihm vorbei; es stank nach verbranntem Benzin.

Er hatte das Auto schon einmal gesehen. Es war der Golf, den Tommi damals verfolgt hatte, der Golf, dessen Seitenspiegel er abgetreten hatte, der Golf, der ein Eichhörnchen plattgerast hatte, der Golf, in dem nun Fortuna saß. Eine Killerkarre mit Drahtbügelantenne und – ganz neu – einem gelben Aufkleber auf der Seite. Ein brennender Busch. Burning Boscage. Matze.

Einmal ist keinmal, zweimal ist zweimal, dachte Benni rachgierig. Dich mach ich fertig!

Die Fäuste in die Taschen gestemmt, schlurfte er zurück. Er musste telefonieren, hatte aber kein Kleingeld. Im Brunnen gab es jede Menge davon.

An der Stelle, wo Fortuna gesessen hatte, flog sein Blick über die Wasseroberfläche. Die meisten Geldstücke lagen in der Mitte. Benni beugte sich über den Rand. Hier musste es sein.

Unter ihm schimmerten golden zwei Münzen, zehn oder zwanzig Pfennige, ein durchschnittlicher Menschenwunsch. Aber Fortunas Wunsch war ein silberner, ein teurer, irgendwo nah am Rand. Perfekt für ein langes Telefonat. Und für seine Rache.

Da war es! Er schob seinen Ärmel hoch und fischte nach der Münze. Als er die Hand aus dem kalten Wasser zog, prickelte sein Unterarm.

Benni betrachtete die Münze. Er hatte sich noch nie dafür interessiert, wie Geld genau aussah, aber das hier war Fortunas Münze, Fortunas Wunsch. Auf der Vorderseite stand „50 Pfennig". Auf der Rückseite kniete eine Frau, die einen

Baumtrieb in die Erde setzte. So zärtlich, so friedlich. Darunter die Jahreszahl 1989.

Er trocknete die Münze an seinem T-Shirt und ging zurück zum Busbahnhof. Aus der ersten Telefonzelle schlug ihm der Geruch alter Pisse entgegen. In der zweiten Telefonzelle lag der abgerissene Hörer auf dem Boden. Typisch. Die dritte Zelle war glücklicherweise intakt und einigermaßen sauber.

Benni quetschte sich hinein, klemmte den Hörer zwischen Schulter und Ohr, schob Fortunas Wunsch in den Münzschlitz und zog seine Brieftasche heraus. Dort steckte ein Zettel, den Benni seit dem Burning-Boscage-Konzert bei sich trug, darauf eine Telefonnummer, und darüber ein Name, geschrieben in zackiger Handschrift, mit einem Herz auf dem „i": Inka.

„Abrissparty im September", hatte sie gesagt. „Ruf mich an." Das war Wochen her. Benni wusste nicht, ob sie sich an ihn überhaupt erinnern würde. Aber was er wusste, war, wer noch auf der Gästeliste stand: Fortuna und Matze.

# 37

Das Flachdachhaus lag am Ende einer dunklen Sackgasse. Aus dem Garten drang Stimmgewirr. Mädchen giggelten, Jungs grölten. Durch die Backsteinwände lärmten Run DMC, und trübes Discolicht zuckte hinter den mit Zeitungspapier beklebten Fenstern. In der Einfahrt stand der schwarze Golf. Fortuna war da.

Benni klopfte an die Tür. Als keiner aufmachte, schlug er mit der flachen Hand gegen das Guckfenster. Die Tür wurde geöffnet. Eine Rauchwolke quoll heraus, und der aufdringliche Geruch zog ihm die Kaumuskeln zusammen, als hätte er an einer Flasche Pinselreiniger geschnüffelt.

„Wir kaufen nix", sagte ein fetter Kiffer mit Aknenarben, Skatertolle und Augenklappe. Auf seinem T-Shirt prangte in giftgrünen Buchstaben Cannabis Air.

„Ich bin eingeladen", sagte Benni.

„Von wem? Das hier ist kein Kindergeburtstag."

Benni ballte die Faust. Er hatte das überhebliche Gewitzel von Älteren satt.

„Von mir", rief Inka aus dem dunstigen Flur und quetschte sich an dem Bären vorbei. „Ist okay, Boris. Alles easy."

Boris nickte und zog an seiner Tüte.

„Der macht gern einen auf Türsteher", sagte Inka entschuldigend. „Cool, dass du da bist, hatte gar nicht mehr mit deinem Anruf gerechnet. Siehst gut aus." Sie griff Benni ans Kinn und drehte prüfend seinen Kopf wie bei einem Rennpferd, das zum Verkauf steht. „Schlank geworden, neue Augenbrauen, sehr sexy. Und deine scheißgrüne Jacke haste entsorgt."

„Ja."

„Du brauchst was zu trinken." Inka zog ihn ins Haus. Von der Decke baumelten nackte Glühbirnen. Die Wände waren mit Sauereien beschmiert. Es roch nach Bier und Kotze. Irgendjemand war dabei, im Nebenzimmer den Teppichboden herauszureißen.

„Ihr seid ja gut dabei", sagte Benni. „Ist noch nich' mal halb zehn."

„Geht schon seit Nachmittag."

„Was sagen deine Eltern dazu?"

„Die sind im neuen Haus und glotzen Wetten, dass ...?. Außerdem: Abrissparty ist Abrissparty."

Inka führte ihn in die Küche. „Hinten ist Disco. Links die Chill Zone. Es gibt zwei Toiletten. Eine neben dem Schlafzimmer und eine im Keller. Da ist auch der Darkroom."

„Was ist ein Darkroom?"

Inka grinste. „Geh rein und finde es raus." Sie schob ein knutschendes Pärchen beiseite und öffnete den Kühlschrank. „Was willst du?"

„Keine Ahnung."

„Batida de Coco oder Jacky-Cola?"

„Überlasse ich dir."

Sie mischte eine Jacky-Cola. Angewidert trank er drei große Schlucke. Die Wirkung entschädigte für den pappigen Geschmack; alles wurde leicht.

Irgendwie hatte Inka einen Narren an ihm gefressen; Benni konnte es sich nicht erklären. Sie war zwei Klassen über ihm, schminkte sich und trug bauchfreie Shirts, entschieden zu scharf, um sich mit einem Vierzehnjährigen abzugeben. Aber sie blieb bei Benni, plapperte über ihre Reiseverkehrskauffraulehre, die sie nächstes Jahr beginnen würde, und drückte sich an ihn, wenn die bierdurstigen Deppen zum Kühlschrank torkelten. Benni widerstand tapfer dem Drang, sich über Fortuna auszuheulen. Stattdessen trank er und hörte zu.

Irgendwann hatte Inka genug und ließ sich von zwei Stiernacken zu einer Runde Dosenschießen tragen. Lautes Gejohle. Benni wischte sich über den Mund, stellte seinen leeren Becher ab und ging auf die Suche nach Fortuna.

Zuerst schob er sich durchs Wohnzimmer, die „Disco", in der die Jungs steif herumstanden und die Mädchen tanzten. Dann drehte er eine Runde durch den Garten, wo gerade Inkas Saufsieg gefeiert wurde, und wagte sich schließlich in den Keller.

Der schmale Gang war unbeleuchtet. An einer Tür stand „Darkroom". Vielleicht war Fortuna dort.

Benni öffnete die Tür. Es war stockdunkel. Er glaubte, ein Geräusch zu hören. „Hallo …?", fragte er. Keine Antwort. Wieder ein Geräusch. Er ging in die Dunkelheit. Was sollte der

Quatsch? „Fortuna?" Wieder keine Antwort, nur ein Schmatzen. „Njaknjaknjak."

„Ist jemand hier?"

Benni tastete sich an der Wand entlang und stieß mit dem Fuß an etwas, das auf dem Boden lag. Etwas Weiches, Menschliches. „Njaknjaknjak." Er schreckte zurück. Was war das?! Endlich fand er den Lichtschalter.

Blitz! Glühbirne. Weiß.

Langsam gewöhnten sich seine Augen an die Helligkeit. Der Darkroom sah so kahl aus wie der Rest des leeren Hauses. Keine Bilder, keine Möbel, keine Fortuna. Nur ein zugedröhnter Kerl auf dem Boden, schwer atmend, sabbernd, einen Arm ausgestreckt, den anderen unter den Kopf geklemmt. „Njaknjaknjak."

Benni verließ den Darkroom und ging wieder ins Erdgeschoss. Vor der Chill Zone döste eine weitere Bierleiche, das Kinn auf der Brust, weggetreten. Benni quetschte sich vorbei und lauschte an der Tür. Gemurmel, helles Lachen. Fortuna. Endlich! Er drückte die Klinke.

**38** Die Chill Zone war nur spärlich ausgeleuchtet mit ein paar Teelichtern und einer grün-roten Lavalampe. Hawaii-Musik dudelte aus einem alten Kassettenrekorder. Die Leute lagen oder saßen auf alten Matratzen, tranken, rauchten, schliefen oder unterhielten sich. In der Mitte saßen die Jungs von Burning Boscage im Schneidersitz um eine Wasserpfeife, die Apfeltabak ausdünstete.

Als Fortuna ihn sah, hörte sie auf zu lachen und löste sich aus Matzes Umarmung. Auch Slappy, Mattheus und der Schlagzeuger, dessen Namen Benni vergessen hatte, hörten auf zu reden. Etwas belämmert glotzten sie ihn an, schienen aber zu ahnen, dass es gleich interessant werden würde.

„Was machst du denn hier?", fragte Fortuna.

„Inka hat mich eingeladen." Er sah Matze scharf an und glaubte, in seinem Blick das schlechte Gewissen zu entdecken. Fortuna antwortete nicht. Die Jungs musterten ihn prüfend. Benni checkte die Lage. Keiner von denen wirkte aggressiv, sondern eher so, als wären sie gerade aufgewacht. Um bequemer zu chillen, hatten sie ihre Hosentaschen ausgeräumt. Auf dem Boden lagen Schlüssel, Feuerzeuge, Kaugummis, Tabak, Papers, Geldbörsen. Vor Matze lag ein Autoschlüssel mit silbernem VW-Anhänger.

„Willst du mal ziehen?", fragte Matze und streckte Benni die Blubber entgegen. Seine Freundlichkeit war fast beleidigend. Benni spielte das Spiel mit, beugte sich nach vorne, tat so, als ob er das Mundstück annehmen wollte. Du blödes Arschloch, dachte er. Gleich wirst du nicht mehr so blöd grinsen! Blitzschnell schnappte er sich Matzes Autoschlüssel.

„Heeee!", beschwerte sich Matze.

„Benni, was soll der Scheiß?!", giftete Fortuna.

„Gib den Autoschlüssel zurück!"

„Das kannst du vergessen!" Benni hielt den Autoschlüssel triumphierend in die Luft. „Wir sind uns schon mal begegnet, du und ich, damals an der Kreuzung vor der Klinik, als dein Scheiß-Golf noch Außenspiegel hatte. Erinnerst du dich? Hast dich hinter dem Steuer versteckt, ganz klein gemacht. War auch besser so, sonst hätte mein Bruder die Scheiße aus dir rausgeprügelt! Kamst mir gleich bekannt vor, mit deinen dämlichen Locken! Du machst einen auf Dicken, auf Super-Rockstar, mit deiner Scheißband, glaubst, du bist was Besseres. Oh ja, der coole Matze, aber du bist einfach nur ein Arschloch, dem es egal ist, wie es anderen geht, wie all die anderen

Arschlöcher, die sich immer nehmen, was sie wollen, ohne Respekt, denn ich bin ja nur irgendein Idiot!"

„Was laberst du denn da?", fragte Fortuna entgeistert.

„Er hat das Eichhörnchen überfahren!", schrie Benni in die Runde. „Er ist ein Eichhörnchenkiller!"

Es war so still, dass man die Kohle in der Wasserpfeife knistern hörte. Dann brachen die Jungs in Lachen aus.

„Benni, langsam wird's peinlich", sagte Fortuna.

Die Reaktion hatte er nicht erwartet. Enttäuschend. Er hatte mit großer Geste einen Mörder entlarvt und stand trotzdem da wie ein Idiot. Fortuna hatte wohl recht gehabt; seinem Schicksal kann man nicht entfliehen. Ödipus rammelt seine Mutter, Benni bleibt der Idiot, die Erde dreht sich um die Sonne. Alles wie gehabt.

„Geht klar, ich verziehe mich", bellte Benni beleidigt. „Aber den hier …", er ließ den Autoschlüssel um den Finger kreisen, „… den nehme ich mit."

Matze stand auf. So ist's gut, dachte Benni, der nichts mehr zu verlieren hatte. Komm her, du Arsch! Er stellte sich leicht seitlich, gebeugte Knie, Füße fest verwurzelt, die linke Faust hängend, die rechte auf Hüfthöhe. Na, komm schon, pack mich, schubs mich, mach irgendwas! Kraft strömte durch seinen Körper, prickelte in den Fäusten, schärfte seine Sinne. Er würde standhaft bleiben, so wie der Baum, allem trotzend, ob Feinden, falschen Freunden, giftiger Liebe, egal wem und was, und Matze, ja Matze würde fallen und Benni stehen.

Er wartete auf den Schlag. Sein Blick verengte sich, die Ränder verschwammen, ein Tunnel, in dem Matze auf ihn zulief, nur er und Matze. Gleich bist du platt!

Auf einmal packte ihn jemand von hinten, schlang die Arme um seinen Oberkörper, hielt ihn fest. Welcher Wichser mischte sich auf einmal ein? Das war ein Kampf nur zwischen ihm und Matze!

Benni bekam kaum Luft, zappelte, versuchte, sich aus dem Klammergriff zu lösen, aber der Typ hatte Kraft wie drei Bären. Matze sprang auf ihn zu und versuchte, Benni den Autoschlüssel zu entreißen. Benni stieß sich mit den Füßen ab, zog die Beine an und trat Matze mit voller Wucht in den Bauch. Der torkelte nach hinten und stolperte über die Wasserpfeife, die funkenschlagend auseinanderfiel.

Durch die Wucht des Tritts flogen Benni und der Angreifer in die entgegengesetzte Richtung. Als sie rückwärts an die Wand knallten, lockerte der Kerl den Griff. Benni machte sich schwer, streckte die Arme und rutschte aus der Umklammerung. Er schnellte herum, die Faust fest geschlossen, das Handgelenk gerade, so wie es ihm Hartwig beigebracht hatte, und schlug aus voller Drehung zu.

Der wuchtige Schwinger traf das Kinn. Ein lautes Knacken. Der Typ stöhnte, wankte, hielt sich am Türrahmen fest. Jetzt erkannte Benni, dass es Boris war, der Türsteher. Alle im Raum waren aufgesprungen und starrten ihn entsetzt an; sein Unterkiefer hing schlaff herab wie bei einem kaputten Nussknacker.

„Was ist los?", brabbelte Boris verwirrt. Der lose Kiefer tanzte hin und her, Blut schwappte aus seinem Mund. Wie ein betrunkener Zombie tappte er auf seine Kumpels zu; entsetzt stoben sie auseinander. „Ich brauche Hilfe!", gurgelte Boris. Die Mädchen schrien „Iiiih!" und versteckten sich hinter den Jungs, die versuchten, sich hinter den Mädchen zu verstecken. Keiner achtete auf Benni. Eine Hand legte sich auf seine Schulter.

„Komm mit", flüsterte Inka und zog ihn weg.

Während alle wild durcheinanderplapperten, bugsierte sie ihn nach draußen auf den Gehsteig. Benni ließ sich führen. Das Kreischen wurde leiser. Rauschen in den Ohren.

„Ich wollte das nicht", sagte er matt, während sie die Straße entlangliefen.

„An der Hauptstraße ist eine Telefonzelle. Ich rufe einen Krankenwagen, und du kannst dir ein Taxi holen. Der Bus fährt nicht mehr." Dafür, dass Inka noch vor einer halben Stunde einen Dosenschießwettbewerb gewonnen hatte, wirkte sie erstaunlich klar.

„Tut mir leid, dass ich die Party gesprengt habe", sagte Benni.

„Boris wird's überleben. Ist harmloser, als es aussieht, ich kenne das von meinem Cousin. Ein bisschen Draht und sechs Wochen Kartoffelbrei, dann ist der Kiefer wieder ganz. Wer sich einmischt, muss damit rechnen, auf die Fresse zu bekommen."

Ein Polizeiwagen fuhr an ihnen vorbei. Benni drehte sich weg.

„Keine Angst, die sind nicht deinetwegen hier, sonst hätten sie Blaulicht eingeschaltet", beruhigte Inka. „Wahrscheinlich haben sich die Nachbarn beschwert. Zu laut, das alles."

„Meinst du, ich krieg eine Anzeige?"

„Boris kennt dich nicht. Und ich halte dicht."

„Ich mache mir mehr Sorgen wegen Matze."

„Matze ist keine Petze."

Benni seufzte erleichtert, öffnete die Faust und betrachtete Matzes Autoschlüssel. Was sollte er noch damit? Vielleicht in den Gully werfen. Aber das brachte ihm Fortuna auch nicht zurück. Matze hatte gewonnen. Benni verloren. Ganz einfach. Er reichte Inka den Schlüssel. Schweigend gingen sie durch die kühle Nachtluft.

„Ich laufe immer gegen dieselbe Wand", sagte Benni; seine Worte schnitten durch die Stille wie ein Skalpell. Inka zuckte mit den Schultern. Dann blieb sie stehen und beobachtete einen Mottenschwarm, der um eine Straßenlaterne flatterte. „Benni, was soll ich dir sagen? Ich bin in Matze verknallt seit dem Kindergarten. Aber er nicht in mich, zumindest nicht richtig. Immer einen Schritt vor und zwei zurück. Das macht einen echt kaputt. Trotzdem komme ich nicht von ihm los." Traurig sah sie Benni durch ihr verschmiertes Make-up an. „Du denkst, Fortuna ist die Richtige, und du bist wütend, weil sie kein Interesse hat. Aber die Wahrheit ist: Wenn Fortuna die Richtige wäre, dann hätte sie Interesse."

# 39

Das E-Meter erinnerte an ein Kofferradio, nur ohne Antenne. In dem ovalen Gehäuse war eine Glasscheibe mit einer Nadel eingelassen, daneben ein Schalter, den man von Eins bis Sechs einstellen konnte. Aus der Vorderseite kamen Kabel, an denen zwei Metalldosen hingen. Die Sitzung würde beginnen, sobald Achim seinen Verdauungsschlaf beendet hätte. Aufgeregt riss Benni das Kalenderblatt ab: der 30. September. Der erste Tag vom Rest eines bald fantastischen Lebens. Endlich!

„Hallo, mein Schatz," rief seine Mutter aus dem Flur und schüttelte ihre Schuhe von den Füßen. „Die Arbeit war so anstrengend heute, weißt du, die Kunden werden immer komplizierter. Ich wasche mir schnell die Hände und komme dann zu dir." Fünf Minuten später tippelte sie in die Küche, eingehüllt in ihre grüne Wolldecke, und strahlte ihn aus müden Augen an. „Heute ist ein großer Tag! Bist du nervös?"

„Ein bisschen", gab er zu.

Sie umarmte ihn. „Du musst dir keine Sorgen machen, glaub mir. Ich war nach dem Auditing ein neuer Mensch. Alles in dir wird auf den Kopf gestellt, und dann lösen sich die Probleme wie von selbst. Weißt du, Achim liest in dem E-Meter wie in einem Buch. Er ist ein absoluter Experte."

„Gibt's da eine Ausbildung für?"

Seine Mutter lächelte geheimnisvoll und öffnete das Fenster. „Irgendwie riecht es nach Regen."

„Mama?"

„Ja?"

„Wenn ich das richtig kapiert habe, ist dieses Ding eine Art Lügendetektor, wie bei der Polizei." Seit der Kieferbruchparty sah sich Benni als Gesetzloser auf der Flucht, und alles, was an einen Verhörraum erinnerte, machte ihn nervös. „Muss ich das wirklich machen? Einfach reden reicht doch, ohne diese ganzen Kabel und die Nadel und so."

Seine Mutter schüttelte verständnisvoll den Kopf und nahm Bennis Hand. „Einfach reden reicht nicht, mein Schatz. Die Messungen bringen alles an die Oberfläche, was verschüttet ist. Darum geht es ja."

„Aber vielleicht will ich das gar nicht", sagte er vorsichtig.

Schnell, geradezu abweisend, ließ sie seine Hand los. „Benni, du hast mir gesagt, du möchtest das machen, und ich habe die Sitzung schon bezahlt!" Ihre Stimme klang schroff. „Ich musste mir dafür Geld leihen. Wenn du jetzt hinwirfst, ist alles futsch."

„Ich wusste nicht, dass dieses E-Meter-Ding etwas kostet", sagte er kleinlaut. Achim war doch ihr Freund, wohnte bei ihnen, zahlte keine Miete. „Ich dachte, das ist umsonst."

Seine Mutter massierte sich die Schläfen. „Achim kann das nicht umsonst machen, weil das nicht gut für dich wäre. Was nichts kostet, ist nichts wert. Verstehst du?"

Er verstand nicht.

Sie schloss das Fenster. „Ich schaue mal, wie weit er ist."

Nachdem sie im Schlafzimmer verschwunden war, schlich Benni zum Telefon. Langsam bekam er Zweifel. Sollte er Hartwig anrufen? Aber was sollte der ihm raten? Er kannte Achim und dieses E-Meter nicht. Blieb nur Tommi, der mit sich beschäftigt war. Wahrscheinlich auch eine schlechte Idee. Egal. Benni nahm den Hörer von der Gabel und wählte.

„Hallo?"

„Hi, Tommi."

„Ach, Benni, du bist's. Lass uns morgen telefonieren. Bin auf dem Sprung, muss das Wohnmobil wegbringen."

„Bitte, Tommi, nur ganz kurz."

„Na, dann sag schnell."

Benni wusste nicht, wo er anfangen sollte. Bei Fortuna? Dem Edelweiß? Boris? Matze? Achim? Alle Erlebnisse der vergangenen Monate purzelten durch seinen Kopf. Er entschied sich, rundheraus zu sagen, was Sache war. „Tommi, ich weiß nicht mehr, wo oben und unten ist. Ich fühl mich, als ob mich alle immer nur rumschubsen, mal in die eine Richtung und mal in die andere Richtung, aber keine Richtung ist die richtige, und was richtig ist, weiß ich selbst nicht."

„Wir können los", hauchte jemand in die Sprechmuschel. Ein Mädchen. Seine Freundin? Tommi schnaufte wohlig. Benni musste sich beeilen. „Weißt du, ich weiß, dass du Achim nicht leiden kannst, aber ich mache so ein Auditing bei ihm, und ich glaube, das tut mir gut, oder ich hoffe zumindest, das tut mir gut. Mama meint das jedenfalls."

„Benni …!", versuchte ihn Tommi zu unterbrechen, aber Benni war voll in Fahrt. Eigentlich wollte er nichts hören, sondern nur reden.

„Jedenfalls geht's gleich los, aber irgendwie habe ich Schiss, verstehst du? Trotzdem will ich es. Ich meine, wenn man sich überlegt, dass Honigdachse, obwohl sie so klein sind, sogar Löwen in die Flucht schlagen, einfach nur, weil sie ohne Rücksicht auf Verluste volle Pulle angreifen ..."

„Stopp jetzt mal kurz", sagte Tommi, vielleicht zu ihm, vielleicht zu dem Mädchen, aber Benni war voll in Fahrt. „Man muss kein großer Löwe sein, manchmal reicht es, wie ein Honigdachs ..."

Es piepte. Tommi hatte aufgelegt. Tatsächlich einfach aufgelegt. Benni ließ den Hörer sinken. Er konnte es nicht glauben. Gerade jetzt, wo er ihn am meisten brauchte, hatte sein Bruder Besseres zu tun. Enttäuscht erkannte Benni, dass zwischen ihnen kein unsichtbares Band bestand. Sondern nur eine tote Telefonleitung.

40 Punkt sieben Uhr saß Benni am Küchentisch, vor ihm Achim in einem grünen Cordanzug, frisch rasiert, die Haare zurückgekämmt, der Gesichtsausdruck entschlossen. Neben ihm lagen ein Stapel beschriebener Blätter, ein Notizblock und ein Kugelschreiber. Das Deckenlicht war ausgeschaltet. Stattdessen hatte Achim einen achtarmigen Tischleuchter aufgestellt und mit Kerzen bestückt. Die Atmosphäre war feierlich. In der Ferne rauschte die Autobahn.

„Dann beginnen wir." Achim schaltete das E-Meter an. „Bist du bereit?"

„Glaub schon."

Achim zeigte auf die zwei Metalldosen. Benni nahm sie vorsichtig in die Hand. Die Elektroden waren glatt und kalt.

„Kommt Mama noch?"

Achim schüttelte den Kopf. „Das ist dein Auditing, nicht ihres." Er klickte die Mine aus seinem Kugelschreiber. „Antworte offen und ehrlich."

Benni nickte.

Achim begann mit allgemeinen Fragen: Wie Benni sich fühlte, ob er lieber süß oder salzig esse, ob er dazu neige, Dinge aufzuschieben, ob er eifersüchtig wäre, ob er lieber Sport mache oder lieber auf der Tribüne sitze, ob er oft lächle, ob er finde, dass das Leben einfach sei, ob er das Gefühl kenne, jemandem helfen zu können, es aber nicht zu wollen.

Benni antwortete, und nach jeder Antwort stellte Achim die nächste Frage, bis sie in einen eintönigen Gleichklang fielen.

Ab und zu kam eine Nachfrage, zum Beispiel als Benni zugab, manchmal die Schule zu schwänzen, oder sich erinnerte, als Kind die Haarwirbel zwanghaft gezwirbelt zu haben. Doch etwas Verwertbares schien nicht dabei zu sein; die Nadel schlug immer nur kurz aus, als würde sie gelangweilt mit den Schultern zucken. Dann aber stellte Achim eine Frage, die entscheidende Frage, die Benni aus dem Rhythmus brachte.

„Gibt es etwas, das du nie jemandem erzählen würdest?"

Benni zögerte. Natürlich gab es etwas, das er nie jemandem erzählen würde. Einen Wunsch, der seine Seele durchzog wie Nerven den Körper. Nichts, aber auch gar nichts, konnte ohne diesen tiefen Wunsch gefühlt, gedacht oder getan werden. Dieser Wunsch steuerte alles, dieser Wunsch bewegte alles. Wer ihn kannte, hatte die Macht. Über Wohl und Wehe. Über ihn.

Achims Blick blieb auf das E-Meter gerichtet. „Da ist etwas", stellte er mit Nachdruck fest. „Etwas Wichtiges. Etwas, wofür du dich schämst."

„Weiß nicht", wich Benni aus.

Achim hob eine Augenbraue. „Starker Ausschlag. Etwas belastet dich."

Benni wiegte unsicher den Kopf; so musste sich eine Schlange fühlen, die man am Schwanz packt. „Vielleicht. Ja."

„Ein Mysterium. Ein Geheimnis."

„Ja."

„Erzähle mir davon."

Achim legte den Stift weg, faltete die Hände und sah ihn auffordernd an. Benni wollte antworten, aber dann dachte er an Hartwig, der ihm gesagt hatte, man solle Geheimnisse nicht teilen, schon gar nicht, wenn es Wünsche sind, denn geteilte Wünsche verlieren Kraft.

„Können wir nicht einfach die nächste Frage machen?", fragte Benni.

„Nein."

Tropfen dick wie Wasserbomben platschten gegen die Scheibe; langsam wurde es dunkel.

„Los jetzt", verlangte Achim.

Regen hört sich immer anders an, dachte Benni, manchmal wie Trommeln, manchmal wie Herbstlaub und manchmal wie Applaus. Heute wie Gewehrfeuer.

Ein kalter Windstoß pfiff durch den undichten Fensterrahmen und zog durch den Flur ins Treppenhaus. Die Kerzenflammen tanzten.

„Wenn du mir etwas verschweigst, muss ich das Auditing abbrechen. Dann bleibst du alleine mit dem ganzen Unrat, der deinen Verstand verstopft, und wirst nie deine Ziele erreichen, wirst nie eine bessere Version deiner selbst. Denk an die ganzen Verlierer, die da draußen rumlaufen. Zu denen willst du nicht gehören." Achim beugte sich vor. „Ich kann dir den Weg zeigen, aber die Schritte, die musst du alleine gehen."

Was soll's, dachte Benni. Was ist schon ein Geheimnis, wenn der Preis ein neues Leben ist? Er öffnete den Mund, sammelte seine Gedanken, sortierte die Worte im Kopf. Noch nie hatte er laut gesagt, woran er jeden Tag dachte, was ihn beherrschte und wovon er nicht loskam.

„Also …", begann Benni.

Achim nickte.

„Es ist so …"

Achim tippte mit dem Kulikopf auf seine Notizen.

„Ich wünsche mir, dass …"

… Papa noch lebt.

Krachend flog die Haustür auf. Der Durchzug war so stark, dass die Kerzen erloschen. Schwere Schritte im Flur. „Du kannst da jetzt nicht rein", hörte Benni seine Mutter rufen. Sie wich vor jemandem zurück, rückwärts in die Küche. Dünne Rauchsäulen von den Dochten. Kälte. Im Gegenlicht erschien eine Gestalt. Nasse, blonde Haare. Tommi.

„Geht dieselbe Scheiße von vorne los", zischte er und drückte den Lichtschalter. Hell. Benni kniff die Augen zusammen. Wie war Tommi so schnell hierhergekommen? Was hatte er vor? Und warum zum Teufel hielt er den Teleskopstab in der Hand? Der Schädelspalter war doch nur für Einbrecher.

„Es war nicht meine Idee", stotterte Achim. „Deine Mutter hat mich angerufen!"

Mit einer kurzen Schleuderbewegung schnippte Tommi den Schlagstock auf volle Länge; Achim fiel der Kugelschreiber aus der Hand.

„Tommi!", sagte seine Mutter entsetzt.

„Ich gehe", bot Achim panisch an. „Ihr habt anscheinend viel zu besprechen." Seine Stirn glänzte; es müffelte nach Todesangst. Tommi trat einen Schritt auf ihn zu, den Schlagstock in Hüfthöhe.

„Ich gehe jetzt", fiepste Achim, „und komme nicht wieder, versprochen!"

„Ich weiß." Tommi hob den Schlagstock.

„Tommi, nicht!", rief Bennis Mutter.

Tommi holte aus. Der Schlagstock sauste nieder. Achim warf schützend die Arme vors Gesicht, kippte mit dem Stuhl, versuchte, sich am Tisch festzuhalten, ruderte mit den Armen, stürzte auf den Boden und rollte sich zusammen wie eine Kellerassel. Tommi schlug mit voller Wucht zu, und das E-Meter zerbarst in tausend Teile. Plastiksplitter sausten durch die Küche. Benni ging in Deckung. Tommi schlug und schlug, und als die Schläge verstummten, war von dem E-Meter nur noch Elektroschrott übrig.

Benni kauerte hinter dem Klappstuhl. Er öffnete die Augen. Seine Mutter stand unbeweglich an der Wand und Tommi über Achim, den Schlagstock im Anschlag.

„Und jetzt raus", knurrte Tommi. Das ließ sich Achim nicht zweimal sagen. Er rappelte sich auf, sammelte seine Unterlagen ein und eilte mit gesenktem Kopf aus der Küche. Als die Haustür ins Schloss fiel, sagte Tommi zu seiner Mutter: „Dass dieser Fettarsch hier eingezogen ist, okay, bist ja für dich selbst verantwortlich, aber Benni, den hättest du nicht mit reinziehen dürfen!"

„Ich wollte ihm doch nur helfen …", stotterte sie.

„Ihm helfen?!? Du hast diesen Sektenspinnern unser Geld in den Rachen geworfen, bist in der Klapse gelandet, hast uns im Stich gelassen. Und jetzt soll alles von vorne losgehen?!"

Benni starrte die beiden ungläubig an. Was redete Tommi da? Und plötzlich verstand er, verstand, was damals geschehen war, was mit seiner Mutter geschehen war! Der monatelange Krankenhausaufenthalt, die verschwörerischen Blicke von Tante Erika und Onkel Detlef, Tommis Wandlung vom

Bruder zum Familienhäuptling. Plötzlich ergab alles Sinn: Mama war durchgedreht, hatte Trost gesucht bei den falschen Leuten, Benni verlassen, Tommi verschlissen, alles wegen Papas Tod, eine zu große Lücke, in der alle Erinnerung verschwand.

„Tommi!", sagte seine Mutter mit bebender Stimme. „Wir haben eine Abmachung …"

„… die du gebrochen hast!"

„Es war sein Wunsch!"

„Dein Wunsch!"

„Sei bitte ruhig. Du hast es versprochen!"

Tommi schaute an die Decke, vielleicht, um nachzudenken, vielleicht, um die Tränen zurückzuhalten. „Hab dieses bescheuerte Spiel mitgespielt, all die Jahre. Aber zum Teufel, Benni, du warst noch 'n Hosenscheißer und ich in der zweiten Klasse. Hätte alles getan, damit's Mama wieder gut geht, und das hab ich, aber der Preis, der war zu hoch, und als ich's gerafft hab, war's zu spät. Aber damit is' jetzt Schluss. Keine Geheimnisse mehr."

„Was meinst du mit Geheimnisse?", fragte Benni.

Tommi öffnete seine Halskette und reichte ihm den Schlüssel. „Geh an den Schreibtisch. An die Schublade."

„Nein", sagte seine Mutter. „Nein, das tust du nicht." Sie zitterte, schien etwas Furchtbares zu ahnen. „Was ist in der Schublade?"

„Ja, was ist in der Schublade?", fragte Benni.

„Die Wahrheit", sagte Tommi. „Die Wahrheit über Papa."

Seine Mutter sank auf den Stuhl; Benni rannte in Tommis Zimmer. Sein Kopf brummte. Es war alles so unwirklich. Was steckte in der Schublade? Er hockte sich auf den Boden und steckte zitternd den Schlüssel ins Schloss.

**41** Es waren Dutzende blau-weiß-rot gerandete Luftpostumschläge, sauber aufgereiht. Er nahm einen Packen heraus und blätterte ihn durch. Sie kamen aus den USA, Hampton, Virginia, adressiert an Tommi und Benjamin Tietz. Absender war Paul Brennan. Scheiße. Benni las den ersten Brief: „Dear Tommi, dear Benjamin, it is lange her since I wrote you last, aber ich denke an euch every day!" Dieses Kauderwelsch kannte Benni, Echo ferner Erinnerung. Er sauste durch die Seiten, zwei, drei, vier, fünf. Dann kam er ans Ende. „Yours, Dad."

Er ließ den Brief sinken und sah zu Tommi, der im Türrahmen lehnte.

„Die sind von Papa", flüsterte Benni benommen.

Als er den zweiten Brief herausziehen wollte, fiel ihm der Poststempel ins Auge. Das konnte nicht sein! Er überprüfte den nächsten Umschlag und den nächsten und den nächsten, nahm den ganzen Packen, einen Brief nach dem anderen, flippte sie auf einen Haufen wie abgelegte Spielkarten.

„Alle von 1978. Da war er doch schon ..."

„... tot?" Ja, genau. Tot. Wie konnte das sein?

Tommi trat einen Schritt auf ihn zu. Benni sah ihn an, und was er sah, hatte er noch nie gesehen. Sein Bruder kämpfte mit den Worten, öffnete den Mund, hob hilflos die Hände, ließ sie fallen, versuchte es erneut, und stammelte schließlich: „Benni, Papa is' nich' tot. Er lebt."

Benni fielen die Briefe aus der Hand. Bunte Punkte tanzten vor seinen Augen. In der Küche hörte er seine Mutter schluchzen. Wo kam nur diese Hitze her? Seine Kehle glühte, als wäre sie mit Sand ausgerieben, und die Füße begannen zu schwitzen.

Tommi kam noch einen Schritt näher. „Kannst dich vielleicht erinnern, dass Papa bei den Amis war. War Mechaniker für diese dicken Hubschrauber. Musste dauernd irgendwohin. Ramstein. Bayern. Berlin."

„Weihnachten …"

Tommi lächelte. „Ja, Weihnachten, da is' er nach dem Essen aufs Klo und aus'm Fenster, hat sich hinterm Busch umgezogen und dann als Santa Claus geklingelt. Hab's ihm fast geglaubt. War immer schön, immer, wenn er da war. Der Mist begann, als er versetzt wurde, nach Amiland, gerade als du anfingst, nich' mehr auf'm Boden rumzukrabbeln. Mama blieb mit uns hier."

Benni schluckte. „Warum sind wir nicht mit?"

„Mama wollte nicht. Hatte diese Wichser kennengelernt, Achim kennengelernt." Tommis Stimme brach. „Gab Streit. Papa hat Briefe geschrieben, und Mama hat sie zerrissen. Ungeöffnet. Das konnte ich nich'. Hab sie abgefangen, bin jeden Morgen runter zu den Briefkästen, ganz früh. Mama drehte voll am Rad, immer weiter, is' schließlich zusammengeklappt. Dann sind wir beide zu Tante Erika und Onkel Detlef. Und als Mama wieder gesund war, sind wir in eine neue Wohnung gezogen. Und dann in die nächste. Verbindung abgerissen. Keine Briefe mehr."

„Das ist doch total durchgeknallt!" Benni spürte, wie Wut in ihm hochstieg, Wut auf Tommi und seine Mutter und alle, die bei dieser beschissenen Verschwörung mitgemacht hatten. „Papa lebt! Was verdammt noch mal habt ihr euch dabei gedacht?"

„Scheiße, Benni, du kanntest ihn doch kaum, für mich war er auch mehr 'n Besucher, und Mama musste gesund werden. Ich wusste doch selbst nich', was richtig is' und was falsch. Wollte nur die Familie zusammenhalten, wenigstens uns drei."

„Und dann habt ihr eine Abmachung getroffen, du und Mama? Eine Abmachung, mich zu verarschen? Benni, den blöden Bummskopp?!?"

Tommi schüttelte hilflos den Kopf. Seine Trauermiene brachte Benni erst recht auf die Palme. „Was hat Mama dir versprochen, dafür, dass du Papa totschweigst und die ganze Zeit rumlügst? Hättest es mir irgendwann sagen müssen! Warum hast du das nicht gemacht? Was war so verdammt wichtig?"

„Was so wichtig war? Ich sag dir, was wichtig war! Du warst wichtig! Dass diese Typen wegbleiben, war wichtig! Dass Mama von denen wegbleibt, war wichtig! Dass sie dich in Ruhe lassen!"

Benni stand auf. Er marschierte an Tommi vorbei, der verschämt ein Stück Haut vom Fingernagel piddelte, zog die Schuhe an und nahm seine Jacke vom Haken. Er musste hier raus.

„Wo willst'n hin?", fragte Tommi matt.

Benni öffnete wortlos die Wohnungstür und trat auf den Flur. Tommi kam hinterher. „Draußen stürmt's. Bleib hier." Seine Worte hallten von den Wänden. „Komm schon, Benni. Bitte."

„Nein! Ihr könnt mich alle mal!"

Benni rannte los, ohne sich umzusehen, kreiselte das Treppenhaus hinab, Stufe für Stufe, Absatz für Absatz, nur noch weg! Im Erdgeschoss angekommen, warf er sich gegen die schwere Glastür, stürzte hinaus. Regen schlug ihm ins Gesicht. Seine Klamotten klebten am Körper. Alles nass, alles kalt. Er jagte die Hans-Böckler-Straße entlang, über Straßenbahnschienen und rote Ampeln, durch tiefe Pfützen und gewaltige Wasserwände, die von vorbeifahrenden Autos über den Bürgersteig gespritzt wurden. Es gab nur einen Ort, wo er hinkonnte, einen Ort, wo er hinmusste.

Der Ort, an dem sich alles klärte.

Der Ort ohne Zweifel.

Der Baum.

# 42

Auf dem Feld angekommen, entfaltete das Unwetter seine volle Weltuntergangswucht. Der Sturm trieb den Regen in dicken Fäden über die feuchten Schollen des frisch gepflügten Ackers. Neben dem Feldweg ragte der blitzverbrannte Baumsplitter in den Himmel. Es donnerte, laut genug, um einen Riesen zu wecken.

Benni rannte in die Dunkelheit. Der Boden war schlammig. Zweimal rutschte er weg und wäre fast hingefallen. Nach dem dritten Hügel sah er die Brombeerreihe, suchte die Öffnung, doch in dem dichten Regen konnte er nichts erkennen. Verzweifelt spähte er in die peitschenden Büsche. Der Wind warf sie mal nach links, mal nach rechts und legte, gerade als ein Blitz über den Himmel zuckte, eine schmale Lücke frei. Der Eingang!

Benni krabbelte hinein. Stachelzweige zupften an seiner Kleidung. Er streckte die Arme nach vorne, streifte das T-Shirt ab und robbte bäuchlings durch den Blättertunnel. Dornen ratschten über seinen Rücken, verfingen sich in seinen Haaren. Ein Rinnsal lief ihm über die Stirn, und als er den warmen, metallischen Geschmack im Mund hatte, wusste er, dass es Blut war.

Endlich die Lichtung. Der Baum schien in den letzten Wochen noch größer, noch dicker, noch gigantischer geworden zu sein. Er stand in der Mitte der Wiese und trotzte dem Sturm. Sein Stamm glänzte im Blitzlicht, und die Äste wogten, als wollten sie Benni zuwinken.

Er spurtete durch das hüfthohe Gras, sprang an den untersten Ast, schlug seine Finger in die nasse Rinde und schwang sich hoch. In der Spitze des Baums tanzte der letzte Ast, der Ast, den er noch nie erklommen hatte, der Ast, der alle Antworten bereithielt.

Benni stieg hinauf. Er kannte jeden Griff und jeden Tritt. Auf halber Strecke rutschte er auf einem Stück Moos ab und wäre fast gefallen, bekam knapp ein Astloch zu fassen. Kurz baumelten seine Füße in der Luft. Dann fand er wieder Halt. Er stieg aus den Schuhen, schleuderte sie in die Dunkelheit und kletterte barfuß weiter.

Der Regen schlierte in seinen Augen. Je höher, desto stärker schwankte der Stamm, und als er die Spitze erreichte, fühlte er sich wie im Ausguck eines absaufenden Segelschiffs. Die Donnerschläge wurden lauter. Über ihm, zwei Armlängen entfernt, bebte der Ast im Tosen und Sirren und Grollen des Baums.

Er hielt sich mit einer Hand fest und zog, während der Baum unter ihm bockte, die Hose und die Unterhose aus. Freiheit. Kälte. Nackt wippte er auf und ab. Er musste springen, das wusste Benni, und alles abwerfen, den Schmerz, die Ohnmacht, Liebe, Wut und Hoffnung, das ganze Paket. Er blinzelte in den blitzdurchzuckten Himmel, der sich um die Welt wölbte, Freude spendete und Chaos stiftete, Tod brachte und Leben entfaltete, Wünsche empfing und Hoffnung zerstörte. Oben wurde zu unten und richtig zu falsch. Dieses verdammte unsichtbare Band, von dem seine Mutter immer laberte, war keine Gabe, kein Geschenk, keine Gnade, sondern eine Fessel, die zerschnitten werden musste, so wie Satan es getan hatte, für die Freiheit, um zu werden, wer man ist.

Die Arme ausgebreitet, unter sich den schwarzen Abgrund, schrie Benni in den Sturm. Das Gewitter antwortete mit einem mächtigen Donner und einer Windböe, die ihn fast in die Tiefe gefegt hätte. Er ging in die Knie, die Oberschenkel gespannt, beugte sich nach vorne, nahm die Hände nach hinten, um Schwung zu holen. „Der Teufel kann dich mit nichts verführen, was du nicht schon hast", dachte er, und zählte drei … zwei … eins …

„Benni!"

Er verlor das Gleichgewicht, ruderte mit den Armen und bekam im letzten Moment eine Rindenwulst zu fassen.

„Benni!!"

Er stierte in die Dunkelheit.

Ein Blitz erhellte die Lichtung.

Tommi rannte über die Wiese, dahinter Fortuna, und dahinter humpelte Hartwig aus dem Unterholz.

„Komm da runter!", schrie Hartwig.

„Pack den Pimmel ein!", schrie Fortuna.

„Ich komm rauf!", schrie Tommi und rannte unter den Baum. Benni wollte nicht, dass Tommi sich in Gefahr begab, er wollte nicht, dass ihn jemand rettete oder sich um ihn sorgte. Dieser Moment war sein Moment, diese Entscheidung war seine Entscheidung, dieses Leben war sein Leben.

Benni sprang. Er spürte den Wind auf der Haut, die Regentropfen im Gesicht, das Nichts unter den Füßen.

So leicht. So frei.

Ein Blitz stieß vom Himmel herab und schlug in den Baum. Es wurde hell. Und dann dunkel.

# 43

„Das ist der Anfang vom Ende", sagte Hartwig und nippte an seinem Apfelwein. „Honecker hätte die Ausreise nicht erlauben dürfen. Das Tor zum Westen ist jetzt offen."

„Ein paar Hansel in 'nem Zug, is' doch egal." Tommi schlug mürrisch den Jackenkragen hoch, als ob er lieber drinnen gesessen hätte. Hartwig warf die aufgeschlagene Zeitung auf den Gartentisch. „Leipzig, zwanzigtausend Menschen auf der Straße. Das kann ein Staat nicht ignorieren, gell."

„Die Armee könnte doch alles plattmachen. Wie in der Tschechoslowakei."

Hartwig schüttelte den Kopf. „Die DDR ist Geschichte. Das war's."

„Mama hat Verwandte da drüben. Cousinen oder so. Hatten nie Kontakt."

„Vielleicht können wir die mal besuchen", sagte Benni und griff unbeholfen nach der Apfelsaftschorle. Wegen der dicken Verbände konnte er keinen Finger krümmen; die Verbrennungen schmerzten zu sehr. Aber er wollte sich nicht beschweren. Der Arzt hatte von einem Wunder gesprochen, und wenn Benni an den Zeitungsartikel dachte, mit dem Foto des brennenden Baums, der wie eine Fackel über dem Feld leuchtete, fühlte er sich neugeboren, auferstanden.

„Kaum isser aus'm Krankenhaus, will er auf Reisen gehen", grinste Tommi und blinzelte in die Herbstsonne, die durch die Wolken lugte.

„Hauptsache, keine Blitzschläge mehr", sagte Hartwig.

„… und die Hose solltest du künftig anbehalten, wenn du 'nen Krankenhausausflug planst", ergänzte Tommi.

„Sehr witzig, ihr Witzbolde", sagte Benni.

Hartwig und Tommi prosteten sich zu; die Nacht des Jüngsten Gerichts hatte sie zusammengeschweißt. Dass sie

Benni so schnell gefunden hatten, grenzte an ein Wunder. Nach Bennis Flucht war Tommi der einzigen Spur gefolgt, die er hatte. Er fuhr zu Fortuna, doch dort war Benni nicht. Also folgte Fortuna der Spur zu Hartwig, und Hartwig folgte der Spur zum Baum.

„Was gedenkt ihr nun zu tun?", fragte Hartwig.

Benni wusste nicht, was er darauf antworten sollte. Sein Leben war ein Kartenspiel, das neu gemischt wurde. Tommi und er waren wieder Brüder, richtige Brüder, seine Mutter musste sich selbst finden, und irgendwo da draußen wartete ihr Vater darauf, gefunden zu werden.

Tommi kratzte sich am Kopf; er machte sich Sorgen, weil er seine Einberufung geschwänzt hatte. „Tja, bevor mich die Feldjäger abholen, muss ich in der Kaserne anrufen und denen verklickern, warum ich nicht da war, ausgerechnet am ersten Tag. Außerdem", er sah zerknirscht in die Runde, „ziehen wir um, ist jetzt endgültig. Nach Fuldatal, zu Tante Erika und Onkel Detlef. Werden dich aber besuchen, oder du kommst zu uns."

„Hm", brummte Hartwig, sackte tiefer in den Gartenstuhl und verschränkte die Arme vor der Brust. Alle schwiegen. Tommi malte mit dem Finger einen Totenkopf auf die dreckige Tischplatte. Eine schwarze Wolke schob sich vor die Sonne; ihre Ränder leuchteten wie ein Heiligenschein.

Plötzlich stand Hartwig auf und ging in die Gartenlaube. Benni hörte, wie etwas rasselte. Dann kam Hartwig wieder heraus.

„Folgt mir", befahl er, nahm den Zimmermannshammer, der auf der Regentonne lag, und stiefelte zum Gänseverschlag. Benni und Tommi sahen sich an, zuckten mit den Schultern und folgten ihm.

Mit dem gespaltenen Ende des Hammers hebelte Hartwig die Nägel aus dem Verschlag und entfernte den Maschendraht. Dann krabbelte er durch das Loch, das er für Friederike gesägt hatte, und ging den Hügel zur Nachbarsvilla hinauf.

„Hartwig!", rief Benni, der immer noch auf der anderen Seite des Zauns stand. „Ist das nicht Hausfriedensbruch?"

Ohne zu antworten, schritt Hartwig den Hügel hinauf. Benni und Tommi schlüpften durch den Zaun und rannten hinterher. Trotz seines steifen Beins hatte Hartwig eine beeindruckende Geschwindigkeit drauf. Er humpelte über die drei Stufen zum Eingangsportal und blieb vor der mächtigen, mit Schnitzereien verzierten Holztür stehen.

„Was machen wir hier? Willst du da einbrechen?"

Ein Regenschauer wehte unter das Vordach. Benni fröstelte und zog die Kapuze in den Nacken. Friederike kam um die Ecke gewatschelt, blieb vor der Treppe stehen und schnatterte. Wenn Hartwig jetzt etwas Dummes tat, irgendetwas Dummes auf diesem fremden Grundstück, könnte das übel für ihn enden, vielleicht im Gefängnis. Und nach seinem Gesichtsausdruck zu urteilen, war er fest dazu entschlossen, etwas Dummes zu tun.

Hartwig fasste in die Brusttasche und zog den Schlüsselring heraus, den Schlüsselring, der die ganze Zeit unbenutzt in der Gartenlaube gehangen hatte. Klimperklamper. Hartwig öffnete die Tür.

„Bist du so 'ne Art Hausmeister?", fragte Tommi.

„So ähnlich", antwortete Hartwig. „Hausbesitzer."

# 44

Das Erste, was Benni auffiel, als sie die Villa betraten, war der staubige Geruch nach Schulbücherei, altem Papier. Ansonsten sah das Gebäude von innen so herrschaftlich aus wie von außen: hohe Wände, Parkettböden, Stuckdecken. Rechts führte eine breite Treppe nach oben, geradeaus erstreckte sich ein langer Flur, flankiert von Dutzenden gerahmter Fotos. Die wenigen Möbelstücke waren mit weißen Leinentüchern bedeckt. Gespenstische Stille.

Hartwig führte sie die Treppe hinauf. „Hier rechts ist das Badezimmer, daneben eine separate Toilette. Der Raum mit den Flügeltüren war früher das Billardzimmer, gell. Hier Schlaf- und Gästezimmer."

Sie betraten einen Raum mit riesigen Fenstern. Benni blickte auf einen Teich. Er war groß wie ein Freibad, umrandet mit Schilf und hohen Bäumen.

„Der Balkon läuft über die gesamte Hauswand und ist von jedem Zimmer aus zugänglich", erklärte Hartwig. „Das hier ist die Westseite, wunderbar in der Abendsonne."

„Warum wohnst du in einer Gartenlaube, wenn du hier einen Palast hast?", fragte Benni erstaunt.

Hartwig antwortete nicht. Sie begleiteten ihn zurück ins Erdgeschoss. Hartwig zeigte auf die Treppe und den Flur. „Hier könnte man zwei Haustüren einbauen. Eine für mich, und, falls ihr und eure Mutter möchtet, eine für euch, für euch drei."

Tommi und Benni starrten ihn entgeistert an. Hatte Hartwig ihnen gerade angeboten, hier einzuziehen? Das könnten sie sich nie leisten!

„Miete müsst ihr keine aufbringen. Aber ich brauche ein bisschen Unterstützung. Es ist ein großes Haus und ein großer Garten und ich … ich weiß auch nicht, wie es mit mir weitergeht. Das fortschreitende Alter, die Anfälle … Na, ihr wisst schon."

Benni wollte sich kneifen, aber seine Gedanken flogen davon, aufgeregt und nicht zu halten. „Hartwig, das … das ist total abgefahren."

„Total abgefahren", papageite Tommi.

Hartwig lächelte unsicher. „Denkt darüber nach. Es wäre mir eine große Freude." Er drehte sich um und humpelte den langen Flur hinab, beobachtet von Benni und Tommi und den unzähligen Fotos, die an den Wänden hingen. Beim letzten Bild blieb Hartwig kurz stehen, nahm es vom Haken und verschwand um die Ecke.

„Alter, ich glaub, ich brauch mal frische Luft", sagte Tommi.

„Ich komm gleich nach."

„Okay."

Tommi ging nach draußen und Benni in den Flur, entlang an den Dutzenden großen und kleinen Fotos, eine Zeitleiste, anfangs schwarz-weiß und später bunt. Er sah Hartwigs Familie, ausladende Kleider und stocksteife Anzüge, dann Hartwig als jungen Kerl, Zigarette im Mund, irgendwo am See, Arm in Arm mit einem Mädchen, lockiges Haar und breites Lächeln, vor dem Schiefen Turm von Pisa, vor einem Haus, Kirche, Hochzeitskleid und Blume im Knopfloch, Urlaubsfotos, Weihnachtsfotos, Babyfotos, Tochter mit roten Locken, den Augen ihres Vaters und dem Lächeln ihrer Mutter. Benni konnte ihr beim Aufwachsen zusehen, wie sie Hartwig umarmte, ihre Mutter küsste, Kastanienmännchen bastelte, Geburtstagskerzen ausblies, die Zunge rausstreckte, Einschulung, Schlaghosen, Sonnenbrille und Wildlederweste, Blumenkind. Die Reihe endete mit zwei Porträtfotos, schwarz-weiß, Trauerbänder über den Rahmenecken, Mutter und Tochter, dann der einsame Nagel.

Hartwig saß im Wintergarten, hielt das letzte Bild. Regentropfen rannen die hohen Scheiben hinab, Staubflocken schwebten durch die Luft. Versunken. Verflogen. Vergangen. Benni näherte sich auf Zehenspitzen und schaute ihm über die Schulter.

Das Foto war alt, vielleicht zehn Jahre. Hartwig stand mit seiner Frau und seiner Tochter vor einem Kino; sie lachten, hielten sich an den Händen und zeigten auf ein Plakat: Die Glücksritter, Hartwigs Lieblingsfilm, den er in Dauerschleife guckte. Dieses letzte Familienfoto war sein dunkles Geheimnis, schwärzer als schwarz, unsichtbar und übermächtig, so wie der Tod halt ist.

Vorsichtig schlich Benni zurück durch den Flur; er hatte genug gesehen. Draußen wartete Tommi auf ihn. Die regennasse Faustallee funkelte im Sonnenlicht, und über den Hausdächern leuchtete ein Regenbogen.

„Fehlt nur noch Feenstaub."

„Und Einhörner."

Zwei Männer in Uniform überquerten die Straße.

„Entschuldigen Sie", rief der größere mit der Hornbrille.

„Feldjäger?", fragte Benni.

„Bullen", sagte Tommi.

„Ist einer von Ihnen der Fahrer dieses Wohnmobils?" Der Kollege zeigte auf ein weißes Wohnmobil, das den Bürgersteig zuparkte.

„Ich dachte, du hast es geliehen?!", flüsterte Benni.

Tommi grinste schief. „Geliehen, geklaut, alles eine Frage der Perspektive."

„Wir müssen Ihre Personalien aufnehmen", sagte der andere Bulle. „Können Sie sich ausweisen? Kommen Sie her!"

Gemächlich schlurfte Tommi über den Kiesweg. Eine Hummel summte an Benni vorbei. Die Sonne wärmte sein Gesicht. Er dachte an den Tag im Frühling, als er Hartwig kennengelernt hatte, an Nico, Friederike, Sisyphos und die rasierten Augenbrauen, an Dr. Dausenaus bekotztes Cabrio, Fortuna, den Klassentausch, Stechapfelküsse, Eichhörnchenmorde, Kieferbrüche, E-Meter und Leberwurstbrote, Geheimnisse und Blitzschläge, und natürlich an den Baum.

Eine neue Zeit brach an, eine neue Zeit für Benni und Tommi. Sie würden ihrer Mutter verzeihen, bei Hartwig einziehen und dann auf die Suche gehen, auf die Suche nach dem verschollenen Vater.

Bevor Tommi bei den Polizisten ankam, blieb er kurz stehen und schaute über die Schulter. Benni fing seinen Blick auf, atmete tief ein, stieß die Faust in den Himmel und rief: „Bei der Macht von Grayscull, den unendlichen Weiten des Weltalls, dem Feindesblut auf den Klingen der Verteidiger Eternias, deren Tapferkeit über alle Kontinente und Meere schallt und deren Ruhm bis in alle Ewigkeit andauert: Wir stehen zusammen, wir kämpfen zusammen, wir siegen zusammen, wir sind zwei und doch auch eins, denn wir … sind … Brüder!"

Wenn dir die Geschichte gefallen hat, hinterlass gern eine kurze Bewertung. Damit hilfst du dem Buch, sichtbar zu werden und mir, weiterzuschreiben.

Für Rückmeldungen erreichst du mich unter hallo@finkenzonk.de.

Danke fürs Lesen.

Finkenzonk